Edgar Franzmann, 1948 in Krefeld geboren, lebt seit über vierzig Jahren als Journalist und Autor in Köln. Er ist Chefredakteur des Web-Portals koeln.de und Mitglied des »Syndikat – Autorengruppe deutschsprachige Kriminalliteratur«. »Der Richter-Code« ist nach »Millionenallee« sein zweiter Kriminalroman im Emons Verlag.

Dieses Buch ist ein Roman. Handlungen und Personen sind frei erfunden. Ähnlichkeiten mit lebenden oder toten Personen sind rein zufällig.

EDGAR FRANZMANN

Millionenallee

KÖLN · KRIMI

emons:

MIX
Papier aus verantwortungsvollen Quellen
FSC® C083411

Umschlagzeichnung: Heribert Stragholz
Umschlaggestaltung: Tobias Doetsch
Druck und Bindung: CPI – Clausen & Bosse, Leck
Printed in Germany 2011
Erstausgabe 2009
ISBN 978-3-89705-631-2
Köln Krimi 38
Originalausgabe
Das Zitat auf Seite 80 stammt aus: Bertolt Brecht: Fragen eines lesenden Arbeiters (in: Deutsche Lyrik. Eine Anthologie von Hanspeter Brode. suhrkamp taschenbuch 1607, 8. Auflage 2003)

Für Micky

SAMSTAG

Franck schaute auf seine Uhr, eine platinschimmernde Lange-Tourbillon: zehn Uhr und dreizehn Minuten. Nur noch knapp neunundzwanzig Stunden, dann würde er Herr über hundert Millionen Euro sein.

Die Hohe Straße, die Einkaufsmeile vom Kaufhof Richtung Dom, war an diesem sonnigen Maisamstag schwarz vor Menschen, die sich in Zwanzigerreihen an den Schaufenstern vorbeidrängten. Mit seinen ein Meter achtundachtzig war Franck kein Riese, aber irgendwie schwebte er doch über der Menge. Wie viel würde ihm der heutige Tag einbringen? Wie viele würden ein Parfüm der Marke »vF« kaufen: von Franckenhorst?

»Weißt du«, sagte Franck zu Stefanie, die einen halben Kopf tiefer neben ihm herstöckelte, dass die blonden Haare hin- und herwippten, »wir haben da so einen verrückten Familienbrauch. Wenn der älteste Sohn dreißig Jahre alt wird, erhält er Zugriff auf zehn Prozent des Familienvermögens.«

»Ja, schön, wenn Familien zusammenhalten. Wir treffen uns auch immer an Weihnachten.«

»Du verstehst das nicht. Ich bin der älteste Sohn. Ich werde morgen dreißig Jahre alt. Ich bekomme die zehn Prozent.«

»Herzlichen Glückwunsch. Aber was willst du mit zehn Prozent? Du hast mir doch gesagt, du wärst reich.«

»Ich bin reich. Schon immer.«

»Ist ja gut. Musst dich nicht aufregen.«

»Ich rege mich nicht auf. Ich möchte nur, dass du es begreifst.«

»Was soll ich begreifen?«

»Dass mir ab morgen hundert Millionen gehören.«

»Hundert Millionen von was?«

»Euro.«

»He, das ist eine Menge Geld.«

»Ja, das ist eine Menge Geld. Und eine Menge Macht.«

Stefanie lachte. »Macht doch nix. Ich meine, ich mache mir nichts aus Macht. Mit ein bisschen Geld bin ich schon zufrieden. Hast du deine Freunde zum Geburtstag eingeladen? Gibst du eine Party? Du hast mir gar nichts erzählt.«

»Wer reich ist, braucht keine Freunde«, sagte Franck.

»Wer reich ist, hat keine Freunde«, gab Stefanie zurück.

Sie blieb vor einer Boutique stehen, prüfte ihre schlanke Figur in einem Spiegel, war zufrieden mit dem, was sie sah, und zupfte Franck schließlich am Arm. »Schau, das Kleid. Kauf mir das Kleid! Das kleine Schwarze. Zur Feier des Tages.«

Franck ging wortlos in den Laden, legte einen Fünfhunderteuroschein auf die Theke, zeigte auf Stefanie und das Kleid im Schaufenster. »Geben Sie ihr das.«

»Ich geh schon mal vor ins Campi«, sagte er zu Stefanie und verschwand.

»Ist gut. Ich komm nach. Aber das kann dauern, wenn ich shoppe. Bekommst du von dem Geld was zurück?«

Franck hörte Stefanies Worte schon gar nicht mehr und verschwand durch die Glastür nach draußen in den Menschenstrom der Kölner Fußgängerzone. Eigentlich hatte er sich nie wirklich für das Geschäft interessiert. Aber ab morgen würden ihm zehn Prozent des Unternehmens gehören. Da konnte es nicht schaden, sich ein wenig zu kümmern.

Franck wusste, dass eine ihrer Verkaufsstellen am Roncalliplatz direkt am Kölner Dom lag. Da kauften vor allem Touristen ein, Eau de Cologne aus Köln. »4711«, die bekannte Marke, war nach manchen Irrungen durch die halbe Welt inzwischen von einem Stolberger Unternehmen übernommen worden. »Farina gegenüber«, der dreihundert Jahre alte Klassiker, war geschäftlich keine ernsthafte Konkurrenz. Nur den Franckenhorsts war es gelungen, ihre Marke als »Premium« zu etablieren. Alter Adel, alte Klasse eben. Das ließen sich die Kundinnen gerne etwas mehr kosten. Ihm sollte es recht sein.

Er ließ das Campi im Funkhaus am Wallrafplatz links liegen

und ging die wenigen Schritte weiter bis zum Roncalliplatz. Ein heftiger Windstoß wehte ihm ins Gesicht.

Der Franckenhorst-Shop neben dem Dom-Hotel war menschenleer. Franck wunderte sich. Eine Bedienung, in das Franckenhorst'sche Blau und Orange gekleidet, schaute in seine Richtung, sprach ihn aber nicht an. Er musterte die Auslagen. Kleine Fläschchen mit glänzenden Flüssigkeiten, edel verpackt, edel gestaltet. Das sah alles sehr gut aus. Und es roch gut. Warum kaufte das keiner? Und warum wollte ihm keiner etwas verkaufen?

»Sie haben heute wohl nicht vor, noch zu arbeiten«, giftete er die Bedienung an und erschrak selbst über seinen Tonfall.

»Mein Herr, es ist nicht üblich im Hause Franckenhorst, die Kunden als Erste anzusprechen. Unser Auftrag ist es abzuwarten, ob unsere Dienste gewünscht werden. Kann ich Ihnen behilflich sein?«

Franck glaubte, im Unterton eine Spur von Missbilligung zu hören, aber eigentlich konnte er der jungen Frau nichts vorwerfen. Und das ärgerte ihn fast noch mehr.

»Ich habe nicht endlos Zeit. Ich suche etwas für meine Verlobte.«

»Darf ich Ihnen einen Rat geben?«

»Danach habe ich Sie doch gerade gefragt.«

»Sie sollten sich immer Zeit nehmen, wenn es um Ihre Verlobte geht.«

Franck war baff. Das hatte er nicht erwartet. Und er ging wieder in Angriffsstellung. »Was fällt Ihnen ein!«

»Entschuldigen Sie, ich wollte Ihnen nicht zu nahe treten. Es war nur gut gemeint. Nehmen Sie ›vF femme‹, das ist in diesem Jahr ganz groß in Mode und wird Ihrer Verlobten ganz bestimmt gefallen.«

Die junge Frau holte ein kleines Paket aus dem Regal, das sehr aufwendig verpackt war.

»Haben Sie nichts Größeres?«, fragte Franck.

»Doch, natürlich. Aber diese Größe hier ist sehr gefragt. Neunundachtzig Euro.«

»Geben Sie schon her. Wie heißen Sie eigentlich?«

»Christina. Christina Brandt.« Dabei zeigte sie auf das Namensschild an ihrer Jacke.

»Ja, jetzt sehe ich es. Christina Brandt. Noch eine Frage: Wieso ist es hier heute so leer? In der Hohe Straße drängen sich die Massen.«

Christina lächelte ihn an. »Wissen Sie, was wir hier anbieten, ist auch keine Massenware. Wer hier einkauft, sucht das Besondere und keinen Ramsch. Ihre Verlobte wird das zu schätzen wissen.«

Franck fühlte sich plötzlich und wie so oft klein und unsicher. Diese Frau machte ihn nervös. Warum war er nicht so schlagfertig wie andere? Warum zog er immer den Kürzeren? Wieso kam er sich so unbedeutend dieser Angestellten gegenüber vor, der er sogar etwas von einer Verlobten vorgelogen hatte? Wenn er doch nur einen guten Abgang hinbekäme. Er gab ihr seine Kreditkarte.

»Oh, Sie heißen Franckenhorst. Franck von Franckenhorst.«

»Ja«, sagte Franck. Und plötzlich spürte er, wie dieses kleine Stück Plastik die Lage zu seinen Gunsten veränderte. Christinas Hand zitterte, als sie die Karte in das Lesegerät steckte. »Der Name ist nicht so häufig. Sind Sie ...«

»Ja. Ich bin einer von den Franckenhorsts.«

»Sie nehmen mir doch nicht übel, was ich vorhin gesagt habe?«

»Was haben Sie denn gesagt?«

»Das mit Ihrer Verlobten, und dass Sie sich Zeit nehmen sollten.«

»Zeit ist Geld, sagt mein Vater immer.«

»Nein, Zeit ist Liebe«, sagte Christina.

Franck schaute ihr in die Augen. Sie hielt seinem Blick stand. Sie war genauso schlank und nicht viel größer als Stefanie, aber mit ihrem kurzen, schwarzen Haar doch ein ganz anderer Typ. Er nahm das Parfümpaket, drückte es ihr in die Hand und sagte: »Ist für Sie.«

Und noch ehe sie etwas antworten konnte, verschwand er Richtung Ausgang. Durch einen Spiegel an der Ladentür sah er, wie sie ihm nachschaute. Am Ende hatte er sie doch beeindruckt. Oder sein Name. Oder sein Geld. Sie strich sich ihre Haare aus dem Gesicht und wirkte nachdenklich.

Auf der Domplatte empfing Franck das übliche Gewirr von Touristen, Gauklern, Pflastermalern, Geschäftsleuten, Pilgern, Einkäufern, Demonstranten. An der »Klagemauer« blieb er stehen. Der Betreiber war ein liebenswerter Querulant, der sich einfach nicht von diesem schönsten Fleck der Stadt vertreiben ließ. An Kordeln hatte er Postkarten aufgehängt, auf denen jeder seine Kritik am Unrecht der Welt verkünden konnte. Franck nahm sich eine Karte und schrieb in Großbuchstaben: »AUCH EIN MILLIARDÄR – HAT'S SCHWÄR.« »Schwär« mit ä und nicht mit e. Das war seine kleine Provokation. Mit einer Wäscheklammer hängte er sein Miniaturgedicht zwischen eine Karte, die das Ende der Folter in Guantánamo forderte, und eine andere, auf der »Hartz IV für alle« propagiert wurde. Er warf zwei Euro in die Spendenbüchse und ging weiter auf den Roncalliplatz, um den Skatern zuzusehen.

Er war ziemlich sportlich, ein guter Tennisspieler, Schwimmer, Läufer. Aber Skateboard fahren konnte er einfach nicht. Da gab es hier im Schatten der Kathedrale sogar Zwölfjährige, die die tollsten Kunststücke draufhatten. Man durfte nicht schreckhaft sein, wenn sie auf einen zurasten, aber Franck hatte noch nie erlebt, dass einer der Skater wirklich jemanden angefahren hätte.

Er ging am Dom-Hotel vorbei Richtung Brauhaus Früh und Heinzelmännchenbrunnen. Wenn er den Weg zur Hohe Straße durch die Passage nehmen würde, dann müsste er nicht mehr am Campi vorbei. Er hatte keine Lust auf weitere Gespräche mit Stefanie. Sie war lieb und nett und einfach zu haben. Immer gut gelaunt. Immer da. Ein wunderbares Spielzeug.

Wohin sollte er gehen? Fast mechanisch führten ihn seine Schritte rechts in die Minoritenstraße, über die Nord-Süd-Fahrt in die Breite Straße, wieder eine Fußgängerzone, aber nicht ganz so überfüllt.

Die Gastwirte hatten begonnen, ihre Tische und Stühle nach draußen zu stellen. Sobald sich in Köln die Sonne sehen ließ, versammelten sich die Menschen auf den Straßen und Plätzen. Ob das etwas mit der römischen Vergangenheit der Stadt zu tun hatte? Der Winter war vergleichsweise kalt und nass gewesen. Die vielbeschworene Klimaveränderung war überraschenderweise für eine Saison ausgefallen. Franck hatte den Winter in Südafrika verbracht, der dort ein Sommer war. Aber auch er freute sich jetzt über den rheinischen Frühling. Und außerdem: Der Frühling war ja seine Jahreszeit. Er hatte Geburtstag. Und morgen würde er reich sein. Reicher als jemals zuvor.

Sein Vater hatte ihm einmal erzählt, wie er seinen dreißigsten Geburtstag erlebt hatte. Die zehn Prozent waren damals noch keine hundert Millionen Euro, sondern sechzig Millionen Mark. Die Franckenhorsts gehörten auch noch nicht zu den Milliardären im Lande, aber schon zu den sehr Reichen. Vor allem war es »altes« Geld. Das war etwas anderes als die schnell verdiente Mark der Krämer und Computerunternehmer.

Opa Fritz hatte zu Ehren von Ferdinand eine komplette Vorstellung der Kölner Oper am Offenbachplatz gekauft. Warum ausgerechnet »Carmen« auf dem Spielplan stand, hatte Ferdinand nie erfahren. Aber die Musik gefiel ihm, und als der letzte Vorhang gefallen war und die Künstler ihren Beifall genossen, trat Fritz auf die Bühne, einen blau-orangefarbenen Umschlag in der Hand, und rief Ferdinand hoch ins Rampenlicht. Er sei stolz und aufgeregt gewesen. Und als er endlich oben war und den Umschlag nehmen wollte, da warf Fritz das Papier der Carmen-Darstellerin zu und forderte Ferdinand auf, es sich zu holen. Der ganze Saal lachte, als Ferdi sich eher schüchtern und ungeschickt an Carmen ranmachte, die den Umschlag in ihrem Dekolleté versteckt hatte, eine Grenze, die

Ferdi auf keinen Fall überschreiten wollte. Das Lachen im Saal wurde immer lauter. Carmen hatte endlich ein Einsehen, fingerte das Papier aus ihrem Busen hervor und überreichte es Ferdinand. »Weißt du, Franck, es war ein schrecklicher Abend. Ich fühlte mich so gedemütigt. Mein Vater hat sich nie dafür entschuldigt. Aber ich hatte das Papier. Und ich wusste: Jetzt, jetzt würde mich niemand mehr demütigen, ohne es zu bereuen.«

Was würde sich Ferdinand für ihn ausdenken? Musste er sich auch auf irgendeinen Spaß oder eine Demütigung gefasst machen? Franck wusste, dass Ferdinand nicht viel von ihm hielt. Er hatte weder Chemie noch Betriebswirtschaft studiert, sondern Philosophie und Germanistik. »Brotlose Kunst«, hatte Ferdinand dazu immer gesagt. Die Franckenhorsts hätten eine besondere Verantwortung, und ganz besonders die ältesten Söhne, die müssten schließlich das Familienunternehmen führen.

Franck hatte nie wirklich Lust verspürt, in die Firma einzusteigen. Gunther, sein jüngerer Bruder, die Zweitgeborenen bekamen immer einen Namen mit G, die Drittgeborenen mit H und so weiter, Gunther wäre wahrscheinlich viel besser geeignet. Gunther arbeitete als selbstständiger Steuerberater mit eigener Kanzlei. Aber Franck als der älteste Sohn war nun einmal der geborene Thronfolger, so lautete die Regel bei den Franckenhorsts seit sieben Generationen. Und hatte sich die Tradition nicht bewährt? Sogar den Ansturm der Emanzipation hatte sie überstanden. Immerhin wurden die weiblichen Familienmitglieder seit den achtziger Jahren des letzen Jahrhunderts finanziell genauso gestellt wie die übrigen männlichen Familienmitglieder. Aber etwas zu sagen hatten weiterhin nur die erstgeborenen Männer jeder Familiengeneration. Wenn ein ältester Sohn dreißig wurde, bekam er zehn Prozent der Unternehmensanteile. Wenn er fünfzig wurde, erhielt er fünfzig Prozent und übernahm die Unternehmensführung. Der bisherige Chef wurde dann auf zwanzig Prozent abgestuft und wechselte in den Aufsichtsrat. Die restlichen zwanzig Prozent wurden unter allen anderen Familienmitgliedern gleichmäßig aufgeteilt. Ferdinand, Francks Vater, war jetzt neunundfünfzig, also seit neun Jahren an der Macht, die er nach den Familienregeln weitere zwanzig Jahre ausüben könnte, bis Franck fünfzig Jahre alt würde und an die Reihe käme. Tatsächlich waren die Franckenhorsts ein sehr gesundes Geschlecht, auch die Männer erreichten nicht selten die achtzig Jahre. Erst zweimal war es vorgekommen, dass ein Franckenhorst vor seinem fünfzigsten Geburtstag die Firmenleitung übernehmen musste, weil sein Vater vorzeitig gestorben war.

Franck überquerte die Neven-DuMont-Straße, die die Fußgängerzone der Breite Straße unterbrach. Auf der Ecke stand das Einkaufs-Carré des Verlegers. Franck kannte den Junior gut, natürlich. Der hatte ihn mal für seine »Goldenen Jungs« werben wollen. Franck hatte eine großzügige Spende gegeben, aber dem Club der Jungreichen war er nicht beigetreten. Wahrscheinlich hielten ihn Junior und seine Anhänger für eingebildet, sei's drum.

Am Blumenstand hinter dem Café Schmitz kaufte er eine rote Rose und steckte sich die Blüte an das Revers seines hellen Anzugs. Schließlich hatte er etwas zu feiern. Und er wollte, dass die Welt es sah. Und warum keine rote Rose? Durfte man die nur geschenkt bekommen?

Franck ging weiter, sein Schritt war etwas federnder als zuvor. Zwischen den Augenwinkeln nahm er undeutlich wahr, dass die Menschenmenge einen Bogen um eine Stelle vor den Karstadt-Schaufenstern machte. Da schien jemand auf dem Boden zu sitzen, zwei Männer, wahrscheinlich Bettler, die Flasche kreiste. Franck marschierte gedankenverloren auf das Pärchen zu, hielt unbewusst einen Sicherheitsabstand von vielleicht fünfzig Zentimetern zu dem Hut, in den die Passanten ihre Geldstücke werfen sollten. Der Hut schien leer zu sein. Franck hatte nicht die Absicht, an diesem Zustand etwas zu ändern.

Plötzlich peitschte ein Schmerz durch seine linke Wade, irgendetwas hatte ihn mit voller Wucht getroffen, Franck knickte ein, fiel auf den Boden, knallte mit dem Gesicht in eine Pfütze aus Schmutz und Alkohol. Noch ehe er begriff, was geschah, schrie einer der Bettler wie am Spieß: »Hilfe, Polizei. Der hat mich getreten. Was fällt Ihnen ein, mich zu treten! Mich, einen Krüppel! So sind sie, die feinen Leute.«

Franck spürte, wie ihn kräftige Arme schüttelten und schließlich umdrehten. Und dann sah er in ein unrasiertes Gesicht, und aus diesem Gesicht schrie es wieder: »Ja, genau. Sie meine ich. Sie denken wohl, Sie könnten sich alles erlauben. Nur weil Sie einen Anzug tragen. Ich zeige Sie an. Hilfe! Polizei! Ruf doch mal einer die Polizei!«

Die letzten Worte richtete der Bettler an die umstehenden Gaffer, die sich im Kreis um Franck und die beiden Penner drängten. Franck spürte, wie ihm Blut in die Mundwinkel lief. Instinktiv wischte er sich mit dem Ärmel seines Jacketts durchs Gesicht, was dessen helles Beige mit roten und anderen undefinierbaren Farbtönen mischte.

»Hilfe, Polizei!«, brüllte der Bettler schon wieder. Franck sah, dass er nur ein Bein hatte.

»Schreien Sie doch nicht so«, sagte er.

»Ich schreie hier, so laut ich kann. Das könnte Ihnen so passen. Erst einen armen Krüppel treten, einen einbeinigen Krüppel, und dann auch noch mundtot machen wollen. Holt denn jetzt endlich einer die Polizei?«

Natürlich holte keiner die Polizei. Einige Gaffer drehten ab, nachdem sie sich überzeugt hatten, dass Franck überlebt hatte und auch kein weiteres Blut fließen würde. Andere warteten gespannt, wie sich die Geschichte weiterentwickeln würde, wenn sie nur nicht selbst hineingezogen würden.

Franck fand langsam seine Fassung wieder. »Lassen Sie mich doch endlich los! Lass mich los!«

Der Bettler lockerte seinen Griff. »Das ist aber wirklich nicht in Ordnung, dass Sie mich hier einfach umlaufen.«

»Das habe ich nicht. Das habe ich nicht … gewollt«, stammelte Franck. »Ich hatte eher den Eindruck, dass Sie mir ein Bein gestellt haben.«

»Ich soll dir ein Bein gestellt haben?«, sagte der Bettler empört und wurde wieder laut. »Das muss man sich mal vorstellen. So eine Unverschämtheit.« Und jetzt schrie er wieder: »Ich soll dich getreten haben? Ich, ein Krüppel mit einem Bein. Erzähl das mal der Polizei.«

Plötzlich mischte sich auch der Kumpel des Bettlers ein. Der war deutlich alkoholisiert und nuschelte: »Dä Schäng, dä tritt nich. Nie. Jeht doch jar nit. Armes Schwein.«

»Tja, dann«, sagte Franck, »entschuldige ich mich bei Ihnen. Ich war in Gedanken. Da habe ich Sie vielleicht nicht gesehen.«

Der Einbeinige lockerte seinen Griff. »Entschuldigung ist schon mal gut. Geht vielleicht auch ohne Polizei.«

»Was geht vielleicht auch ohne Polizei?«

»Na, das hier. Oder wollen Sie Unfallflucht begehen?«

»Unfallflucht?«

»Sie können hier nicht einfach weg. Ich brauche Name, Adresse.«

»Name, Adresse?«

»Ja, sicher. Für den Schadenersatz.«

»Welchen Schadenersatz?«

»Na, meine Verletzungen. Hier!« Der Bettler zeigte auf seinen Knöchel, der Fuß steckte ohne Strümpfe in zerschlissenen Schuhen. »Die blauen Flecken bringen mindestens, mindestens«, er schaute sich Franck noch einmal genauer an, »mindestens dreißig, nein, fünfzig Euro. Und dann noch die Verletzung der Menschenwürde.«

»Verletzung der Menschenwürde«, wiederholte Franck verblüfft.

»Ja. Verletzung der Menschenwürde. Macht noch mal fünfzig Euro.«

»Sie verkaufen Ihre Menschenwürde zu billig«, sagte Franck. »Aber Sie sollen die hundert Euro bekommen. Geben Sie mir Name und Kontonummer, dann überweise ich Ihnen das Geld.«

Der einbeinige Bettler schaute in die Menge. »Name und

Kontonummer, meine Damen und Herren. Haben Sie das gehört: Name und Kontonummer. Wo soll ich denn so was hernehmen? Name und Kontonummer! Nix da, Bargeld lacht.«

Die Menge feixte und applaudierte. Franck gelang es endlich aufzustehen. Sein Spiegelbild, das ihn aus dem Karstadt-Schaufenster anblickte, wirkte nicht sehr vertrauenswürdig. Er holte sein Portemonnaie heraus. »Ich habe nur zwanzig Euro in bar und ein paar Münzen.«

»Scheckkarte dabei?«

»Sie meinen, Sie nehmen auch Scheckkarten?«

»Nein. Das wäre ja noch schöner. Da vorne ist ein Geldautomat. Karte rein. Hundert Euro raus und an mich weiterleiten. Ich stelle Ihnen auch gerne eine Quittung aus. Damit alles seine Ordnung hat.«

Die Menge teilte sich wie das Wasser des Roten Meeres vor Moses, damit Franck ungehindert an den Geldautomaten gelangen konnte. Der Einbeinige stützte sich auf seine Krücken und eskortierte ihn. Franck ließ sich dreihundert Euro auszahlen, die der Automat in Fünfzig-Euro-Noten ausspuckte.

»Hier, für Sie«, sagte Franck und gab dem Einbeinigen einen Schein.

»Das sind fünfzig Euro.«

»Ja.«

»Ich bekomme hundert Euro.«

»Wegen der Menschenwürde.«

»Ja. Wegen der Menschenwürde.«

»Wie heißen Sie?«

»Schäng. Haben Sie doch gehört.«

»Schäng?«

»Alle nennen mich Schäng. Krüppels Schäng.«

»Und wie heißen Sie richtig?«

»Jean. Jean Leclerc.«

»Schön, Jean. Hier haben Sie den Rest vom Kleingeld.«

Franck hielt ihm die anderen fünf Scheine entgegen. Jeans Hand zuckte zurück, dann packte er doch zu, steckte die fünf Scheine in seine Hemdtasche und schaute sich vorsichtig um, ob auch niemand gesehen hatte, was und wie viel er bekommen hatte.

»Quittung?«, fragte Jean. Franck schüttelte den Kopf.

»Ist klar, Chef. Nichts für ungut«, sagte er schließlich und hinkte zurück zu seinem Kumpel. »Karl, sag dem Mann danke. Der hat uns gerade ein sehr gutes Essen spendiert«, hörte Franck Jean noch sagen. Dann zogen die beiden ab. Den Hut, der vor ihnen gelegen hatte, angelte Jean mit Hilfe einer seiner Krücken, wirbelte ihn so geschickt durch die Luft, dass er auf seinem Kopf landete, ein Kunststück, das Franck zu spontanem Applaus veranlasste. Jean fing dabei sogar noch eine Münze auf, die er an Karl weitergab, dann zockelten die beiden ab. Hoffentlich trinken die sich jetzt nicht zu Tode, dachte Franck.

Aus der Menge, die sich langsam auflöste, stieg noch eine Männerstimme auf. »Nichtsnutziges Pack. Sollen mal richtig arbeiten lernen.«

Franck ging auf den Rufer zu, einen alten Mann mit kleinem Hut: »Ich glaube, Sie sehen da was falsch. Die beiden haben gerade sehr hart gearbeitet und sehr ordentlich verdient.«

Sein Gegenüber musterte Franck von Kopf bis Fuß, schien nicht erfreut über das, was er sah, und verstanden hatte er auch nichts. Aber er legte noch einmal los. »Und Sie, schauen Sie sich an, sehen ja selber aus wie ein Penner. Stecken wahrscheinlich mit denen unter einer Decke.«

Dass er sich umziehen musste, so verdreckt, wie er inzwischen aussah, war nicht von der Hand weisen. Aber das ließ er sich doch nicht von so jemandem sagen. Und als ihm nicht sofort eine schlagfertige Antwort einfiel, nahm er dem Mann den Hut vom Kopf, warf ihn vor dessen Füße, schnippte ein Geldstück achtlos hinterher und traf genau in die Kopfbedeckung. Dann ging er ab, ohne sich umzudrehen, und fühlte sich richtig gut.

Was für ein seltsamer Frühlingsmorgen, dachte Franck, als er die Mittelstraße erreichte, wo er sich neu einkleiden wollte. Der Einkaufsbummel mit Stefanie, das Wortgefecht über Zeit und Liebe mit der Verkäuferin Christina Brandt, der Zusammenstoß mit dem einbeinigen Bettler Krüppels Schäng, und jetzt dieser Giftzwerg mit Hut. Dem, wenigstens dem hatte er es gegeben.

Giftzwerg mit Hut. Das gefiel ihm. Schade, dass ihm dieser Begriff so spät eingefallen war, das wäre ein guter verbaler Konter gewesen. Aber die Aktion mit dem fliegenden Hut und der Spende war auch nicht schlecht. Müssen Hüte eigentlich so hässlich sein? Er kannte überhaupt nur einen Menschen, der regelmäßig Hut trug, Benno, den Maler. Dessen Hüte waren sehr schick. Im Sommer schmückte er sich mit einem Strohhut. Und was trug er im Winter? Franck nahm sich vor, Benno bei Gelegenheit auszufragen.

Beim Herrenausstatter wunderte man sich nicht schlecht über Francks Aufzug. »Sind Sie überfallen worden? Sollen wir die Polizei rufen? Es wird ja leider immer schlimmer mit der Kriminalität«, ereiferte sich der Geschäftsführer.

»Nein, nein. Nichts passiert. Ich bin ausgerutscht. Ich brauche nur etwas zum Anziehen. Sie haben doch meine Maße. Wäsche, Hemd, Hose, Jackett. Das ist alles.«

»Herr von Franckenhorst, Sie tragen maßgeschneidert, da können wir doch nicht von der Stange.«

»Sie meinen, dass ich nackt …« Franck hatte begonnen, sich mitten im Laden auszukleiden.

»Natürlich nicht. Aber wenn Sie dann bitte mit nach hinten kommen wollen.«

Es dauerte keine zwanzig Minuten, dann war Franck von Kopf bis Fuß neu eingekleidet und der Geschäftsführer einem Nervenzusammenbruch nahe. Jeden Stil-Ratschlag hatte Franck brüsk abgelehnt und genau das Gegenteil genommen. Zur schwarzen Hose braune Schuhe und weiße Socken. Obenrum ein Pepita-Jackett und ein hellblaues Hemd. Statt einer Krawatte ein rosa Seidentuch. Und als er zum Schluss noch nach einem Hut fragte, war der Geschäftsführer sichtlich froh, sagen zu können: »Hüte führen wir nicht.«

Franck drehte sich vor dem Spiegel und gefiel sich. So würde er morgen zu seiner Inthronisierung erscheinen. Er stellte sich das entsetzte Gesicht seines Vaters vor und spürte Genugtuung. Sein Vater würde mit Sicherheit noch entsetzter reagieren als der Herrenausstatter, der noch einmal nachfragte: »Und Ihnen fehlt ganz bestimmt nichts? Soll ich nicht vielleicht doch die Polizei rufen? Oder den Krankenwagen?«

»Nein, nein. Alles in bester Ordnung. Es wäre nur schön, wenn Sie meine alten Sachen reinigen und mir nach Hause schicken würden.«

Franck schaute auf die Uhr. Es war Viertel nach sieben Uhr abends. Noch knapp zwanzig Stunden, dann würde er Herr über hundert Millionen Euro sein.

Er saß mit Stefanie am kleinen Tisch im Esszimmer seines Penthouse am Brüsseler Platz. Stefanie trug das kleine Schwarze, das sie sich am Morgen ausgesucht hatte. Franck trug seine Lange-Tourbillon und sonst nichts.

Stefanie hatte ihn ausgelacht, als er mit seiner bunten Herrenausstatter-Sammlung zu Hause erschienen war. Dann zerrte sie ihn vor den Spiegel, und da packte auch ihn der Lachkrampf. Aus dem Radio erklang »Sex Bomb« von Tom Jones, Franck nahm den Rhythmus auf und begann den ersten Striptease seines Lebens. Erst entledigte er sich des rosa Seidentuchs, sah das offene Fenster und ließ es in die Frühlingsluft hinausflattern. Die verirrten Papageien in den Bäumen rund um St. Michael kommentierten das Spektakel mit lautem Gejohle. Das Pepita-Jackett landete auf einer Bank, das blaue Hemd verfing sich in einem Ast, die schwarze Hose und die braunen Schuhe landeten in einem Papierkorb, die weißen Socken fing ein kleiner Junge auf, der seine Kameraden zusammentrommelte. Die kleine Schar war enttäuscht, als zunächst nur noch eine Unterhose vom Dach herabflatterte. Jedenfalls sammelten sie alle Kleidungsstücke ein, nur das blaue Hemd flatterte weiter im Abendwind.

»Und jetzt du«, sagte Franck zu Stefanie.

»Was meinst du?«, fragte sie.

»Jetzt wirfst du deine Kleider raus. Die Menge wartet.«

Stefanie lachte, als sie die Jungs unten stehen sah. »Ja, ich mach's. Aber das kleine Schwarze behalte ich.«

Stefanie zog das kleine Schwarze aus und legte es vorsichtig auf einen Stuhl. Dann trat sie an die Brüstung, winkte, streifte ihren BH ab und warf ihn auf den Platz, wo die Jungs ganz still geworden waren und die Köpfe nach oben reckten. Stefanie ließ den Slip hinabflattern und die Seidenstrümpfe. Und sogar die Stöckelschuhe warf sie runter. Als sie völlig nackt war, drehte sie sich dreimal langsam um sich selbst und verschwand lachend im Zimmer.

Franck sah ihr erregt zu. Stefanie war eine schöne Frau. Leider liebte er sie nicht. Wusste er überhaupt, was Liebe war? Zeit ist Liebe, hatte diese Verkäuferin zu ihm gesagt. Christina Brandt. Warum dachte er jetzt an sie, wo Stefanie sich gerade für ihn ausgezogen hatte? Stefanie zog sich das kleine Schwarze über und setzte sich zu Franck an den Tisch.

»Und jetzt?«, fragte sie und sah ihn mit großen Augen an. Ihr Kleid war tief ausgeschnitten, und dieser Anblick erotisierte Franck mehr als ihre Show auf der Terrasse.

»Lass uns die Armut feiern, solange es sie noch gibt.«

Franck nahm sein Champagnerglas und prostete Stefanie zu.

Sie hatte wohl etwas anderes erwartet, aber auch sie nahm ihr Glas und trank einen Schluck. »Was hast du dir nur mit deinem bunten Outfit gedacht? Männer sollten nie ohne Frauen einkaufen gehen.«

»Ich wollte meinen Vater ärgern.«

»Und dafür machst du dich zum Clown? So wird das nichts.«

Stefanie stand auf und beäugte Franck. »Du bist größer als dein Vater. Du siehst besser aus. Wo ist das Problem?«

»Mein Vater ist reicher als ich, skrupelloser, geschäftstüchtiger. Er hält nichts von mir.«

»Warum sollte er auch. Du bist kein Gegner für ihn. Du bist sein Sohn.«

»Was soll das jetzt heißen?«

»Väter wollen immer, dass ihre Söhne alles das leisten, was sie selbst nicht geschafft haben. Sei groß, sei schön, sei elegant. Und dann, dann greifst du an.«

»Warum sollte ich angreifen? Wo soll ich angreifen?«

»Warum? Was weiß ich. Ich sehe nur, dass er dich nervt und verrückt macht. Wenn du das Spiel mitspielen willst, dann spiel es. Sonst nimm deine Millionen, die die du jetzt schon hast, und entführ mich auf eine einsame Insel.«

»Du meinst, ich wäre reif für die Insel?«

»Du benimmst dich wenigstens so.«

Sie lachte und zupfte ihn vorsichtig an den Haaren. Franck wehrte sie ab.

»Stefanie?«

»Ja.«

»Ich liebe dich nicht.«

»Ich weiß.«

»Und es macht dir nichts aus?«

»Doch. Aber nicht wirklich.«

»Wie meinst du das?«

»Du kannst nichts dafür. Du weißt gar nicht, was das ist, Liebe. Du weißt ja nicht mal, was Freundschaft ist.«

»Ich brauche keine Freunde.«

»Jeder braucht Freunde. Du hast keine Freunde. Bekannte, ja. Viele. Manche, die auf dein Geld aus sind. Manche, die es toll finden, die Telefonnummer von Franck von Franckenhorst zu kennen. Schmeichler. Schmarotzer. Alles, was man kaufen kann oder am besten nicht kaufen sollte. Du hast keine Freunde, aber du hast mich.«

»Zu welcher Kategorie zählst du dich denn?«

»Zu den Menschen. Einfach zu den Menschen.«

»Und du willst gar nichts von mir?«

»Doch, natürlich will ich was. Ich will, dass du mich begehrst. Ich will dein Geld. Das ist praktisch für mich, und dir tut es nicht weh. In Gelddingen bist du sogar großzügig. Das Leben mit dir ist immer für Überraschungen gut. Ich liebe

Überraschungen. Und ich sehe immerhin, dass du auf der Suche bist. Nach Menschen. Vielleicht sogar nach dem Menschen in dir.«

»Ich begehre dich.«

»Das will ich schwer hoffen.«

»Ich will mit dir schlafen.«

Stefanie lachte und zog ihn ins Schlafzimmer.

SONNTAG

Franck schaute auf seine Uhr. Es war eine Micky-Maus-Uhr mit großen schwarzen Ohren. Es war kurz vor halb drei Uhr am Sonntagmittag. Die Minuten waren nicht gut abzulesen. Noch gut eine Stunde, dann würde er Herr über hundert Millionen sein.

Die Uhr war ein Geschenk von Stefanie. Ach, nein, Stefanie durfte er ja nicht mehr sagen und sollte es auch nicht denken. Ab sofort durfte er sie Fanny nennen. Nicht jeder durfte sie Fanny nennen, sondern nur Menschen, die von ihr die ausdrückliche Erlaubnis hatten. Franck hatte nicht herausbekommen, wie viele Menschen die Fanny-Erlaubnis hatten.

»Gibt es etwas, was dein Vater wirklich liebt?«, hatte sie gefragt. Franck musste überlegen. Ferdinand liebte die Macht, das Geld, seinen Erfolg. Die Anerkennung durch andere. Nein, das sei es nicht, was sie suchte. Ob es etwas gebe, was er liebte, aber dessen er sich nicht wirklich sicher war.

»Er liebt Uhren. Handgemachte Luxus-Uhren. So etwas wie meine Lange-Tourbillon. Wenn er wüsste, dass ich sie habe, und er hat sie nicht, das würde ihn rasend machen.«

»Das klingt schon interessanter«, sagte Fanny. »Wieso hast du eine Uhr, und er hat sie nicht? Er ist doch viel reicher als du, er kann sich doch alles kaufen.«

»Die Lange-Tourbillon aber nicht. Die ist ausverkauft. Die Variante in Platin war auf fünfzig Exemplare limitiert. Ich hatte mich sehr früh interessiert und bin persönlich nach Glashütte gereist.«

»Glashütte?«

»Ein Ort in Sachsen. Dorther kommen die besten deutschen Uhren. Auf jeden Fall die teuersten.«

»Und du hast eine Lange-Tourbillon und dein Vater nicht?«

»Ja.«

»Dann schenk sie ihm.«

»Ich soll meine Uhr verschenken?«

»Ja, natürlich. Stell dir das mal vor. Der kleine, unbedeutende Sohn hat die Größe, dem Vater etwas zu schenken, was der nicht bekommen konnte.«

»Nein, das mache ich nicht. Mein Vater weiß nicht einmal, dass ich auch Uhren sammle. Er würde sofort denken, ich wäre wie er, das möchte ich nicht. Irgendwann, aber nicht heute, werde ich das Geheimnis lüften.«

»Dann schenk sie mir.«

»Nein, die verschenke ich nicht.«

»Ich schenke dir dafür meine Micky-Maus-Uhr.«

»Was hat die gekostet?«

»Fünf Dollar. Aber das Armband habe ich auf eigene Kosten verlängern lassen.«

»Fünf Dollar plus ein Plastikarmband. Und das soll ich gegen meine Lange-Tourbillon tauschen?«

»Wenn du schlau bist.«

»Was meinst du denn damit?«

»Den großen Auftritt willst du ja nicht. Aber mitspielen willst du. Dann spiele eben. Dann lass heute deine Protz-Uhr zu Hause, ich will sie gar nicht, und geh mit der Micky-Maus am Arm zu deiner Krönungsfeier. Ich schenke sie dir.«

»Ich soll die Micky-Maus-Uhr tragen?«

»Genau. Und damit signalisierst du, dass du künftig nach deinen eigenen Regeln spielen willst. Jeder wird danach wissen, dass du für Überraschungen gut bist und dass man dich nicht unterschätzen darf.«

»He, das machen wir. Ich kaufe dir die Micky-Maus-Uhr ab.«

»Nein, die habe ich dir soeben geschenkt.«

Franck freute sich wie ein kleines Kind, als er die Comic-Uhr an seinem Arm befestigte. »Sieht das nicht etwas kindisch aus?«

»Vielleicht. Aber ansonsten wirst du wie aus dem Ei gepellt dort erscheinen. Mr. Business-Gott höchstpersönlich. Da ist dann eine Micky-Maus-Uhr nicht mehr kindisch, sondern ein Beweis von Unabhängigkeit und Charakter.«

»Was du alles weißt. Hört sich jedenfalls gut an.«

»Ich studiere Psychologie und Marketing, falls du das vergessen hast. Ich weiß, was ich tue. Ganz im Gegenteil zu dir. Du bist gerade erst dabei anzufangen, zu wissen, ob du überhaupt was willst.«

Es war Viertel vor drei, sagte die Uhr von St. Michael mit drei Glockenschlägen. Franck gab Fanny einen Kuss auf die Wange. Sie verabschiedete sich mit einem Kompliment: »So wie du heute aussiehst, bist du der bestangezogene Mann, den ich in Köln jemals gesehen habe. Deine Familie wird begeistert sein.«

Franck hatte Fanny den Anzug, das Hemd, die Schuhe, die Krawatte, das Einstecktuch, einfach alles aussuchen lassen. Zum Schluss hatte sie ihm sogar die Haare nachgeföhnt und etwas aufgelockert. Und er fühlte sich gut dabei.

Er ging zum Taxistand Brüsseler Platz und ließ sich nach Unter Sachsenhausen bringen zum Bankhaus Sal. Oppenheim. Diese »Privatbankiers seit 1789«, immerhin das Jahr der Französischen Revolution, wie Franck verwundert feststellte, waren seit Generationen das Bankhaus der von Franckenhorsts.

Franck kannte das vornehme, aber etwas verschlissene Ambiente. Er hatte gelesen, dass die Zentrale des Geldunternehmens nach Luxemburg verlegt worden war, vermutlich aus steuerlichen Gründen.

Dass sein Vater zur Feier des Tages in das Bankhaus eingeladen hatte, fand Franck passend. Hier blieben ihm ganz sicher neckische Umschlagspiele in irgendwelchen Opernsängerinnenbusen erspart. War ihm auch lieber so. Es wäre einfach unehrlich, wenn Ferdi für ihn eine große Party inszeniert hätte. Man würde das Geschäftliche regeln, und dann müsste man miteinander auskommen. Nicht mehr, aber auch nicht weniger.

Im Foyer des Bankhauses, das wie ein Luxushotel wirkte und keinerlei Hinweise auf irgendwelche Geldgeschäfte präsentierte, wurde Franck höflich begrüßt. »Sie werden im Sitzungszimmer auf der Direktionsetage erwartet, wenn Sie mir bitte folgen wollen«, sagte ein Angestellter, der sich als Baron von Soundso vorstellte, nicht von Oppenheim, irgendein anderes Adelsgeschlecht, das Franck sich nicht merken wollte. Hier waren wahrscheinlich auch die Portiers und Toilettenfrauen von und zu. Mit einem gläsernen Aufzug, der hörbar ächzte, fuhren sie nach oben und landeten in einer holzgetäfelten Welt mit Ölporträts an den Wänden, die ganze Galerie der alten Bankiers.

Der letzte Senior war erst 2005 verstorben und mit einer Feier im Kölner Dom geehrt worden. Der Freiherr war zwar nicht katholisch, aber der Kathedrale als Stifter sehr verbunden. Ob solche irdischen Beziehungen auch noch im Himmel etwas bewirken konnten?

»Bitte, hier«, bat ihn der »von und zu« durch eine Holztür, die er für ihn aufhielt. Franck betrat einen kleinen Vorraum, hinter dem sich der eigentliche Besprechungsraum befinden musste. Franck wusste, dass er auf die Minute pünktlich war, aber außer ihm schien niemand anwesend. Eine nicht mehr ganz junge, elegante Frau, wohl eine Vorzimmerdame im Sinne des Wortes, musterte ihn mit gewissem Wohlwollen und stellte dann fest, ohne Widerspruch zu erwarten: »Sie sind also Herr von Franckenhorst.«

»Ja, Franck von Franckenhorst.«

»Ich werde Sie anmelden«, sagte die Dame und drückte jetzt nicht etwa irgendein Telefon oder eine Sprachapparatur, sondern ging ins Nachbarzimmer und ließ Franck zurück, allerdings noch behütet oder bewacht von Herrn »von und zu«. Nach wenigen Sekunden ging die Tür wieder auf, und die Vorzimmerdame sagte: »Herr von Franckenhorst lässt Herrn von Franckenhorst bitten.«

Als Franck in das Konferenzzimmer trat, überfiel ihn Miriam, seine kleine Schwester, mit einem Konfettiregen, und alle sangen los: »Zum Geburtstag viel Glück«. Franck war gerührt und freute sich. Das hatte er nicht erwartet. Gunther, der direkt neben seinem Vater stand, sang besonders laut und kräftig, aber Magda, seine Mutter, übertönte mit ihrer Kirchenchorstimme die gesamte Schar. Und beim letzten »Zum Geburtstag, lieber Fra-anck, zum Geburtstag viel Glück« flogen Luftschlangen und ein Champagnerkorken, sein Vater füllte die Flöten und reichte sie an alle weiter.

Außer den Familienmitgliedern waren noch zwei Männer anwesend, die auf Franck zukamen und ihm gratulierten. Den einen kannte er, Dr. August, den langjährigen Rechtsanwalt der Familie. Franck hatte sich als Kind oft über den Namen lustig gemacht, aber Dr. August war ein honoriger Mann, der keine Probleme mit diesem Spaß hatte. Der zweite Mann stellte sich als Graf Uhland vor, er sei vom Bankhaus und sozusagen der Gastgeber. Auch er wünsche dem jungen Herrn von Franckenhorst alles Gute und viel Erfolg für den kommenden Lebensabschnitt.

Ferdinand klopfte mit seinem Füller an sein Glas und bat um Ruhe. Jetzt kam für seinen Vater der schwierige Teil, er musste eine Rede halten. Während es Franck nur an Schlagfertigkeit mangelte, vorbereitete Reden vor Publikum waren für ihn überhaupt kein Problem, hasste sein Vater diese Art öffentlicher Auftritte. Manchmal geriet er dabei sogar ins Stottern. Nun, hier im Kreise der Familie, dazu Dr. August und Graf Uhland quasi als Angestellte, würde er schon durchkommen.

»Schluss mit lustig«, sagte Ferdinand laut, und der Ton war so scharf, dass das Gelächter erstarb und sofort Ruhe einkehrte. »Lasst uns noch einen Schluck auf das Geburtstagskind trinken und dann zum wichtigen Teil des Tages kommen. Auf dein Wohl, mein Junge.«

»Danke, Vater«, sagte Franck und nahm nur einen kleinen Schluck. Er wollte bei klarem Bewusstsein sein und sich den Geist nicht durch Alkohol vernebeln, nicht einmal durch die »Alte Witwe«, seinen Lieblingschampagner. Etwas in der

Stimme seines Vaters hatte sein Inneres auf Alarm geschaltet. Er ließ sich nichts anmerken, prostete der Reihe nach allen zu und sagte dann: »Ja, lasst uns nun zum wichtigen Teil des Tages kommen.«

Alle setzten sich, und die Sitzordnung ergab, dass Franck allein auf einer Seite des Tisches saß und alle anderen, seine kleine Schwester ausgenommen, ihm gegenüber thronten wie die fünf Geschworenen. Miriam saß aber auch nicht neben ihm, sondern druckste abseits in einer Ecke herum, und für einen Augenblick schien es Franck, als hätte Miriam eine Träne in den Augen. Wahrscheinlich Liebeskummer. Er nahm sich vor, sie nach dem offiziellen Teil mal zu fragen.

»Nun, mein Sohn. Ich weiß, wie wichtig der heutige Tag für dich ist«, ergriff Ferdinand wieder das Wort. »Aber dieser Tag ist natürlich noch wichtiger für das Familienunternehmen der von Franckenhorsts insgesamt. Du als mein ältester Sohn sollst das Haus leiten, wenn du fünfzig Jahre alt wirst, so wie ich es leite, seitdem ich fünfzig Jahre alt bin. Das ist eine große Verantwortung. Nun haben unsere Ahnen die weise Regelung geschaffen, dass zuvor eine zwanzigjährige Probezeit durchlaufen werden kann.« Ferdi machte eine Pause und bat um ein Glas Wasser.

Aus Miriams Ecke erklang ein Schluchzen. Gunther, Francks Bruder, der zur Rechten des Vaters saß, schob seinen Stuhl etwas zurück, als wolle er in Deckung gehen. Francks Mutter hielt den Blick unverwandt auf Ferdinand gerichtet, sie gab ihm immer und immer das Gefühl, dass nur er für sie wichtig sei, und das war heute nicht anders. Dr. August faltete seine Hände über einer ledernen Mappe, in der Franck die vorbereiteten Papiere vermutete. Graf Uhland reichte Ferdinand das Wasser und schüttete sich dann ebenfalls ein Glas ein.

»Verantwortung, mein Sohn. Große Verantwortung, habe ich gesagt«, fuhr Ferdinand fort. »Aber leider weißt du bis heute nicht, was dieses Wort bedeutet: Verantwortung.«

Franck spürte, dass er etwas sagen wollte, sagen müsste. Aber ihm fehlten die Worte.

»Dr. August, lesen Sie doch bitte einmal die einschlägige Stelle aus dem Vertrag vor.«

Der Rechtsanwalt klappte die Ledermappe auf, schaute erst Ferdinand, dann Franck an und sagte schließlich: »Paragraph siebenundzwanzig des Familienvertrages ist sicher allen hier im Raum bekannt. Er bestimmt, dass dem ältesten Sohn des amtierenden aktiven Familienoberhauptes am Tag seines dreißigsten Geburtstags um fünfzehn Uhr zehn Prozent der Anteile des Familienunternehmens mit allen Rechten und Pflichten übertragen werden ...«

Dr. August machte eine Pause, senkte die Stimme aber nicht, sondern hielt sie hoch, als wolle er gleich fortfahren. Zunächst aber schaute er in die Runde, ob jemand etwas einzuwenden hätte. Das war nicht der Fall, und so fuhr er fort: »... mit allen Rechten und Pflichten übertragen werden, sofern der Betreffende alle Voraussetzungen erfüllt.«

Was sollte das jetzt? Franck stand auf, wollte etwas sagen, sagte aber nur: »Bitte ein Glas Wasser.« Der Graf reichte es ihm, Franck trank einen Schluck und noch einen Schluck, setzte sich wieder hin und wartete, wie es weitergehen würde.

Ferdinand hatte ihn scharf beobachtet und sagte schließlich zu Dr. August: »Jetzt machen Sie schon, das muss ein Ende haben.«

Dr. August rückte seine Brille zurecht. »Also, wo war ich? Hier. ... sofern der Betreffende alle Voraussetzungen erfüllt. Jetzt kommen erst einmal die bekannten Voraussetzungen wie anerkannte Vaterschaft, bestätigtes Alter, daran werden keine Zweifel vorgetragen. Aber dann heißt es weiter: Muss der Betreffende in den letzten sechsunddreißig Monaten mindestens zwölf Monate für das Familienunternehmen tätig gewesen sein. Und, lieber Herr von Franckenhorst, diese Bedingung wird von Ihnen leider nicht erfüllt, wie mir Ihr Herr Vater zweifelsfrei dargelegt hat. Wenn Sie sich vergewissern wollen: hier die entsprechende Regelung im Familienstatut, hier die Liste der Tätigkeiten, die Sie in den letzten sechsunddreißig Monaten ausgeübt haben, wenn man da von Tätigkeiten sprechen will.«

August hielt ihm die Papiere hin, Franck nahm sie gar nicht wahr. Gunther war inzwischen aus der Deckung gekommen und schien vollauf zufrieden. Seinem Vater aber stand der Triumph ins Gesicht geschrieben.

»Ich habe dich gewarnt«, sagte Ferdinand, »aber du glaubst ja immer, alles besser zu wissen und es nicht nötig zu haben, dich wirklich um die Familie zu kümmern. Aber unsere Familie ist stärker. Und ich werde es nicht zulassen, dass jemand wie du unser Unternehmen zugrunde richtet.«

Franck schaute auf die Uhr. Es war noch nicht einmal halb vier. Wo waren seine hundert Millionen? Wo war seine Zukunft? Er rang nach Fassung und nach Worten. Aber stattdessen sprach wieder sein Vater: »Micky-Maus-Uhr. Habt ihr das gesehen: eine Micky-Maus-Uhr. Und so einer soll unsere Firma leiten? Jetzt seht ihr es selbst.«

Franck erinnerte sich an das Gespräch mit Fanny und daran, welche Bedeutung die Micky-Maus-Uhr für ihn haben sollte: »Gut, Ferdinand«, er sagte ganz bewusst nicht Vater, sondern Ferdinand: »Du hast das Spiel eröffnet. Es sieht so aus, als stünde es 1:0 für dich. Ich bin gewillt, mitzuspielen.«

Franck stockte, als erwartete er eine Reaktion seines Vaters. Aber Ferdinand würdigte ihn keines Blickes, tuschelte stattdessen mit Gunther. Franck suchte jemanden, den er ansprechen konnte. »Dr. August, ich frage Sie als Anwalt der Familie, welche weiteren Regelungen gibt es in diesem Fall? Welches Gremium könnte feststellen, dass ich doch alle Voraussetzungen erfülle?«

»Darüber entscheidet der engere Familienrat, bestehend aus Ihrem Vater, Ihrer Mutter und Ihrem Bruder. Ihre Schwester ist noch keine fünfundzwanzig Jahre alt und nicht stimmberechtigt. Und Sie selbst haben natürlich auch Stimmrecht. Ich darf Sie darüber informieren, dass der engere Familienrat heute auf Antrag Ihres Vaters bereits getagt hat und diese Frage negativ für Sie entschieden wurde. Ihr Vater als Familienoberhaupt hat fünfzig Prozent der Stimmen und kann nur überstimmt werden, wenn alle anderen sich nicht seiner

Meinung anschließen. Das war nicht der Fall, sodass das Votum auch ohne Ihre Mitwirkung eindeutig und verbindlich war.«

»Kann ich dagegen Rechtsmittel einlegen?«

»Nein, wer gegen die eigene Familie klagt, verwirkt damit seine Rechte aus den Familienverträgen. Durch eine Klage könnte allenfalls eine gewisse einmalige Entschädigung erreicht werden, doch sind da außergerichtliche Regelungen in jedem Fall vorzuziehen und auch für Sie günstiger.«

»Welche Möglichkeiten gibt es für mich, wieder in meine Rechte eingesetzt zu werden?«

»Wenn Sie in den nächsten zwölf Monaten mindestens zehn Monate für das Familienunternehmen arbeiten, erhalten Sie Ihre Rechte zurück. Ihr Vater ist verpflichtet, Ihnen eine geeignete Position anzubieten.«

»Was geschieht mit meinen Unternehmensanteilen? Es kann ja wohl nicht sein, dass über die jemand anderes verfügen kann.«

»Das wird dankenswerterweise Graf Uhland übernehmen. Er ist als Treuhänder eingesetzt und wird sicherstellen, dass Ihr Vermögen Ihnen jederzeit zur Verfügung steht, wenn Ihre Ansprüche anerkannt werden.«

Graf Uhland nickte ihm mit unbewegter Miene zu.

»Da bin ich Ihnen ja wirklich zu Dank verpflichtet«, sagte Franck, »aber was ist, wenn ich ablehne?«

»Dann verwirken Sie Ihre Ansprüche. Dann besteht prinzipiell die Möglichkeit, dass Sie ausgezahlt werden und vollständig aus dem Familienunternehmen ausscheiden, finanziell gesehen. In diesem Fall würden Ihre Rechte auf Ihren Bruder übergehen, der dann seinerseits natürlich die Bedingungen zu erfüllen hätte.«

Gunther, ja, warum eigentlich nicht Gunther? Der war gerade erst sechsundzwanzig, hatte seinen Diplom-Volkswirt mit Auszeichnung gemacht, betrieb eine Steuerberaterkanzlei und war so längst eine Stütze für das Unternehmen. Er schaute seinen Bruder an.

»Wärst du eigentlich gerne Direktor oder Geschäftsführer?«

»Ja, das weißt du doch«, sagte Gunther.

»Ja, natürlich, weiß ich. Aber ich wollte mal deine Stimme hören. Gesungen hast du, aber gesagt hast du nichts. Warum hast du mich nicht vorgewarnt, Bruderherz? War das zu viel verlangt? Was zahlst du mir, wenn ich aufgebe?«

»Beruhige dich, Franck. Was hätte es geändert, wenn ich dir etwas gesagt hätte? Du hast dich bisher nie für die Firma interessiert, und du wirst es vermutlich nie tun. Wenn du dich nicht einmal um die Verträge scherst, die dich ganz direkt angehen, wie willst du dann Verantwortung für andere Verträge übernehmen? Mit deinem Verhalten schadest du dem Ansehen des Unternehmens und unserer Familie. Du willst das doch hier gar nicht. Denke drüber nach. Das Finanzielle kann man regeln.«

Ferdinand schaute stolz auf seinen Zweitgeborenen. »Junge, das hast du gut gesagt. Komm, wir gehen jetzt feiern.« Mit diesen Worten stand Ferdi auf, ging aus dem Zimmer, Magda und Gunther folgten ihm.

Franck ging zu Miriam und nahm sie in den Arm. »Schwesterlein, das ist doch kein Grund zum Weinen. Ich hab heute Geburtstag, und meine Schwester weint. Hier, ich schenke dir was, meine Uhr.« Und er nahm die Micky-Maus-Uhr und band sie ihr um den Arm.

Miriam gelang ein Lächeln. »Vater bekommt einen Herzinfarkt, wenn er die sieht.«

»Bestimmt nicht, der ist zäh. Ich brauche sie nicht mehr. Das Spiel wird jetzt anders gespielt.«

Franck wandte sich an Dr. August und Graf Uhland. »Meine Herren, Sie werden verstehen, dass ich eine Bedenkzeit benötige. Wie lange darf die sein?«

»Darüber steht nichts in den Verträgen. Sie müssen nur in den nächsten zwölf Monaten zehn für das Unternehmen arbeiten. Im Extremfall hätten Sie also zwei Monate.«

»So lange werde ich nicht benötigen. Ich erwarte, dass Sie

alle Papiere vorbereiten, und ich erwarte Diskretion. Sie hören von mir.«

Die Herren nickten, als Franck den Raum verließ.

»Warte«, rief Miriam, »nimm mich mit. Ich weiß doch nicht, wohin.«

Fanny hatte aus der Wohnung am Brüsseler Platz eine Party-Oase gemacht. Palmen, sogar ein Hauch von Strand durch aufgeschütteten weißen Sand auf der Dachterrasse, Girlanden, Lampions, exotische Tänzerinnen mit Blumen im Haar. Auf dem Esszimmertisch stand eine riesige Torte mit dreißig Kerzen. In den Zimmern lümmelten sich bestimmt vierzig Personen, Fanny hatte jeden angerufen, von dem sie wusste, dass Franck ihn irgendwie kannte.

»Was ist denn hier los?«, fragte Franck fassungslos, als er mit Miriam im Schlepptau nach Hause kam. Aber dann fiel ihm die strahlende Fanny um den Hals und nach und nach gratulierten all die anderen Gäste. Und es wurde wieder gesungen, diesmal nicht auf Deutsch, sondern auf Denglisch: »Happy birthday, lieber Fra-anck, happy birthday to you.«

Miriam wollte etwas sagen, Franck hielt sie zurück. »Jetzt nicht. Lass uns feiern. Morgen ist auch noch ein Tag.«

»Ich könnte das nicht«, sagte Miriam, und dann schossen ihr wieder die Tränen ins Gesicht.

»Was ist denn los?«, wollte Fanny wissen.

»Ach, nur ein bisschen Liebeskummer«, sagte Franck und zog seine kleine Schwester aus dem Getümmel, was sich als gar nicht so einfach herausstellte, denn die gesamte Wohnung schien im ausgelassenen Belagerungszustand.

Sogar im Schlafzimmer tummelte sich ein Pärchen, das aber schuldbewusst verschwand, als Franck mit Miriam auftauchte.

»Schwesterherz, sei nicht so traurig. Was ist denn schon passiert?«

»Was passiert ist? Die Familie fliegt auseinander. Vater und Gunther haben dich betrogen.«

»Nein, haben sie nicht. Nicht wirklich. Du hast doch gehört, was Dr. August vorgelesen hat.«

»Das sind doch alles Scheinargumente. Ich war dabei, als über dich verhandelt wurde. Es war ja schon feige, dass das alles ohne dich ablief. Es ist einfach so, dass Vater dich um dein Recht bringen will, und Gunther hilft ihm dabei. Der hat wahrscheinlich schon längst ausgerechnet, was er künftig mit dem Geld alles machen kann. Aber der legt das ja wahrscheinlich doch nur auf die Bank oder kauft Aktien. Der braucht eigentlich gar nichts. Bei dir ist das anders. Du leistest dir wenigstens was. Du kaufst, du kaufst – zum Beispiel Micky-Maus-Uhren.«

»Die hat mir Fanny geschenkt.«

»Und dann hast du sie einfach weiterverschenkt?«

»Das ist schon in Ordnung.«

»Was wirst du tun?«

»Jetzt werde ich erst einmal feiern gehen. Da draußen wartet man auf mich.«

»Das meine ich nicht. Mit der Firma?«

»Ich hatte dich schon verstanden. Ich weiß es nicht. Ich brauche etwas Zeit.«

»Du musst die Firma übernehmen.«

»Wieso das denn? Gunther ist doch viel besser eingearbeitet, oder?«

»Franck, jetzt hör mir endlich einmal richtig zu. Mir ist das wichtig, und ich will nicht immer nur die kleine Schwester sein, die nichts weiß und nichts kann. Du musst die Firma übernehmen. Irgendetwas stimmt da nicht. Ich weiß nicht, was, aber Vater ist in der letzten Zeit so, so anders. Und Gunther auch. Manchmal habe ich Angst, panische Angst, dass irgendetwas Schlimmes vorgeht.«

»Miriam, Schwesterherz.«

»Hör auf, großer Bruder, so auf mich herabzusehen. Ich meine es ernst, und ich weiß, was ich sage.«

»Gut. Ich habe das verstanden. Ich nehme dich ernst. Du weißt, dass du meine Lieblingsschwester bist …«

»Du hast doch nur mich.«

»Ja, aber auch wenn ich noch zwölf Schwestern hätte, wärst du diejenige, die für mich zählt. Das sollte kein dummer Spruch sein. Aber ich habe nicht verstanden, was du meinst.«

»Ich meine, dass es höchste Zeit ist, dass du dich um die Firma und die Familie kümmerst. Ich meine, dass Vater und Gunther genau das verhindern wollen, um irgendetwas zu verbergen, was sonst ans Tageslicht käme. Und ich meine, dass du sowieso der richtige Mann für die Firma wärst.«

»Ich, nicht Gunther?«

»Ja, du. Wir machen schließlich Parfüm, und du bist der einzige Mann in der Familie, der etwas von Frauen versteht.«

»Franck, der Frauenversteher? Das hat mir noch keine Frau gesagt. Wie kommst du denn darauf?«

»Du wirst nicht ungeduldig, wenn Frauen einkaufen gehen.«

»Miriam, du weißt nicht, was du da sagst. Erst gestern noch habe ich Fanny allein im Laden gelassen.«

»Ist doch wunderbar. Ist doch viel besser, als miesepetrig in der Ecke zu sitzen und dabei zu denken, was das jetzt wieder kostet.«

»Nun ja, ist ja nicht mein Verdienst, dass ich so viel Geld habe. Da kann ich schon mal ein Kleid spendieren. Wenn ich sehe, wie Fanny sich über das kleine Schwarze gefreut hat ...«

»Geld haben Vater und Gunther auch. Aber die kämen nie auf die Idee, einfach mal nur so ein Kleid zu spendieren. Und Parfüm gibt es bei uns zu Hause auch nur aus eigener Produktion. Nein, du bist der Richtige, glaube es mir.«

Franck drückte Miriam einen Kuss auf die Stirn.

»Schwesterherz, ich glaube dir nicht. Aber es tut gut, dass du das sagst. Was du für Verständnis hältst, könnte das nicht auch Gleichgültigkeit sein? Ich hatte gestern eine Begegnung in einer unserer Parfümerien.«

»Du gehst in unsere Parfümerien?«

»Ich wollte mal nach dem Rechten sehen.«

»Ja, jetzt habe ich dich. Du willst es also doch.«

»Ich will jetzt erst einmal meine Geschichte erzählen.«

»Ja, erzähl. Aber ich habe dich durchschaut.«

»Ich sagte der Verkäuferin, sie hieß Christina Brandt, ich suchte etwas für meine Verlobte und ich hätte nicht viel Zeit, sie solle sich beeilen. Und sie fragte keck, ob sie mir einen Rat geben dürfe: Für Frauen müsste ich mir immer Zeit nehmen, ganz besonders für meine Verlobte.«

»Eine kluge Frau.«

»Ich sagte darauf, dass Vater immer sage ›Zeit ist Geld‹. Und sie darauf: ›Nein, Zeit ist Liebe‹.«

»Das ist ein schöner Spruch. Den werde ich mir merken. Und was hast du dann getan?«

»Dann habe ich das Parfüm gekauft und es ihr geschenkt.«

»Du Romantiker, mein großer Bruder ist ein verkappter Romantiker.«

»Und meine kleine Schwester hat keine Ahnung von Männern.«

»Hat sie doch.«

»Du, Ahnung von Männern? Wer ist es?«

Miriam lachte nur und zog ihn aus dem Schlafzimmer. »Komm, lass uns rausgehen und feiern. Ich habe Lust auf Torte.«

MONTAG

Franck schaute auf die Uhr in der Küche. Es war Viertel nach eins, und seine Wohnung war ernsthaft renovierungsbedürftig. Reste des Geburtstagskuchens klebten an der weißen Wand, Rotweinflecken schmückten den weißen Teppich, irgendjemand hatte eine Packung Salz darüber gekippt, das sei ein altes Hausmittel.

Die Zahl der Besucher war sehr übersichtlich geworden. Miriam war noch da, sie klönte mit Benno, dem Maler, der fast dreimal so alt war wie sie und der sich überraschend aufrecht hielt, obwohl er ein halbes Dutzend Flaschen Wein intus hatte.

Fanny war immer noch die aufmerksame, strahlende Hausfrau, ihr kleines Schwarzes trug sie mit Stolz und Anmut, die vollendete Gastgeberin. Irgendwann im Laufe des Abends hatte sie ihm gebeichtet, dass die ganze Veranstaltung mehrere tausend Euro gekostet habe, die er noch bezahlen müsse, sie habe alles ganz wunderbar auf Kredit geliefert bekommen, als sie erwähnt habe, es sei für den Geburtstag von Herrn Franckenhorst.

Franck hatte Fanny noch nicht erzählt, wie es am Nachmittag gelaufen war. Und sie hatte, was ihn wunderte, nicht gefragt. Oder war es so selbstverständlich, dass alles glattgegangen sein musste? Wahrscheinlich. Wie hätte auch irgendeiner auf die Idee kommen können, dass er nicht sein Erbe antreten könnte, wo das doch seit Jahrhunderten bei den Franckenhorsts geregelt war.

»Setz dich zu uns«, sagte Franck zu Fanny, »du musst doch nicht die ganze Nacht durcharbeiten.«

»Ich arbeite nicht. Ich bin auf meiner Insel. Mit Palmen und Strand. Ich feiere Geburtstag. Du, du bist auch reif für die Insel.«

Und dann war da noch Georg. Franck kannte Georg schon

seit der Schulzeit. War Georg sein Freund? Sie sahen sich nicht sehr oft, Georg hatte Jura studiert und war Journalist geworden, beim EXPRESS, diesem kölschen Gegenstück zur Bild-Zeitung. Franck hatte immer Angst, Georg würde ihn in die Zeitung bringen, Georg hatte immer Angst, Franck könnte meinen, er hätte es auf sein Geld abgesehen. Also gingen sie sich aus dem Weg und freuten sich ehrlich, wenn sie sich irgendwo zufällig trafen.

Benno trug wie immer einen Hut. Keinen Strohhut diesmal, sondern ein anthrazitfarbenes Stück mit einem schwarzen Band. Franck erinnerte sich an den Giftzwerg mit Hut von gestern, nein, jetzt war es ja schon vorgestern.

»Benno, wo kauft man in Köln eigentlich Hüte?«

Benno schaute ihn an, als hätte er gerade ein Sakrileg begangen, das mit sofortiger Verbannung in die Hölle zu bestrafen wäre. »Was meinst du damit: Wo kauft man in Köln Hüte? Hüte kauft man nicht, Hüte lässt man sich machen.«

Und dann legte Benno los und erzählte von seinem Hutmacher am Friesenwall, einem von nur noch ganz wenigen, die in Deutschland ihr Handwerk ausübten. Da führen manche Ahnungslose nach London oder New York, um sich Hüte zu kaufen, dabei gebe es in Köln die besten Hüte der Welt. Sein Hut zum Beispiel sei aus feinstem Hasenfilz.

»Tierquäler, alter«, flachste ihn Fanny an.

Benno redete sich so in Rage, dass er nicht einmal merkte, wie Miriam ihm den Hut vom Kopf stibitzte, wobei nicht nur eine lange Künstlermähne zum Vorschein kam, sondern auch eine kahle Stelle, nicht wirklich groß, aber deutlich sichtbar. Bennos privater Heiligenschein sozusagen.

Wenn Franck sich einen Hut fertigen lassen wolle, dann solle er ja nicht ohne Benno in den kleinen Laden gehen. Der Hutmacher solle schließlich wissen, wem er die neue Kundschaft zu verdanken habe.

Franck war von Bennos Redeschwall überrascht. Denn normalerweise gehörte der Maler zu den Schweigsamen. »Alles, was ich zu sagen habe, sage ich in meinen Bildern«, lautete sein Motto. Leider waren Bennos Bilder sehr abstrakt, Franck jedenfalls tat sich schwer damit, sie zu verstehen. Benno schien Francks Unverständnis nicht weiter zu stören, solange er regelmäßig eins seiner Werke kaufte.

Miriam schlich sich hinterrücks an Franck heran und setzte ihm Bennos Hut auf. Der rutschte ihm tief bis über die Ohren, war ganz offensichtlich zu groß, aber Fanny quittierte den Anblick mit einem anerkennenden »Wow«, was Franck so neugierig machte, dass er sich aufschwang und vor dem Garderobenspiegel das Ganze in Augenschein nahm. Stand ihm wirklich gar nicht so übel, verlieh ihm den Hauch eines Künstlers.

Franck gab Benno den Hut zurück, der froh war, sein Haupthaar wieder geschützt zu sehen. »Ich verrate euch jetzt ein Geheimnis: Seitdem ich den Hut trage, verkaufe ich meine Bilder doppelt so teuer wie vorher ohne Hut.«

Die Uhr von St. Michael schlug zwei Uhr nachts, als Franck plötzlich sagte: »Wie es aussieht, werde ich das Erbe nicht antreten.« Und dann erzählte er den anderen, was am Nachmittag passiert war.

Für Georg, den Journalisten mit dem Jurastudium, war der Fall klar: Franck solle klagen. Georg würde ihm den besten Rechtsanwalt Deutschlands vermitteln.

Benno sah den Vorgang als Familiendrama, das nach künstlerischer Gestaltung verlangte. Franck solle sich auszahlen lassen, Georg und dessen Staranwalt könnten dabei gerne mithelfen, aber Franck sollte das Leben genießen und ihm Modell sitzen und alles über seine Familienhistorie erzählen. Er werde daraus dann einen gigantischen Bilderzyklus gestalten, dessen Verkauf mehr einbringen würde an Ruhm und an Geld als Immendorffs »Café Deutschland«.

Fanny beteiligte sich nicht an der Diskussion. Was sie sagen wollte, hatte sie Franck schon unter vier Augen gesagt. Entweder ab auf die Insel oder mitspielen, aber dann richtig.

Miriam hätte sich wohl mehr Ermunterung für Franck gewünscht, aber als sie in die Debatte eingreifen wollte, hielt

Franck sie zurück: »Schwesterherz, lass gut sein. Ich habe nicht vergessen, was du gesagt hast.«

Und dann überraschte Franck trotz des späten Abends alle mit einer völlig nüchternen Rede. »Ich werde nicht aufgeben. Ich werde schon morgen einen Job in der Firma antreten. Und ich werde mir den Job aussuchen, den man mir am wenigsten zutraut: Ich werde kaufmännischer Direktor, Chef des Einkaufs und des Controllings. Ich will mich um das harte Geschäft kümmern. Formal mag es stimmen, dass ich mich in den letzten dreißig Jahren meines Lebens nicht für das Familienunternehmen interessiert habe. Und es stimmt auch, dass ich in den letzten drei Jahren keine zwölf Monate für das Unternehmen tätig war. Obwohl man das auch anders sehen könnte. Mein Aufenthalt in Südafrika war ja kein Urlaub, sondern ein Unternehmenspraktikum in einer Diamantenmine. Auch eine Form von Luxusgütern, wenn auch unter ganz anderen Bedingungen. Und wenn ich in Südfrankreich war, und ich war oft in Südfrankreich, habe ich mich um das Thema Parfüm sehr genau gekümmert. Aber das ist gar nicht so wichtig. Was wichtig ist, ist etwas anderes: Seit meiner Geburt war klar, dass ich die Firma übernehmen sollte. Seitdem ich denken kann, wurde ich darauf vorbereitet. Ich wusste, was mich mit dreißig Jahren erwartet und was mich mit fünfzig Jahren erwarten wird. Sehr viel Arbeit, der Ernst des Lebens. Und weil ich das wusste, habe ich mir meine Auszeiten gegönnt. Nicht, um vor meiner Verantwortung davonzulaufen, sondern um mich auf den neuen Teil meines Lebens vorzubereiten. Es mag für euch komisch klingen, aber für mich stimmt dieser Satz: Ein Milliardär hat's schwer. Ich habe es mein ganzes Leben lang leicht gehabt. Da ist es an der Zeit, dass es etwas schwerer und hoffentlich auch weniger langweilig wird. Manchmal, wie soll ich es sagen, manchmal kam ich mir wie lebendig begraben vor. Es machte überhaupt keinen Unterschied, ob es mich gibt oder nicht. Da hat jeder Geldautomat mehr Lebensqualität als ich. Benno, wenn ich malen könnte wie du, dann würde ich vielleicht mein Geld nehmen und Maler sein. Aber ich bin kein Maler. Ich kann nichts. Ich weiß, welcher Wein zu welcher Speise passt. Und ich kann gute von sehr guten Weinen am Geschmack unterscheiden. Ich kenne die hundert teuersten Uhren der Welt. Was würde der Welt verloren gehen, wenn es mich nicht mehr gäbe? Nichts.«

»Jetzt hör aber auf«, fiel ihm Miriam ins Wort. »Du müsstest wissen, dass du mein Lieblingsbruder bist. Und ich habe einen Bruder mehr, als du Schwestern hast. Ich darf das sagen. Ich finde auch richtig, dass du in die Firma gehst. Aber hör auf, dich selbst runterzumachen. Du kannst nichts dafür, dass du reich geboren bist. Das ist kein Verdienst, aber es ist auch keine Schuld. Und eine Entschuldigung ist es schon gar nicht.«

»Lieblingsschwesterlein«, sagte Franck, »ich will mich nicht entschuldigen. Ich wollte erklären, mir selbst etwas erklären. Fanny hat mir gestern so was gesagt. Ich wüsste gar nicht, ob ich etwas wissen wollte, oder so ähnlich.«

Fanny unterbrach ihn. »Ich weiß noch genau, was ich gesagt habe: Du bist gerade erst dabei anzufangen, zu wissen, ob du überhaupt was willst.«

»Ja«, sagte Franck, »und du hattest recht. Ich fange gerade erst an, zu wissen, ob ich überhaupt etwas will. Ich will etwas anfangen. Und ich will's wissen. Und irgendwie habe ich das Gefühl, dass ich ein paar aufregende Tage und Wochen vor mir habe.«

Benno hatte Francks Rede interessiert zugehört. Aber jetzt hielt er es nicht mehr aus. »Franck, heute Abend kann ich dir das sowieso nicht ausreden, das sehe ich in deinen Augen. Aber meiner Meinung nach machst du einen Fehler. Du taugst nicht fürs Geschäft. Werde Dichter. Sänger. Mach irgendetwas Kreatives. Diese Zahlenwelt wirst du nicht aushalten. Ich wette mit dir, dass du in zehn Tagen die Nase gestrichen voll hast und die Brocken hinwirfst. Und dann hast du dich so richtig vor deinem Vater und deinem Bruder blamiert. Das könntest du dir ersparen und ganz problemlos abkassieren.«

»Benno, du darfst das sagen. Du bist fast doppelt so alt wie ich und hast viel mehr Lebenserfahrung. Aber mich kennst du nicht. Diese Wette verlierst du. Ich ziehe das durch. Um was wetten wir überhaupt?«

»Na, um meinen Kopf soll's nicht gehen. Sagen wir: Wir wetten um einen Hut. Wenn ich gewinne, kaufst du mir einen neuen Hut. Wenn ich verliere, mache ich dich mit dem Hutmacher bekannt.«

»Und wer bezahlt?«

»Na, du natürlich. Billiger kommst du nicht davon.«

Es war zwölf Uhr am Montag, als sich Franck mit seiner Schwester auf den Weg zur Familienvilla in Marienburg machte. Franck trug eine MeisterSinger No 01, eine mechanische Einzeigeruhr, eine interessante Neuentwicklung eines Uhrmachermeisters aus Münster, die die Aufmerksamkeit seines Vaters wecken würde, die aber dem alten Herrn sicher viel zu billig wäre.

Miriam hatte am Brüsseler Platz übernachtet. Irgendwann gegen vier Uhr morgens waren sie alle ins Bett gefallen. Franck war um neun Uhr schon aufgewacht und hatte frische Brötchen vom Bäcker geholt und ein üppiges Frühstück gemacht. Fanny und Miriam teilten sich in der Zwischenzeit das Badezimmer. Franck hörte die beiden jungen Frauen laut und gut gelaunt miteinander reden, ohne den Inhalt ihrer Unterredung verstehen zu können.

Noch am Frühstückstisch versprühten die beiden gute Laune. »Wir haben beschlossen, dass wir dein Expertenteam werden«, sagte Miriam plötzlich. »Du hast doch keine Ahnung vom Geschäft. Ich dagegen, ich studiere Betriebswirtschaft. Fanny studiert Psychologie und Marketing. Mit uns beiden im Rücken kannst du die Firma so richtig aufmischen.«

»Und was habe ich dann noch zu tun?«

»Erstens musst du so tun, als ob du etwas tust, solange du noch nicht weißt, was du tust«, sagte Fanny.

»Was war das denn jetzt für ein Satz?«, fragte Franck.

»Der war gut, was? Aber den kriege ich nicht mehr hin.«

»Was Fanny meint«, sagte Miriam, »ist doch ganz einfach: Du trittst vom ersten Tag, also von heute an, völlig selbstbewusst auf, als hättest du den totalen Durchblick. Vater und Gunther sollen erst gar nicht auf die Idee kommen, sie könnten dich noch einmal überfahren.«

»Das hatte ich mir ohnehin vorgenommen. Aber ihr habt doch was ausgeheckt, ihr habt doch einen Plan.«

»Du hast heute Nacht gesagt, du wolltest als eine Art Chefcontroller arbeiten. Das ist gut, das ist sehr gut. Damit rechnet Vater nicht. Deshalb wird er dir den Job auch geben, weil er glaubt, dass du das auf keinen Fall geregelt bekommst. Und dann schlägst du zu. Sofort. Heute. Du lässt dir alle Rechnungen und Aufträge der letzten dreißig Tage ausdrucken. Du sagst, du wolltest mal einen ersten Einblick bekommen, was denn so hinter dem Tagesgeschäft stecke. Und dann bringst du mir die Unterlagen, und ich gehe sie durch, notfalls hole ich mir Unterstützung.«

»Warum die letzten dreißig Tage?«

»Ich finde, das klingt unverdächtig. Überschaubar. So als wolltest du dir nicht allzu viel Arbeit machen, sondern nur so tun, als ob. Ich glaube, dass in den letzten dreißig Tagen irgendetwas passiert ist in der Firma. Und das will ich rausfinden.«

Für den Weg nach Marienburg hatte Franck seinen BMW aus der Garage geholt. Normalerweise vermied er es, mit dem eigenen Wagen durch Köln zu fahren. Die Stau- und Baustellenlage änderte sich zwar von Tag zu Tag und blieb sich doch irgendwie gleich: Stau war immer, mal etwas kürzer, mal etwas länger, mal hier, mal dort, aber ohne Stau konnte er sich Köln gar nicht vorstellen. Und sollte mal irgendwo freie Fahrt sein, dann würde bestimmt ein Kölner in der zweiten Reihe, also mitten auf der Fahrbahn, parken und den gewohnten Stauzustand wiederherstellen.

Als er auf die Familienvilla zurollte, wunderte er sich über drei große silberne Limousinen, die vor der Einfahrt parkten.

»Da, da sind sie wieder«, sagte Miriam.

»Wen meinst du?«

»Die Besucher, die Vater neuerdings so oft empfängt.«

Bei den Wagen handelte es sich um Mercedes-S-Klasse Coupés mit Luxemburger Kennzeichen.

»Dann gehe ich vielleicht besser nicht mit rein«, sagte Franck.

»Doch, im Gegenteil. Dann bekommst du gleich selber eine Ahnung von dem, was ich meine. Und außerdem sind wir angemeldet. Mutter rechnet mit uns zum Mittagessen. Und mit Vater wolltest du deine künftige Karriere besprechen.«

Das Problem des unbekannten Besuches löste sich von alleine. Als Franck gerade ausstieg, öffnete sich die Pforte, und vier Männer verließen das Grundstück. Drei von ihnen trugen Aktenkoffer, der vierte war offensichtlich der Chauffeur des Seniors, der im Fond eines der Wagen Platz nahm. Die beiden anderen Kofferträger waren deutlich jünger als der Senior, nicht viel älter als Franck, und steuerten ihre Limousinen selbst. Die Kolonne nahm den Weg Richtung Süden, wo man in wenigen Minuten den Autobahnring erreichen konnte, jedenfalls fuhren sie nicht in die Stadt.

Magda tischte Nasi Goreng auf, eine von Francks Lieblingsspeisen. Das war Mutters Art zu zeigen, wie sehr sie sich freute, dass er mal wieder zu Hause war und mit am großen Tisch saß. Franck war schon vor elf Jahren ausgezogen, gleich nach dem Abitur. Auch Gunther wohnte längst nicht mehr in Marienburg. Nur Miriam machte noch keinerlei Anstalten, das heimische Nest zu verlassen, obwohl sie durchaus manche Nacht außerhalb verbrachte. Magda hatte Miriam versprechen müssen, ihr deswegen nie Vorhaltungen zu machen, Miriam ihrerseits hatte versprochen, nichts zu tun, was ihre Mutter nicht gutheißen würde. Beide hielten sich strikt an ihre Vereinbarung, eine sehr erwachsene Regelung, wie Franck fand, eine Toleranz, die er seiner Mutter gar nicht zugetraut hatte.

Auch Ferdinand saß mit am Tisch, beteiligte sich kaum an den Gesprächen und schien seinen eigenen Gedanken nachzuhängen. Ernste Themen durften während eines Familienessens bei den Franckenhorsts ohnehin nicht angesprochen werden, diese gemeinsamen Minuten waren so rar und kostbar, dass sie nicht durch irgendetwas Profanes wie Geschäfte oder gar Streit belastet werden sollten. Das war auch so eine Familientradition, aber eine, die sogar Franck schätzte.

Erst beim Espresso kam Franck zu dem Thema, auf das alle geduldig gewartet hatten. »Ich habe mich entschlossen, meine Verantwortung in der Firma wahrzunehmen. Ihr habt mich dreißig Jahre auf diesen Tag vorbereitet, ich werde jetzt nicht kneifen und alle Bedingungen erfüllen. Und, Vater, damit du siehst, dass ich den schweren Weg gehen will, möchte ich als kaufmännischer Direktor einsteigen, mich um Einkauf und Controlling kümmern.«

Franck machte eine Pause, weil er sah, dass sein Vater ihn ungläubig anschaute. »Du willst ins Controlling? Du, ein Erbsenzähler? Das schaffst du nie. Wie wäre es mit Werbung? Marketing? VIP-Betreuung?«

»Nein, Ferdinand, darum werde ich mich später kümmern. Jetzt muss ich doch erst einmal das harte Geschäft lernen. Und das kann ich nirgendwo besser als im kaufmännischen Bereich. Nächstes Jahr werde ich mich dann um die Produktion kümmern, und danach dann gerne auch um Werbung und Marketing. Aber du sollst ja auch noch was zu tun haben.«

»Junge, ich kann dir das nicht abschlagen. Du wirst kaufmännischer Direktor, gleichberechtigt mit Direktor Kannegießer, der natürlich im Amt bleibt und dessen Kompetenzen unverändert bleiben. Im Zweifelsfall gilt seine Entscheidung, solltest du anderer Meinung als er sein, dann musst du das zu mir eskalieren. Als mein Sohn darfst du das. Kannegießer wird das verkraften, er rechnet ja ohnehin mit deinem Einstieg. Wann willst du anfangen?«

»Morgen früh. Wann soll ich da sein?«

»Neun Uhr. Pünktlich. Dann müssen wir aber, damit alles seine Ordnung hat, sofort Dr. August anrufen, dass er die entsprechenden Verträge vorbereitet, und Direktor Kannegießer werde ich gleich selbst informieren, damit er sich bis morgen schon auf die neue Situation eingestellt hat. Der wird glauben, ich hätte dich als seinen Aufpasser zu ihm geschickt. Ist vielleicht gar nicht so schlecht, wenn er sich beobachtet fühlt.«

Ferdi stand auf und ging in die Bibliothek, die in Marienburg sein Rückzugszimmer war, der einzige Raum, in dem er unbehelligt seine Pfeife rauchen durfte. Franck hörte noch, wie Ferdi seine Sekretärin in der Firma anrief und sie bat, ihn mit Dr. August und Direktor Kannegießer zu verbinden.

»Wir sollten Gunther informieren«, sagte Miriam, »muss ja nicht der nächste Bruder überrascht werden und ausflippen.«

»Ausflippen? Ich bin doch nicht ausgeflippt, oder?«, flachste Franck. »Aber du hast recht. Wer ruft Gunther an?«

»Ich mache das«, sagte Magda zur Überraschung ihrer Kinder. »Ich möchte nämlich, dass wir demnächst mal wieder zu fünft hier gemeinsam am Tisch essen. Und ich hätte auch gar nichts dagegen, wenn du bei Gelegenheit mal eine Verlobte mitbringen würdest.«

»Ach, Mutter, nicht dieses Thema. Nicht heute. Lass mich doch erst mal meinen ersten Arbeitstag hinter mich bringen. Alles andere wird sich klären. Ich bin nämlich ein Frauenversteher, und die sind sehr begehrt.«

»Du bist was? Ein Frauenversteher?«

»Ja, amtlich festgestellt. Von einer Frau.«

»Es gibt also eine Frau? Habe ich's mir doch gedacht.«

»Nein, Mutter, keine voreiligen Schlüsse. Die Frau, die mich zum Frauenversteher ernannt hat ...«

»Bin ich«, setzte Miriam fort. »Aber das nehme ich hiermit ganz offiziell zurück. Man plaudert nicht offen aus, was einem vertraulich erzählt worden ist. Als Mann macht man das schon gar nicht. Als Frau wäre das etwas anderes, da hat man seine Verpflichtungen, zum Beispiel der besten Freundin gegenüber ...«

»Wieso ist Fanny deine beste Freundin? Das ist meine beste Freundin«, sagte Franck.

»Männer haben keine beste Freundin. Männer haben Saufkumpane. Wenn's hochkommt.«

»Wer ist Fanny?«, schaltete sich Magda ein.

»Schluss jetzt«, sagte Franck, »ich geh besser, sonst werde ich hier noch verkuppelt und verheiratet.« Dann drückte er Miriam und seiner Mutter einen Kuss auf die Stirn und verabschiedete sich.

Als er an der Bibliothek vorbeikam, die Tür war verschlossen, hielt er kurz inne, überlegte, klopfte an, wartete, ob sein Vater antwortete, öffnete, steckte seinen Kopf ins Zimmer und sagte: »Ich freu mich auf morgen. Und nicht vergessen: Ich bin ein von Franckenhorst. Die sind zäher, als man denkt, und immer für eine Überraschung gut.«

Sein Vater schien schon wieder in Gedanken zu sein. Erst bei dem Wort »Überraschung« merkte er auf: »Ja, Überraschung ist das richtige Wort. Du hast mich wirklich überrascht. Jetzt musst du mich nur noch überzeugen. Ach, noch was, interessante Uhr, die du heute trägst.«

Frank schaute auf seine MeisterSinger No 01. Der Zeiger stand bei drei Uhr. »Wir sehen uns morgen«, sagte er und ging. Das war besser und viel einfacher abgelaufen, als er gedacht hatte. Was hatte er übersehen?

DIENSTAG

Die Verwaltung der von Franckenhorst GmbH & Co. KG war erst vor einem Jahr an den Rheinauhafen umgezogen. Hier, gleich neben den umgebauten alten Speicherhallen, die der Volksmund wegen ihrer sieben markanten Giebel »Siebengebirge« nannte, waren Luxuswohnungen und Büroflächen direkt am Rhein entstanden, ein sehr repräsentativer Ort für das traditionsreiche Kölner Parfümerieunternehmen.

In den neuen Räumen arbeiteten nur noch etwa hundert Angestellte, ganz oben mit dem besten Blick über den Rhein saß die Geschäftsführung, dazu kamen Marketing, Kommunikation und Werbung, außerdem gab es ein kleines Entwicklungslabor. Im Erdgeschoss präsentierte sich das Unternehmen natürlich noch mit einem exklusiven Showroom. Der größte Teil der Produktion war schon vor vielen Jahren aus der Domstadt ausgelagert worden. Inzwischen ließ vF sogar in Indien, Malaysia und China produzieren. Nur das etwas aus der Mode gekommene »Original Eau de Cologne« wurde noch in kleinen Mengen in Köln hergestellt.

Es war fünfzehn Minuten vor neun Uhr morgens, als Franck seinen BMW in die Tiefgarage der Firma steuerte. Die Fahrt durch die Stadt war überraschend staufrei verlaufen. Er war froh, dass er pünktlich war. Tatsächlich hatte er sogar einige Minuten freie Zeit, sich noch etwas umzusehen. Er war, das musste er sich zu seiner eigenen Schande eingestehen, erst ein einziges Mal hier gewesen, und zwar zu einer Art Richtfest. Der Haupteingang zur Verwaltung lag zur Rheinuferstraße, aber auch zur Rheinseite gab es einen kleineren Eingang gleich neben den großen Fenstern des Schau- und Verkaufsraums.

Der Architekt hatte die Firmenfarben Blau und Orange sehr behutsam eingesetzt. Das alles hatte Stil. Er würde sich hier wohlfühlen.

Frau Schenk, Vaters langjährige Sekretärin, begrüßte Franck

geradezu überschwänglich. »Ach, Herr von Franckenhorst, ich freu mich ja so, Sie hier zu sehen. Die ganze Firma hat diesem Tag entgegengefiebert. Und so ein schicker Mann sind Sie geworden.«

»Frau Schenk, Sie können ruhig weiter Franck zu mir sagen. Sie kennen mich doch schon, seitdem ich ein Baby war.«

»Ja, das stimmt, Sie waren ein sehr lebhaftes Kind. Ich sage gerne Franck zu Ihnen, wenn wir zu zweit sind, aber siezen muss ich Sie immer. Und ansonsten sind Sie hier im Unternehmen, auch für mich, der Herr Direktor. Ich wünsche Ihnen viel, viel Glück für Ihre neue Aufgabe. Ihr Herr Vater hat gestern noch alles veranlasst. Ihr Büro ist gleich nebenan, um eine Assistentin für Sie werde ich mich kümmern, bis wir da jemand gefunden haben, können Sie gerne auf mich zurückgreifen.«

»Danke, Frau Schenk. Ich bin wirklich sehr froh über Ihre Hilfe. Ich werde sie bestimmt in Anspruch nehmen.«

»Möchten Sie erst in Ihr Büro oder direkt zu Ihrem Vater?«

»Ich denke, ich sollte mich erst bei meinem Vater vorstellen. Er erwartet mich um neun.«

»Ja, das tut er. Ich melde Sie sofort an. Er wird sich freuen, dass Sie so pünktlich sind.«

Franck schaute auf seine Uhr, er trug wieder die MeisterSinger 01, die gestern das Interesse seines Vaters gefunden hatte. Es war genau neun Uhr.

Ferdinands Büro war ein riesiges Eckzimmer mit wandhohen Fenstern an zwei Wänden, eine Fensterfront ging Richtung Innenstadt und Kölner Dom, die andere gab den Blick auf den Rhein und das rechtsrheinische Ufer frei. Ferdi saß hinter einem weißen Schreibtisch, aber er stand auf, als Franck eintrat, umarmte ihn und bat ihn zu der weißen Ledercouch, die so platziert war, dass man von ihr aus dem Schiffsverkehr zusehen konnte. »Willkommen, mein Sohn. Wie du siehst, bietet auch der Ernst des Lebens seine schönen Ausblicke. Dein Büro geht auch zur Rheinseite. Ich habe dafür mein persönliches Konferenzzimmer geräumt, sonst hätte Direktor Kannegießer umziehen müssen, und das wollte ich nicht. Der hat schon genug Probleme mit deinem Erscheinen. So geratet ihr euch wenigstens nicht gleich wegen der Büroräume in die Haare. Ansonsten bin ich sehr gespannt, wie sich das zwischen dir und ihm entwickeln wird.«

»Danke, Vater. Ich denke, ich werde hier erst einmal eine Menge lernen müssen.«

»Ja, das wirst du. Aber tritt ja nicht zu leise auf. Du bist mein Sohn und sollst dir den nötigen Respekt verschaffen. Und wenn dich jemand zurechtstutzen muss, dann mach ich das lieber selber. Und dass ich das tun werde, darauf kannst du dich verlassen.«

»Das habe ich nicht anders erwartet, Ferdinand.«

»Gut. Ich habe für neun Uhr dreißig eine außerordentliche Bereichsleiterrunde angesetzt. Wir tagen normalerweise immer dienstags um neun Uhr, da bist du ab sofort auch dabei. Für jede Minute Verspätung muss man übrigens zehn Euro in eine Gemeinschaftskasse einzahlen, das Geld wird am Jahresende für einen guten Zweck gestiftet. Ich habe noch nie einzahlen müssen, sondern immer freiwillig gespendet. Es würde mich freuen, wenn du genauso pünktlich wärst. Notfalls trägst du eben zwei Uhren. Du scheinst ja fast so viele Uhren wie ich zu haben.«

»Ich werde mich bemühen, pünktlich zu sein. Aber so viele Uhren wie du habe ich sicher noch nicht. Und eine Uhr, die Micky-Maus-Uhr, habe ich gerade verschenkt.«

»Ich hab's gesehen. Dass du jetzt auch noch Miriam mit dieser Kinderei den Kopf verdrehst.«

»Vater, das war doch nur ein Spaß.«

»Was du so Spaß nennst. Aber ich will mich mit dir nicht streiten. Ich wünsche dir viel Glück für deinen ersten Tag. Wir sehen uns dann um halb zehn. Lilo, Frau Schenk, wird dir dein Büro zeigen und alles Nötige erklären.«

Bei diesen Worten stand Ferdi auf, aber Franck hätte auch so gewusst, dass die Privataudienz bei seinem Vater damit zu Ende war.

Frau Schenk hatte einen großen Frühlingsstrauß in der

Hand. »Kommen Sie, Franck, ich zeige Ihnen Ihr Büro. Der Strauß ist mein persönliches Begrüßungsgeschenk für Sie.«

Francks Büro hatte eine sechs Fenster breite Front zum Rhein hinaus, davor gab es sogar noch einen umlaufenden Balkon, von dem aus man den phantastischen Blick auf den Strom im Freien genießen konnte. Frau Schenk öffnete eine Glastür. »Gehen Sie ruhig mal nach draußen, jetzt im Frühling ist es besonders schön.«

Franck sog die Luft ein. Der Rhein roch nicht nur nach Wasser, sondern auch nach Diesel. Und es war überraschend laut, so laut, dass er sich kaum vorstellen konnte, künftig bei offenem Fenster zu arbeiten. Aber jetzt genoss er es. In der Ferne sah er die Hügel des Bergischen Landes, zur Linken ging der Blick Richtung Rheinauhafen, wo die spektakulären Kranhäuser in den Himmel wuchsen. Rechts schaute er auf die Poller Wiesen, wo er früher Drachen hatte steigen lassen. Zuletzt war er vor ein paar Jahren dort gewesen, als Papst Benedikt XVI. Köln zum Weltjugendtag besuchte und in einem Schiff der weißen Flotte an den dort zu Hunderttausenden wartenden jungen Pilgern vorbeituckerte.

»Möbel müssen Sie noch aussuchen«, sagte Frau Schenk. »Wir haben nur das Nötigste bereitgestellt. Schreibtisch, Stuhl, kleine Sitzgruppe. Ihr Telefon hat die Durchwahl 200, Ihr Herr Vater hat die 100, ich die 101. Computeranschluss ist gelegt, für elf Uhr ist jemand vom IT-Support bestellt, um mit Ihnen alles zu besprechen. Die Zugangsdaten für unser WLAN habe ich Ihnen schon auf den Tisch gelegt, falls Sie zunächst mit Ihrem eigenen Notebook arbeiten wollen.«

»Danke, Frau Schenk, das ist wirklich alles wunderbar. Ich weiß gar nicht, wie ich mich revanchieren kann.«

»Ach, Franck, machen Sie sich da mal keine Sorgen. Da wird mir schon was einfallen, und dann melde ich mich.«

»Eine Bitte habe ich noch: Wo findet gleich die Bereichsleiterrunde statt?«

»Die ist im kleinen Konferenzraum. Ich werde Sie um fünf vor halb zehn abholen und Ihnen alles zeigen.«

Die Bereichsleiterrunde war der Treffpunkt der Top-Führungskräfte des Unternehmens, und Franck merkte schnell, dass es eine klare Sitz- und Hackordnung gab. Am Kopfende saß natürlich sein Vater, der ihm die Anwesenden vorstellte. Rechts von ihm saß die Direktorin für Vertrieb, Renate Venekoten, ihr gegenüber Martin Kannegießer, der kaufmännische Direktor. Die anderen am Tisch hießen nicht Direktoren, sondern Bereichsleiter. Neben Frau Venekoten saßen Marketingleiter Peter Nordt und Produktionsleiter Alfons Bergmann. Neben Direktor Kannegießer war ein Stuhl freigehalten für Emma Herzog, die Unternehmenssprecherin, daneben saß Entwicklungschef Dr. Horst Zech.

Franck setzte sich ans untere Ende des Konferenztisches, seinem Vater gegenüber. Ferdi schaute auf die große Wanduhr. »Eine Minute gebe ich ihr noch.«

Als Emma Herzog in den Raum stürmte, schallte ihr ein mehrstimmiges »Mahlzeit« entgegen, als hätte sie sich nicht um zweieinhalb Minuten, sondern um zweieinhalb Stunden verspätet.

»Als der für Finanzen zuständige Direktor mache ich Sie darauf aufmerksam, dass Sie dreißig Euro in unsere Kasse einzuzahlen haben.«

»Buchen Sie es von meinem Gehalt ab, Kannegießer, wenn es Ihnen Spaß macht. Ich hatte zu tun. Hier ist die Pressemeldung zum Eintritt von Franck von Franckenhorst in unser Unternehmen.«

Als sie auf ihn zutrat, stand er auf und reichte ihr die Hand. Die junge Frau, sie mochte in seinem Alter sein, hatte einen ziemlich festen und kühlen Händedruck.

Sie suchte sich ihren Platz genau gegenüber von Frau Venekoten, und Franck spürte, dass es zwischen den beiden Damen heftigst knisterte. Da lag eine Spannung in der Luft, die er nicht deuten konnte.

Sein Vater machte den amtlichen Teil dann ziemlich kurz und schmerzlos. Er verkündete, dass sein Sohn von heute an als Direktor im kaufmännischen Bereich verantwortlich tätig sein werde. Die Leitung des kaufmännischen Bereichs liege weiterhin bei Direktor Kannegießer, aber er erwarte, dass die beiden Herren sich künftig eng miteinander abstimmten. Ansonsten erwarte er von allen im Saal enge und vertrauensvolle Zusammenarbeit zum Wohle des Unternehmens. Bevor er die Zusammenkunft beende, solle sein Sohn noch die Gelegenheit zu einer kleinen Vorstellung haben.

Franck hatte nicht damit gerechnet, dass sein Vater ihm das Wort erteilen würde, also fasste er sich kurz. »Ich danke Ihnen für die sehr freundliche Aufnahme. Von meiner Seite aus kann ich versichern, dass ich zu jeder Zusammenarbeit bereit bin. Allein schon aus dem Grund, um beim Herrn Generaldirektor nicht in Ungnade zu fallen. Der kann mir nämlich, anders als Ihnen allen, nicht nur als Chef die Meinung sagen, sondern auch noch als Vater.«

Dabei schaute er Ferdinand so verschmitzt an, dass der sogar zurücklächelte, was für die anderen im Raum das Signal war, Francks kurze Rede mit Klopfen auf die Tischplatte zu beantworten.

Franckenhorst senior erklärte die BL-Runde für aufgehoben. Direktor Kannegießer sorgte dafür, dass er es war, der an Francks Seite das Zimmer verließ. »Wenn es Ihnen recht ist«, sagte er, »würde ich Ihnen gerne gleich ein wenig vom Unternehmen zeigen und Sie insbesondere mit unserem Bereich bekannt machen.«

Franck willigte sofort ein, was Kannegießer zufrieden quittierte. Es schien so, als sei er Frau Venekoten zuvorgekommen.

Die Runde durchs Haus dauerte fast zwei Stunden. Franck trug mit Fassung, dass er überall bestaunt wurde. Er konnte sich vorstellen, wie hinter seinem Rücken getuschelt wurde. Die meisten hielten ihn wahrscheinlich für einen reichen, verwöhnten Nichtsnutz, der es nur seiner Geburt zu verdanken habe, dass er sich jetzt mit dem Titel Direktor schmücken durfte. Sollte er ihnen deswegen böse sein? Nein, sie hatten ja recht. Aber ihm wurde bewusst, dass er es bei den einfachen

Angestellten viel schwerer haben würde als in der Runde der Bereichsleiter, die doch alle mehr oder weniger direkt von seinem Vater abhängig waren.

Als er in sein Büro zurückkam, stand ein schicker iMac auf seinem Tisch, daneben lag ein Zettel mit verschiedenen Passwörtern und Zugangscodes. Frau Schenk erwartete ihn mit einem kleinen Plastikkärtchen. »Ihr elektronischer Hausausweis, mit dem Sie durch alle Zugangssperren kommen.«

Franck ließ sich zeigen, wie die Karte vor die Lesegeräte zu halten war. »Heißt das, dass immer, wenn ich hier eine Sperre passiere, irgendwo elektronisch registriert wird, durch welche Tür ich wann gegangen bin?«

»Ich denke, dass das mitprotokolliert wird. Aber dafür habe ich mich nie interessiert. Ich weiß auch nicht, wer dafür zuständig ist. Wahrscheinlich Direktor Kannegießer, der auch für das Personalwesen die Verantwortung hat.«

»Danke, Frau Schenk. Ich werde ihn danach fragen.«

»Da ist noch was.«

»Ja?«

»Frau Direktor Venekoten würde gerne mit Ihnen heute zu Mittag essen.«

»Wann?«

»Jetzt, um genau zu sein.«

»Was empfehlen Sie mir?«

»Ich an Ihrer Stelle würde zusagen.«

»Dann sagen Sie ihr zu. Vielleicht könnte sie mich abholen, da ich ja überhaupt noch nicht weiß, wo und wie man hier gut essen geht.«

»Nicht nötig. Sie hat mich bereits einen Tisch für Sie beide beim Italiener schräg gegenüber reservieren lassen. Ich werde Frau Venekoten anrufen und ihr mitteilen, dass Sie auf dem Weg sind.«

Das Mittagessen mit Renate Venekoten verlief erfreulich harmonisch. Die Vertriebschefin erwies sich als charmante Mittvierzigerin mit viel Kompetenz und einer Menge Humor. Von jedem in der BL-Runde hatte sie eine pointierte Meinung, die sie Franck auch wissen ließ, ohne mit ihren Urteilen jemals verletzend zu sein. Nein, Frau Direktorin war keine Klatschtante, aber sie wollte wissen, was im Unternehmen vorging. Und der Auftritt eines neuen von Franckenhorst war natürlich ein Ereignis, das sie nicht unbeachtet lassen konnte. Ganz nebenbei machte sie ihm klar, dass sie sich als erste Stellvertreterin seines Vaters sah, auch wenn Direktor Kannegießer der Ältere von ihnen beiden war. »Ohne mich und den Vertrieb wäre die Firma nicht das, was sie ist. Wir bringen das Geld. Kannegießer zählt das Geld, aber wir verdienen es.«

Sie stockte, und Franck spürte, dass sie ihm noch etwas sagen wollte.

»Wissen Sie, Franck, Sie gestatten doch, dass ich Sie Franck nenne?«, fuhr sie schließlich fort, ohne seine Erlaubnis abzuwarten. »In diesem Unternehmen ist es nicht leicht, verantwortlich für den Vertrieb zu sein. Ihr Herr Vater ist sehr der Tradition verhaftet, wozu er als Firmeninhaber in der x-ten Generation natürlich auch allen Grund hat. Aber die Frau von heute wünscht sich manchmal schon etwas Abwechslung und Glamour. Ich setze da auf Sie, dass Sie mehr jugendlichen Elan einbringen.«

»Ich werde sehen, was ich tun kann.«

»Eigentlich hatte ich gehofft, Sie würden sich um das Thema Marketing und Produktentwicklung kümmern. Und jetzt vergraben Sie sich in der kaufmännischen Abteilung. War das die Idee Ihres Vaters?«

Franck war überrascht von dieser Frage.

»Nein, lassen Sie nur, müssen Sie mir auch gar nicht sagen. Ihr Vater wird sich schon etwas dabei gedacht haben.«

Franck kam nicht mehr dazu, eine Antwort zu geben, denn Frau Venekoten hatte den Kellner herangewinkt und um die Rechnung gebeten. »Das verkraften Sie doch als Mann, dass ich heute bezahle? Ich habe schließlich Sie eingeladen.«

»Ja, das verkrafte ich, obwohl ich mich nicht daran erinnern kann, jemals von einer Dame eingeladen worden zu sein. Sie müssen mir versprechen, dass ich mich revanchieren darf.«

»Sehr gerne. Aber jetzt müssen Sie erst einmal Mittagsrunden mit allen anderen drehen, sonst geht gleich ein fürchterliches Getuschel los. Ich bin sicher, dass sowieso schon die halbe Belegschaft weiß, dass und was wir zwei hier gerade gegessen haben.«

»Na, wenn das so ist, dann können wir auch gemeinsam in die Firma zurückkehren, dann bekommt die andere Hälfte auch noch was mit. Ich werde das Getuschel schon aushalten.«

»Na, Sie wissen noch nicht, was über mich alles getuschelt wird. Wenn Sie erst alles über mich erfahren haben ...«

»Werde ich meine Meinung doch nicht ändern. Sie sind eine charmante Frau, es war mir wirklich ein Vergnügen.«

Kannegießer registrierte genau, dass Franck gemeinsam mit Frau Venekoten zurück in die Firma kam. »Frau Venekoten war so nett, mir den Italiener gegenüber zu zeigen. Ich wäre sonst gestorben vor Hunger«, ging Franck das Thema frontal an und bog so alle weiteren Fragen ab.

Als er in sein Büro zurückkam, empfing ihn Frau Schenk mit neuen Nachrichten. Sie habe bereits zwei Bewerberinnen für den Job als seine Teamassistentin gefunden, die sich morgen vorstellen würden. Sie habe Terminvorschläge in seinen Kalender eingetragen, die er bitte bestätigen solle.

Franck hatte keine Ahnung, wovon sie sprach, welchen Kalender sie meinte, seinen Filofax hatte er doch bei sich gehabt. Aber Frau Schenk sprach von einem Kalender in seinem Computer, auf den sie Zugriff hatte. Sie und später auch seine Assistentin müssten doch wissen, wo er gerade sei und wann er Zeit habe. Franck fand das alles sehr einleuchtend, aber dabei wurde ihm klar, dass er überhaupt nicht wusste, wie er als Chef mit einer Assistentin umgehen sollte.

Doch das hatte ja bis morgen Zeit. Jetzt wollte er sich erst einmal Direktor Kannegießer vornehmen und die Rechnungen der letzten dreißig Tage anfordern. Schon bei ihrem Rundgang am Vormittag hatte Franck gegenüber Kannegießer entsprechende Andeutungen gemacht. Als der darauf so gar nicht eingehen wollte, hatte sich Franck schwerhörig gestellt und irgendwann einfach gesagt: »Schön, ich komme mir die Rechnungen dann um drei Uhr in Ihrem Büro abholen.«

Als Franck in Kannegießers Büro erschien, verschwand der fast hinter einem halben Dutzend Leitz-Ordnern. »Da haben Sie Ihre Rechnungen der letzten dreißig Tage. Ich weiß zwar nicht, was Sie damit wollen, aber ich wünsche Ihnen viel Spaß dabei. Hier alle Rechnungen aus dem Einkauf. Hier in diesen beiden Ordnern alle Vertriebsumsätze nach Ländern und Kontinenten, Groß- und Einzelhandel, aufgeschlüsselt auf jeden einzelnen Laden und jeden einzelnen Vertriebsbevollmächtigten inklusive Provisionen. Da wird sich Frau Venekoten freuen, wenn Sie ihr die Arbeit abnehmen. Hier alles aus dem Bereich Kommunikation, Rechnungen an Agenturen, Werbeschaltungen, Spenden und Sponsoring. Das ist auch was Schönes: Rechnungen der Produktionsstätten in aller Welt, hier alle Transportrechnungen. Was haben wir noch? Allgemeine Verwaltungsausgaben, Spesenabrechnungen, Fahrtkosten, Investitionen, Rechtsanwaltskosten, Telefon, Datentransfer, Fuhrpark. Steuern, Sozialabgaben, Personalkosten. Das wollen Sie doch im Ernst nicht alles durchsehen?«

»Ja, das ist tatsächlich mehr, als ich mir vorgestellt hatte. Aber ich werde nicht bei der ersten selbst gestellten Aufgabe kneifen. Lassen Sie die Ordner zusammenpacken und zu mir rüberbringen, ich werde das dann alles heute Nacht durcharbeiten.«

»Ich will Sie da nicht abhalten. Aber falls Ihr Vater Sie fragt, was Sie da tun, sagen Sie ihm um Himmels willen die Wahrheit, dass Sie sich das selbst eingebrockt haben. Sonst meint der noch, ich wollte Sie schikanieren.«

Es war schon nach zehn Uhr abends und dunkel, als Franck seinen Arbeitstag beendete. Die Lichter der Severinsbrücke spiegelten sich im Rhein. Warum setzte er sich nicht in die Altstadt und genoss den Frühling? Seit Samstag hatte es nicht mehr geregnet, heute war das Thermometer fast bis auf fünfundzwanzig Grad geklettert, wie er im Wetterbericht in den Radionachrichten hören konnte. Und was tat er? Er wühlte sich durch die langweiligsten Papiere, die er jemals gelesen hatte. Ja, er hatte das alles tatsächlich gelesen. Vier Aktenordner hatte er bereits durchgeblättert und nichts gefunden, was seine Aufmerksamkeit erregt hätte. Einige Rechnungen, die mit Geschäftspartnern in Luxemburg, hatte er besonders gründlich untersucht. Darin ging es um sehr hohe Beträge von jeweils mehreren Millionen Euro. Aber auch an diesen Rechnungen konnte er nichts entdecken, was irgendeinen Verdacht begründen konnte. Trotzdem holte er diese Rechnungen aus dem Ordner, fotografierte sie und überspielte die Fotos von der SD-Card des Handys auf einen winzigen Memorystick, der in der Kappe seines Kugelschreibers verschwand. Es waren genau sieben Rechnungen, die er auf diese besondere Art behandelte. Trotzdem hatte er das Gefühl, dass seine gesamte Arbeit umsonst gewesen war. Sollte er alle sechs Ordner mit nach Hause nehmen oder nur die beiden letzten, die er noch nicht durchgesehen hatte? Er entschied sich für die große Lösung. Sollten Miriam und Fanny doch die ganze Arbeit noch einmal tun, es war schließlich ihre Idee gewesen.

Franck schien der Letzte auf der Chefetage an diesem Abend zu sein. Er packte die Ordner in einem Karton zusammen und fuhr mit dem Aufzug in die Tiefgarage. Er hievte den Karton auf den Rücksitz und fuhr Richtung Stadt. Anders als am Morgen nahm er die Rheinuferstraße Richtung Innenstadt, fuhr durch den Rheinufertunnel, am Ende scharf links Richtung Dom und am Stadtmuseum vorbei Richtung Friesenplatz, wo die Menschen trotz der späten Stunde noch zu Hunderten in den Straßencafés saßen. Franck bog links auf die Ringe, dann rechts in die Maastrichter Straße, die genau auf den Brüsseler Platz zulief, wo er wohnte.

Knapp dreihundert Meter vor seinem Ziel, gleich vor dem Stardust, einem Tabledance-Laden, entdeckte er einen freien Parkplatz. Heute war Dienstagabend, sicher nicht der heißeste Ausgehtag, aber freie Parkplätze gab es im Belgischen Viertel eigentlich nie. Franck steuerte den freien Platz an, zog einen Parkschein und deponierte ihn vorschriftsmäßig hinter der Windschutzscheibe.

Von diesem Überraschungsparkplatz aus musste er nur knapp fünfzig Meter zurückgehen bis zum Hohenzollernring, der abends belebtesten Meile Kölns zwischen Rudolfplatz und Friesenplatz. Dem Zeitungsmann in seiner roten Jacke kaufte er einen Stadt-Anzeiger und einen EXPRESS von morgen ab, und dann setzte er sich auf einen Cappuccino in ein Straßencafé am Ring.

Die Pressemeldung über seinen Antritt in der Firma hatte es tatsächlich in die Zeitung geschafft, allerdings nur in den Klatschteil des EXPRESS. Zu einem sehr kurzen Text hatte die Redaktion ein Foto gestellt, das mindestens drei Jahre alt war und ihn auf irgendeiner Karnevalssitzung zeigte. Er musste unbedingt dafür sorgen, dass die Pressestelle neuere und bessere Fotos von ihm anfertigen ließ und an die Redaktionen verteilte.

Es war inzwischen elf Uhr, als Franck die Anspannung des Tages so weit abgebaut hatte, dass er an etwas anderes denken konnte als seinen neuen Job und seine alte Familie. Er registrierte, dass die Mädchen und Frauen in Köln ihre bauchnabelfreien Tops aus dem Schrank geholt hatten, dass die Säume der Röcke nach oben und die Ausschnitte nach unten gerutscht waren. Seit Jahren schon wurde diese Mode totgesagt, aber mit jedem Frühling tauchte sie doch wieder auf. Dabei hieß es doch, Frauen seien kälteempfindlicher als Männer. Wieso spielte das in dieser Modefrage keine Rolle? Franck nahm sich vor, bei Gelegenheit Miriam oder Fanny danach zu fragen.

Ihm fiel ein, dass die beiden wahrscheinlich schon lange auf ihn warteten, um die Rechnungen zu sichten. Wieso hatte er sie nicht angerufen? Vom Büro aus schien ihm das zu unsicher, da konnte so ein Gespräch leicht mitgehört oder vielleicht sogar mitgeschnitten werden. Aber anschließend hätte er sie sofort per Handy über den Stand der Dinge informieren sollen. Jetzt machte das keinen Sinn mehr. Er zahlte, ging Richtung Auto und würde in fünf Minuten zu Hause am Brüsseler Platz sein.

Als er in die Maastrichter Straße einbog, machte sich irgendein Kerl an seinem BMW zu schaffen. Franck beschleunigte seinen Schritt, um nachzusehen, was da los war, und dem Rüpel die Meinung zu sagen. Als der Franck heranstürmen sah, verzog er sich freiwillig und suchte Deckung im etwas zurückgelegenen Eingang des Tabledance-Schuppens.

Franck stieg nicht sofort in seinen Wagen ein, sondern drehte sicherheitshalber eine Inspektionsrunde um den Wagen, um zu kontrollieren, ob der Junge irgendetwas beschädigt hatte. Es war eine ziemliche Unsitte, dass Spiegel abgebrochen und Scheibenwischer abgeknickt wurden. Diesmal war nichts passiert. Glück gehabt, dachte Franck, da bin ich wohl gerade rechtzeitig gekommen. Nur der rechte Außenspiegel war von Hand eingeklappt. Franck ging zur rechten Wagentür, um ihn wieder in Position zu bringen.

Auf diesen Moment hatte der Rüpel nur gewartet. Mit einem lauten Schrei sprang er aus dem Bareingang heraus und schleuderte Francks Körper mit voller Wucht gegen den BMW. Der Spiegel bohrte sich in seine Seite, was höllisch wehtat. Franck bückte sich, weil er einen weiteren Schlag fürchtete, der auch kam, aber statt auf Francks Leib in die Seitenscheibe des Wagens krachte, die in tausend Splitter zersprang.

Der Angreifer trug einen Schlagring, das konnte gefährlich werden. Franck nutzte den Moment der Verwirrung seines Gegners, der mit seinem Abtauchen nicht gerechnet hatte, und rammte ihm den Kopf gezielt in den Unterleib. Getroffen! Der Mann klappte regelrecht zusammen, mit einem gezielten Schlag in den Nacken streckte Franck ihn endgültig zu Boden. Der würde ihm nicht mehr gefährlich werden.

Franck inspizierte sein Opfer. Der Junge war keine zwanzig Jahre alt. Tätowierungen an beiden Armen. Er trug Jeans, Nike-Schuhe, Lederjacke. Ziemlich kräftig gebaut, aber nicht wirklich athletisch. Trotzdem fühlte Franck eine gewisse Genugtuung, dass er mit seinen dreißig Jahren es mit diesem Kerl aufgenommen hatte.

Er schaute auf und wunderte sich, dass er keine Gaffer sah, die sonst immer zur Stelle sind. Aber dann begriff er, warum sich alle verzogen hatten: Links und rechts von ihm standen zwei Kleiderschränke, die sich vorgenommen hatten, mit ihm jetzt in eine zweite Runde zu gehen. Dummerweise versperrte ihm sein eigener Wagen den Fluchtweg, sonst hätte er vielleicht auf die Straße entkommen können.

Franck versuchte es auf die naive Tour, tat so, als hätte er die beiden gar nicht gesehen, und ging so locker, wie es ihm in dieser Lage möglich war, nach vorne auf den Kleiderschrank zu, der etwas weniger grimmig schaute. Der Kerl war vielleicht einen Meter neunzig groß, trug ähnliche Klamotten wie der junge Bursche, mit dem er sich soeben geprügelt hatte.

Als Franck bis auf etwa einen Meter heran war, schob der Kleiderschrank eine ziemlich kräftige Faust in seine Richtung, drückte sie Franck auf die Nase und brummte: »Siehst du nicht, dass ich hier stehe? Mach, dass du fortkommst.«

Franck schoss in den Sinn, pampig zu antworten, dass er genau das ja gerade vorhabe, fortzukommen, aber er verkniff sich jeden dummen Spruch. Die Faust auf seiner Nase fühlte sich äußerst unangenehm an, es schien angeraten, es auf der anderen Seite zu versuchen.

Franck drehte sich um, der erste Kleiderschrank folgte ihm, und im selben Maße kam der zweite Kleiderschrank vom Heck seines Wagens her näher. Hatten sie ihm zunächst runde fünf Meter Auslauf gelassen, waren es jetzt gerade noch drei Meter.

Der Junge zu seinen Füßen kam zu sich und schaute schon wieder angriffslustig. Als Kleiderschrank zwei rief: »Jetzt mach den feinen Pinkel endlich fertig«, sprang Junior gehorsam auf und ging erneut auf Franck los. Diesmal gelang es Franck nicht mehr auszuweichen. Die Faust mit dem Schlagring landete in seinem Magen. Franck versuchte als Konter, dem Angreifer ein Bein zu stellen und ihn aus dem Gleichgewicht zu bringen. Aber dann kamen die beiden Kleiderschränke zu Hilfe, packten sich jeder einen von Francks Armen und Beinen und drückten ihn wie gekreuzigt an seinen Wagen, damit der Schläger-Azubi sein Werk vollenden konnte. Und diese Möglichkeiten nutzte er lustvoll aus.

Erst ein Schlag direkt ins Gesicht, Franck gelang es eben noch, den Kopf minimal zur Seite zu drehen, sodass sein Nasenbein nicht frontal getroffen wurde. Er spürte, wie die Haut auf seiner Wange aufplatzte. Die nächsten Schläge gingen wieder in den Leib, dann noch einmal ein Volltreffer ins Gesicht. Franck fühlte sich elend, aber er wunderte sich, wie viel Schmerz er aushalten konnte. So eine Prügelei hatte auch was Gutes, man lernte seine Grenzen kennen. Und falls er einen Schönheitschirurgen benötigte, genug Geld dafür hatte er ja.

Die Schläge verloren an Wirkung, der Azubi zeigte Anzeichen von Erschöpfung, was Kleiderschrank eins zu dem Kommentar veranlasste: »So wird das nichts. Lass mich mal.«

Und dann fiel die Faust, die Franck vorhin an seiner Nase gespürt hatte, wie ein Dampfhammer auf seinen Schädel herab. Er sank zu Boden und glaubte noch zu hören, wie Kleiderschrank eins sagte: »So macht man das. Wir können doch hier nicht die ganze Zeit verplempern.«

Franck rollte genau vor die Füße von Kleiderschrank zwei, die ihn wie einen Fußball, der Mann war beidfüßig, einen halben Meter zurückkickten, bis er mit dem Gesicht nach unten lag. Mal wieder. Franck fühlte, wie eine Pranke sein Jackett am Kragen packte und es ihm mit einem kräftigen Ruck auszog. Mist, da waren alle seine Papiere drin. Ein anderer machte sich an seiner Hose zu schaffen, wo er links mit dem Portemonnaie und rechts mit den Wagenschlüsseln fündig wurde. Der dritte hatte ihm den Gürtel aus der Hose gezogen und ließ ihn als Lederpeitsche auf ihn herabsausen. Die Gürtelschnalle hinterließ blutige Spuren in seinem Gesicht.

»Der hat genug«, sagte Kleiderschrank zwei. »Los, weg

hier«. Kleiderschrank eins sprang auf den Fahrersitz des BMW, Kleiderschrank zwei saß vorne rechts, der Junior klemmte sich auf die Rückbank, und Franck sah hilflos mit an, wie das Schläger-Trio mit seinem Wagen, seinen Papieren, seinem Geld, seinem Handy und seinem Jackett das Weite suchten.

Kleiderschrank eins ließ den Motor aufheulen, er fuhr wohl sonst keinen BMW, legte viel zu geräuschvoll einen Gang ein und ließ den Wagen einen gefährlichen Satz zurück machen. Keine zwanzig Zentimeter vor Franck kam der Wagen zu stehen. Der Motor jaulte noch einmal auf, der Wagen sprang erneut auf ihn zu. Hilfe, die wollten ihn überfahren! Franck nahm seine ganze Kraft zusammen, es gelang ihm in letzter Sekunde, seinen geschundenen Körper aus der Gefahrenzone zu rollen. Der BMW rauschte davon. So eine Schweinebande!

Von den Ringen her näherte sich ein Martinshorn, da hatte dann wohl doch einer der Anwohner die Polizei gerufen. Franck machte einen Versuch, auf die Beine zu kommen, aber die Knochen taten ihm so weh, dass er erst einmal liegen blieb. Er würde warten, bis die Polizei da war. Das Martinshorn wurde lauter, jetzt musste der Wagen genau an der Ecke zur Maastrichter Straße sein, doch der Signalton wurde leiser und entfernte sich schnell Richtung Friesenplatz.

Franck lag mehr in der Gosse als auf dem Bürgersteig. Man musste nicht über ihn stolpern, aber man musste ihn unbedingt sehen, wenn man an dieser Stelle vorbeikam. Aber es kam keiner vorbei. Franck erinnerte sich an eine Plakataktion der Polizei: »Kölner lassen keinen allein«. Damit wurden er und seine lieben Mitbürger gelobt, weil sie sich gegenseitig in Notlagen halfen und das ganz bestimmt auch weiterhin tun würden. Heute Nacht schien gerade kein hilfsbereiter Kölner unterwegs zu sein. Oder mieden die gutkatholischen Kölner diese Seite des Bürgersteiges, weil er an den Schaufenstern des Stardust vorbeiführte mit seinen leicht bekleideten Tänzerinnen? Auch vom Parkhaus nebenan und vom Kiosk schräg gegenüber, der geöffnet hatte und in dem reger Betrieb herrschte, kam keine Hilfe. Franck musste allein auf die Beine kommen. Mit letzter Anstrengung gelang es ihm, sich etwas aufzurichten.

»Komm, ich helf dir«, hörte er eine Stimme, die er vor ein paar Tagen schon mal gehört hatte. Da stand »Krüppels Schäng«, Jean Leclerc, der einbeinige Bettler, dem Franck am Samstag in der Breite Straße dreihundert Euro »Schadenersatz« mehr oder weniger geschenkt hatte.

Jean hielt sich mit beiden Händen am Bügel eines ALDI-Wagens fest, in dem die beiden Krücken steckten und mit dem der Bettler seine Habe durch die Stadt fuhr, die zur Hälfte aus leeren Flaschen bestand. Jean schien Francks Gedanken erraten zu haben, als er sagte: »Da ist mein kompletter Verdienst von heute Abend drin. Für uns Bettler ist das Flaschenpfand ein Segen. Du musst dir mal vorstellen, die Stadt Köln wollte uns verbieten, dass wir die Flaschen von der Straße und aus den Papierkörben aufsammeln. Wovon soll unsereiner denn sonst leben?«

»Schäng«, sagte Franck, und er sagte bewusst »Schäng« und nicht »Jean«, »schäng hier nicht so rum, sondern hilf mir jetzt endlich hoch.«

Das war von Franck leichter gefordert als von Jean getan. Der Einbeinige musste mit einer Hand irgendwo einen Halt finden, damit er mit der anderen Hand überhaupt Kraft entfalten konnte. Jean blockierte seinen ALDI-Wagen an der Hauswand, hielt sich dort fest und forderte Franck auf, er solle versuchen, näher zu ihm zu robben. Franck schaffte es, sich auf allen vieren in Bewegung zu setzen. Als er Jean zu Füßen lag und sich aufrichtete, konnte der seinen freien Arm unter Francks Achsel klemmen, und dann schien das Auf-die-Beine-Kommen ein Kinderspiel zu sein. Jean war viel stärker, als man diesem einbeinigen Krüppel zutrauen würde.

Aber Franck war nicht so fit, wie er gehofft hatte. Er schwankte, der Boden unter seinen Füßen schien sich zu drehen, er taumelte, Jean fing ihn gerade noch auf.

»Warte, wir müssen das anders lösen«, sagte Jean und versuchte Franck so gegen die Hauswand zu lehnen, dass er nicht umkippen würde. Das gelang nach einigen Versuchen. Dann räumte er alle Flaschen aus dem ALDI-Wagen und fluchte dabei: »Hoffentlich sieht das keiner. Erstens bekäme ich dann ein Knöllchen. Und zweitens würden die mich in die Klapsmühle stecken, weil die mich für verrückt hielten. Das ist genau so, als ob du dein Geld hier freiwillig auf die Straße schmeißen würdest.«

Als die Flaschen ausgeräumt waren, kamen eine Decke, eine Jacke und ein Hut zum Vorschein. »Komm, ich packe dich in den Wagen und bring dich nach Hause.«

Franck fühlte sich hundeelend. Der Kopf explodierte, der Magen brannte, ja, nach Hause wäre keine schlechte Idee. Jean schob den ALDI-Wagen von hinten an Franck heran, dann packte er ihn und schubste ihn, und dann saß er tatsächlich mit seinem Hintern in dem Einkaufswagen, und die Beine und die Hände baumelten aus dem Drahtkäfig heraus. Franck wurde von dieser Aktion so überrascht, dass er zunächst nicht einmal spürte, dass ihm jetzt alle Knochen noch mehr wehtaten als zuvor.

Jean schien Francks Gewimmere nicht weiter zu stören. Er setzte das Gefährt in Bewegung, was gar nicht so einfach war, und humpelte hinterdrein, das allerdings in bemerkenswerter Geschwindigkeit. Das Drahtgefährt machte einen höllischen Lärm. Franck beschlich das dumme Gefühl, dass man ihn für den betrunkenen Saufkumpan des Bettlers halten würde. Wie er die Klatschtanten im Viertel kannte, würde morgen jeder wissen, dass der Herr Milliardärssohn betrunken in einem ALDI-Wagen am Brüsseler Platz vorgefahren war. Noch bezweifelte Franck aber, dass Jean und er die dreihundert Meter bis zu seiner Wohnung überhaupt schaffen würden. Schon die mühsame Überquerung der Brabanter Straße kam ihm wie eine Ewigkeit vor. Aber Jean lernte dazu, er wuchtete den schweren Wagen gar nicht mehr hoch auf den Bürgersteig, sondern nahm den Weg über die Fahrbahn. Für Jean war das auf jeden Fall leichter, aber Franck wurde noch mehr durchgeschüttelt als zuvor, und er erfuhr noch einmal auf eine ganz neue Weise, in welch schlechtem Zustand die Straßen Kölns waren, schmerzlich gefühlt bestanden sie zu wenigstens fünfzig Prozent aus Schlaglöchern.

Noch vor dem Brüsseler Platz musste Franck das Bewusstsein verloren haben oder eingeschlafen sein. Denn als er die Augen wieder aufschlug, war er nicht, wie erwartet, in der Nähe seiner Wohnung, sondern ein paar hundert Meter weiter unter der Eisenbahnbrücke über die Vogelsanger Straße. Jean musste am Brüsseler Platz den Weg durch die Neue Maastrichter Straße genommen haben und war jetzt auf dem Weg Richtung Ehrenfeld.

»Du hast doch gesagt, du bringst mich nach Hause«, machte sich Franck bemerkbar.

»Tu ich doch.«

»Aber ich wohne doch am Brüsseler Platz.«

»Woher soll ich das wissen? Ich bring dich zu mir nach Hause. Morgen sehen wir weiter.«

Franck war zu schwach, um zu widersprechen. Er konnte dem Krüppel nicht zumuten, den beschwerlichen Weg zurückzugehen. Im Augenblick fühlte er sich in seinem Drahtkäfig ganz wohl.

»Wie weit ist es noch? Wo wohnst du?«, fragte er schließlich.

»Melaten«, war die kurze Antwort.

Franck war beruhigt. Zum Melatenfriedhof war es nicht mehr weit. Noch über die Innere Kanalstraße, dann in die Weinsbergstraße oder die Piusstraße, bis dahin würde er es aushalten. Rund um Melaten waren in den letzten Jahren ganz nette Wohnungen entstanden.

Hier etwas außerhalb der Innenstadt, wo weniger Laternen leuchteten, schienen die Sterne um so heller. Franck ließ seinen Kopf nach hinten sinken und geriet ins Träumen, als die Sterne langsam über ihm vorbeizogen. Wann hatte er so zuletzt in den Himmel gesehen? Er erinnerte sich an eine Nacht mit Fanny, die sie auf einer Wiese in Südfrankreich verbracht hatten. Ob Fanny sich Sorgen um ihn machte? Vielleicht hatte sie schon die Polizei alarmiert. Vielleicht wurde er schon gesucht. Ach, nein, eher nicht. Fanny hatte sich daran gewöhnt, dass er zu sehr unregelmäßigen Zeiten nach Hause kam. Fanny würde erst morgen früh unruhig werden. Was würde sie dann tun? Und was sollte er morgen tun?

MITTWOCH

Franck hatte das Gefühl für die Zeit verloren, als er zu sich kam. Wo war er? Jedenfalls nicht mehr in dem Drahtkäfig von Einkaufswagen. In seinem Kopf hämmerte es noch stärker als in seinen Beinen. In seinen Beinen? Wo waren seine Beine? Es kam ihm so vor, als fühlte er nur sein rechtes Bein. Was war mit seinem linken Bein?

Er lag in einem dunklen oder abgedunkelten Raum mit kleinen Fenstern. War es ein Raum? War es eine Garage? Die Fenster waren vergittert, eine der Scheiben war eingeschlagen. Irgendetwas hier war völlig anders, aber was? Es war ruhig, unglaublich ruhig. Man hörte keinen Straßenlärm, nichts, kein Gehupe, kein Reifenquietschen. Stattdessen machten sich Vögel bemerkbar. War das ihr Morgengesang? Franck bedauerte, dass er so wenig von der Natur verstand.

Wie war er hierhergekommen? Und wo war Jean? Wieso überhaupt Jean? Was hatte der mit ihm zu tun? War das alles wirklich geschehen? Wer hatte ihn überfallen? Und warum? War das nur eine typische Ring-Schlägerei oder steckte mehr dahinter? Oder hatte Jean etwas damit zu tun? Der hatte ihn doch vor ein paar Tagen schon mal attackiert. Hatte der nicht gesagt, er wollte ihn zu sich nach Hause bringen?

Und jetzt lag er hier in irgendeiner feuchten Garage, die nach Friedhof roch. Sein Bett war eine Art Luftmatratze, sein Bettzeug bestand aus müffelnden Decken. Sein Kopf schmerzte, und sein Leib brannte, und seine Beine schienen wie abgestorben. War er entführt worden? War Jean inzwischen unterwegs, um Lösegeldforderungen zu stellen?

Franck hörte ein Geräusch an der Tür, es klapperte und quietschte, als würde ein schwerer Riegel beiseitegeschoben. Jean erschien im hellen Türausschnitt, der Bettler bemühte sich, die Tür schnell zu schließen. Er wollte auf keinen Fall beobachtet werden. Was hatte er zu verbergen?

Jean machte sich in einer Ecke des Raumes zu schaffen, ohne Franck zu beachten. Dahinten war so etwas wie eine Küche. Eine Elektroplatte mit zwei Kochfeldern. Ein elektrischer Wasserkocher. Ein Mini-Backofen, aus dem der Geruch frischer Brötchen wehte. Und Duft von frischem Kaffee mischte sich dazu.

Endlich schien sich Jean auch für Franck zu interessieren. Leise, als wolle er ihn nicht stören, näherte er sich dem Mann auf der Luftmatratze, der die Augen geschlossen hatte. Vorsichtig nahm er eine der Decken und zog sie Franck etwas weiter über die Schultern. Franck öffnete die Augen, Jean lächelte ihn an.

»Wo bin ich?«, fragte Franck.

»Willkommen bei mir zu Hause. Gleich gibt es Frühstück. Frische Brötchen. Kaffee. Honig. Marmelade. Ein Ei.«

»Wo sind wir hier?«

»Bei mir zu Hause. Nimm erst einmal was zu dir, dann erklär ich dir alles.«

Jean rückte einen Klapphocker an Francks Lager, der ab sofort als Tisch zu dienen hatte. Franck bewunderte, wie beweglich dieser Krüppel war, wie er den Kaffee balancierte und auf einem Bein an sein Bett brachte, ohne auch nur einen Tropfen zu verschütten.

Das größere Problem war, wie Franck den Kaffee zu sich nehmen sollte, im Liegen würde das nichts werden. Er versuchte, sich aufzurichten, konnte die Schmerzen kaum aushalten. Jean packte ihn an der Schulter, lehnte ihn an die Wand, wo er aus weiteren Kissen und Decken eine Rückenlehne aufgetürmt hatte.

Selten hatte Franck ein Frühstück so gut wie dieses geschmeckt. Die Brötchen waren frisch und noch warm. Der Kaffee war gut. Honig und Marmelade hatte er seit Jahren nicht mehr gegessen. Lecker! Und dann kam Jean sogar mit einem Glas Sekt an, serviert in einem Plastikglas, aber dieses Plastikglas hatte die Form einer Champagnerflöte. »Der Trockene von ALDI«, sagte Jean.

Franck musste gestehen, dass er nicht zu den ALDI-Käufern

gehörte, obwohl es auch in seinen Kreisen schick geworden war, mit dem Porsche Cayenne beim Discounter vorzufahren.

»Der Sekt ist gar nicht so übel«, sagte Franck.

»Ist sowieso alles von deinem Geld. Sonst hätte ich mir das alles nicht leisten können.«

Franck fühlte sich wohl, aber auch irgendwie unsicher. Was sollte er von Jean halten? Und was von diesem merkwürdigen Versteck? »Hast du mich jetzt eigentlich gerettet oder hast du mich entführt?«

»Was sagst du da?« Jean klang ehrlich empört. »Ich soll dich entführt haben? Du hast se wohl nicht mehr alle. Wenn ich nicht da gewesen wäre, wärst du vielleicht auf der Straße verreckt.«

»Entschuldigung. Ich wollte dich nicht kränken. Aber irgendwie ist das hier ja doch etwas komisch.«

»Was ist hier komisch? Was meinst du denn, wo ich wohnen sollte? Du hast doch gesehen, wie ich mir mein Geld verdiene. Was hast du denn von einem Straßenbettler erwartet? Hier geht es uns doch bestens. Ich habe in Löchern gehaust, da war es viel schlimmer. Hier haben wir ein Dach über dem Kopf. Hier haben wir Strom. Hier haben wir Wasser. Sogar eine Toilette. Da kannst du nur von träumen.«

»Wo sind wir denn hier?«

»Habe ich dir doch gestern gesagt.«

»Wirklich?«

»Ja, weiß ich genau. Melaten.«

»Wie, Melaten?«

»Wir sind hier auf dem Melatenfriedhof.«

»Du wohnst auf dem Melatenfriedhof?«

»Ja. Wir sind hier in der alten Trauerhalle. Mitten auf der Millionenallee.«

»Millionenallee?«

»Ja. So nennen die Kölner den Hauptweg, die Mittelachse, MA abgekürzt, mit den Grüften der Reichen. Kölns beste Adresse, wenigstens auf dem Friedhof. Da kannst du dich nicht beklagen.«

»Darf man denn auf dem Friedhof wohnen?«

»Nein, natürlich nicht. Aber was soll mir denn schon passieren? Wenn man mich findet, fliege ich halt raus und muss mir was Neues suchen. Ich komm da drüber weg. Aber natürlich wäre es besser, wir könnten hier noch was bleiben. Du wirst ein paar Tage brauchen, bis du wieder fit bist.«

»Hast du eigentlich mitbekommen, was gestern Abend passiert ist?«

»Was meinst du? Ich habe dich vor dem Stardust gefunden. Du sahst ziemlich zerschlagen aus. Haben die dich da rausgeworfen?«

»Nein, wie kommst du darauf?«

»Ich komme da fast jeden Abend vorbei. Und mindestens einmal die Woche gibt es da eine kräftige Rauferei. Ich denke, die werden sich da um die Mädels prügeln, oder?«

»Woher soll ich das wissen!«

»Du siehst so aus wie jemand, der in solche Läden reinkommt.«

»Ich sehe so aus?«

»Ich jedenfalls komme da erst gar nicht an den Türstehern vorbei.«

»Einmal war ich da drin, ehrlich, nur einmal. Ist nicht wirklich aufregend. Da tanzen ein paar Frauen auf den Tischen und turnen an irgendwelchen Stangen rum, da gibt es im Sommer in jedem Schwimmbad mehr zu sehen.«

»Na ja, ich weiß nicht, irgendetwas muss da doch dran sein, sonst wär der Laden nicht immer so voll.«

»Ich war da nicht drin. Ich bin überfallen worden. Erst war da nur einer, dann kamen noch zwei Kleiderschränke dazu, ich hatte keine Chance.«

»Warum hast du dich denn dann mit denen angelegt?«

»Ich habe mich mit denen nicht angelegt. Die haben mich überfallen. Einfach so.«

»Einfach so wird man nicht überfallen. Es gibt immer einen Grund.«

»Mir fällt kein Grund ein. Ich kam zu meinem Wagen, da

machte sich einer von denen an meinem Auto zu schaffen, verschwand aber, als ich kam.«

»Da hast du die vielleicht gestört, als sie deinen Wagen stehlen wollten.«

»Einen Wagen stehlen, abends um elf in der City, wo noch Dutzende Menschen unterwegs sind?«

»Warum denn nicht? Ein Könner braucht keine fünfzehn Sekunden, um einen Wagen kurzzuschließen.«

»Ja, das könnte es gewesen sein. Aber vielleicht war es auch etwas anderes.«

Franck fiel die Fracht ein, die er auf den Rücksitzen seines Wagens deponiert hatte, die Aktenordner aus der Firma. Wenn aufflog, dass die verschwunden waren, würde er fristlos entlassen. Dann hätte er es in seinem neuen Job auf keine vierundzwanzig Stunden gebracht. Sein Vater würde toben. Konnte der Überfall etwas damit zu tun haben?

»Mit dem Auto ist für mich etwas ziemlich Wichtiges verschwunden, Akten aus unserer Firma.«

»Du hast aus deiner Firma Akten gestohlen?«

»Nein, nicht gestohlen. Ich habe sie mitgenommen. Ich wollte die in der Nacht noch durcharbeiten.«

»Wichtige Akten?«

»Ich weiß es noch nicht so genau. Rechnungen der letzten dreißig Tage.«

»Kann ich mir nicht vorstellen, dass die es darauf abgesehen hatten. Wahrscheinlich warst du nur ein Zufallsopfer. Die wollten deinen Wagen knacken und eine Spritztour machen.«

»Wird wohl so gewesen sein. Wenn die mich wirklich erwartet hätten, dann bestimmt nicht vor dem Stardust. Dann hätten die mich am Brüsseler Platz abgefangen vor meiner Tiefgarage. Dass ich vor dem Tabledance-Laden geparkt habe, war Zufall. Ich hatte den ganzen Tag gearbeitet und hatte einfach noch Lust auf einen Absacker am Ring. Nein, das muss Zufall gewesen sein.«

Aus Zufall verprügelt zu werden, tat allerdings genauso weh, wie aus Absicht verprügelt zu werden. Und dass dieser Idiot am Steuer ihn dann sogar fast noch überfahren hätte! Franck nahm sich vor, es den Kleiderschränken heimzuzahlen. Jetzt musste er erst einmal vom Friedhof wegkommen.

»Wie hast du mich überhaupt bis hierhin gebracht? Der Friedhof ist doch nachts bestimmt abgeschlossen. Und wenn ich mich nicht irre, ist das Gelände komplett eingemauert und eingezäunt.«

Jean stand in der Küchenecke und spülte über einer Plastikschüssel.

»Du kannst mir glauben, dass ich mich gut auf dem Friedhof auskenne. Aber einfach war es nicht. An der Ecke Piusstraße / Aachener Straße stehen zwei Strom- oder Telefonkästen nebeneinander, die fast wie eine Treppe über die Friedhofsmauer führen, die da auch nicht besonders hoch ist. Da komme sogar ich mit meinem einen Bein rüber. Du warst zum Glück bewusstlos, sodass ich dich auf die Mauer hieven konnte, auf der du so lange ruhig liegen bliebst, bis ich selbst drüben war und dich runterholen konnte. Innerhalb des Friedhofs nutze ich eine Karre mit Gummireifen, die fährt viel besser als der ALDI-Wagen. Aber der ist draußen auf dem Asphalt sehr praktisch.«

Franck bekam immer mehr Hochachtung vor seinem Retter. »Wie schaffst du das alles? Mit einem Bein.«

»Ich bin, und wenn du jetzt lachst, dann lasse ich dich hier liegen und schließe die Tür ab, ich bin Sportler.«

Franck lachte nicht, und Jean sprach weiter.

»Gut, ich war Sportler. Hochleistungssportler sogar. Ich hatte gute Chancen, 2000 bei der Olympiade in Sydney dabei zu sein.«

Franck sah, wie die Erinnerung Jean zu schaffen machte. Irgendetwas musste passiert sein. Irgendetwas Schreckliches.

»Welche Sportart? Was hast du gemacht?«, fragte er.

»Vielleicht ein anderes Mal. So gut kennen wir uns noch nicht, dass ich dir das jetzt schon erzählen möchte.«

Franck lag immer noch in der alten Trauerhalle. Jean war irgendwann verschwunden; er müsse etwas besorgen, sagte er und ließ Franck allein. Durch das zerbrochene Fenster drangen jetzt manchmal die Geräusche von Schritten und Stimmen in den dunklen Raum. Gleich nebenan musste eine Wasserstelle sein, wo man Gießkannen auffüllen konnte. Franck hätte gerne gewusst, wie spät es war. Die Armbanduhr, wenn er sich richtig erinnerte, hatte er gestern die MeisterSinger 01 getragen, war ihm genauso gestohlen worden wie alles andere. Das Portemonnaie war weg mit allen Scheck- und Kreditkarten. Dummerweise steckte zwischen den Plastikkarten auch ein handgeschriebener Zettel mit kaum verschlüsselten Geheimnummern. Franck hatte die vierstelligen Zahlen als Telefonnummern getarnt, Vorwahlzahlen vorangestellt und die Nummern auf acht Stellen erweitert, je zwei Stellen vor und nach den Geheimzahlen. Mit ein wenig Phantasie würden die Räuber den Code ziemlich leicht knacken, und dann könnten sie Tausende von Euro abheben. Er musste dringend an ein Telefon kommen, um die Karten zu sperren und um endlich Fanny Bescheid zu geben, damit man ihn hier abholen käme.

Franck hatte die Hoffnung aufgegeben, aus eigener Kraft sein Friedhofslager verlassen zu können. Zwar hatten die Kopfschmerzen nachgelassen, aber sein linkes Bein gehorchte ihm nicht. Jedenfalls tat es unglaublich weh, wenn er auch nur den Versuch machte, es zu bewegen. Ob er um Hilfe rufen sollte? Jean hatte ihm eingeschärft, nur ja leise zu sein, damit das Versteck nicht entdeckt wurde. Aber konnte er Jean trauen? Woher wusste er, ob der mit den prügelnden Kleiderschränken nicht unter einer Decke steckte? Oder woher wusste er, dass Jean nicht jetzt noch versuchen würde, aus der Lage Gewinn zu ziehen und ein Lösegeld zu fordern?

Jean hatte ihm ein paar Happen Essen und eine Flasche Wasser an sein Lager gestellt. Er wisse nicht, wann er zurückkomme, vielleicht erst am Abend, hatte er gesagt. Ob Franck irgendeinen besonderen Wunsch habe? Franck war nichts eingefallen. Erst hatte er ihm Fannys Telefonnummer geben wollen, aber dann ließ er es. Er wollte es Jean nicht zu leicht machen, falls er etwas Böses vorhaben sollte. Aber warum sollte er? Er musste damit rechnen, dass ihn jemand auf dem langen Weg aus dem Belgischen Viertel zum Melatenfriedhof anhalten würde. Das war nun wirklich kein normaler Vorgang, wenn ein einbeiniger Krüppel mit einem ALDI-Wagen durch die Stadt fuhr, in dem ein lebloser, blutender Körper hing. Oder waren die Menschen schon so abgestumpft?

Franck döste vor sich hin. Er versuchte sich vorzustellen, wo genau auf dem Friedhof er war. Er kannte sich ein wenig auf Melaten aus. Natürlich hatte seine Familie eine Gruft auf Kölns wichtigstem Friedhof. Lag die vielleicht an der Millionenallee, von der Jean gesprochen hatte? Die Grabstätte der von Franckenhorsts war weit über hundert Jahre alt, für jedes neue Familienmitglied in der Gruft wurde eine Marmorplatte mehr aufgestellt. Zuletzt war seine Oma hier beerdigt worden, und Franck hatte sich gefragt, wo irgendwann einmal sein Name stehen würde. Und was wäre, wenn er hier und jetzt verrecken würde, vielleicht keine hundert Meter von der Familiengruft entfernt? Dann bekäme er nicht mal eine Marmorplatte. Und so unwahrscheinlich war das nicht, dass das hier böse ausgehen konnte, selbst wenn Jean ehrlich war. Was würde denn mit Franck geschehen, wenn Jean einen Unfall hätte? Dann wäre er hier eingesperrt, würde verdursten, verhungern und verbluten. Er sollte um Hilfe rufen. »Hilfe!«, schrie er. »Hilfe!« Niemand hörte ihn. Schrie er überhaupt oder glaubte er nur zu schreien? Was war mit seiner Stimme? War die schon so schwach?

Irgendetwas scharrte an der Tür. Franck hörte ein Röcheln und Schnüffeln. Dann erklang ein lautes Bellen. Ein Hund hatte ihn aufgespürt. Der Hund bellte und bellte und sprang dabei immer wieder gegen die Tür. In den nächsten Minuten würde Franck hier gefunden werden, war vielleicht auch besser. Aus einiger Entfernung ertönte eine Männerstimme, die nach dem Hund rief. Der ließ von der Tür ab und verschwand. Sein Herrchen gönnte ihm die Beute nicht oder hatte nicht begriffen, dass sein Hund etwas entdeckt hatte.

Es dauerte eine endlose Zeit, ehe Jean zurückkehrte. Er war nicht allein.

»Das ist Britta«, sagte er und zeigte auf eine vielleicht fünfzigjährige Frau. »Britta war früher mal Krankenschwester.« Eine Aussage, die Franck nicht unbedingt beruhigte, denn heute war Britta ganz sicher Alkoholikerin. Britta hatte ein Bündel dabei, und Jean wies ihr ein Plätzchen in einer Ecke des Raumes zu. Wollte Jean hier noch jemanden einquartieren?

Ein paar Minuten später klopfte es leise an der Tür. Jean öffnete, und ein weiterer Penner erschien. »Da bist du ja endlich«, sagte Jean zu dem Neuankömmling. »Komm, da liegt dein Patient.« Und zu Franck sagte er: »Das ist Jupp, Dr. Josef Bitterle. Der beste Arzt, den ich kriegen konnte.«

Der angebliche Arzt, ein wackliges Männlein, das am ganzen Körper zitterte, machte sich sogleich an die Arbeit und zog Franck die Decke weg. Der protestierte: »Halt, was sind Sie denn überhaupt für ein Arzt?« »Frauenarzt, wenn Sie es unbedingt wissen wollen«, antwortete Bitterle mit überraschend sonorer Stimme. »Wenn Sie jemand anderen konsultieren wollen, ich habe Sie mir nicht ausgesucht. Ich bin hier, weil Jean meinte, Sie benötigten ärztliche Betreuung. Jean ist mein Freund, dem tue ich gerne einen Gefallen. Sie kenne ich nicht. Also nehme ich Ihnen auch nicht übel, wenn Sie sich jemand anders suchen.«

»Woher soll ich denn hier einen anderen Arzt nehmen?«

»Ja, das ist ein Problem. Das sehe ich auch so. Vielleicht wollen Sie dann doch erst einmal mit mir vorliebnehmen?«, sagte das Männlein und scherte sich nicht weiter um Francks Ziererei.

»Britta, komm her, hier kannst du was lernen«, rief der Arzt rüber zu der Frau, die sich ein Lager in ihrer Ecke bereitet hatte.

Franck heulte auf vor Schmerz, als Bitterle sein linkes Bein untersuchte. »Wer ist Ihnen denn da auf den Fuß getreten?«

»Ein Kerl von einem Kleiderschrank. Oder umgekehrt.«

»Na, da haben Sie ja noch Glück gehabt. Treiben Sie Sport?«

Franck wunderte sich über die Frage. »Ja, ich treibe Sport. In der letzten Zeit war ich etwas träge …«

»Das ist schön. Dann müssen Sie sich nicht umstellen. In den nächsten Monaten werden Sie nämlich nicht viel Sport treiben können, es sei denn, Sie wollten sich an der deutschen Meisterschaft im einbeinigen Humpeln beteiligen. Aber da hätten Sie gegen Jean sowieso keine Chance.«

Schon ein lustiger Typ, dieser Bitterle! Aber Franck war nicht nach Späßen zumute. Immerhin schaffte es der kleine Mann, ihn abzulenken. Und so bekam er kaum mit, wie Britta und Dr. Bitterle ihn wendeten und drehten, und als er endlich bemerkte, was mit ihm geschah, da hatten sie sein linkes Bein sauber verbunden. Britta zog ihm das Hemd aus und kümmerte sich um seine weiteren Wunden. Besonders peinlich war ihm, dass sie entdeckten, dass er in seine Hose genässt hatte. Was hätte er auch sonst tun sollen? Mit vereinten Kräften hievten sie ihn hoch und setzten ihn auf einen Eimer, damit er sich frei entleeren konnte. Franck fühlte sich elend und schmutzig. Aber Britta und Dr. Bitterle ließen sich nichts anmerken, kümmerten sich um ihn, als sei es die selbstverständlichste Sache der Welt.

Nach einer halben Stunde war er versorgt und gewaschen, langsam begann er, sich wieder wie ein Mensch zu fühlen.

»Wie heißen Sie eigentlich?«, fragte Dr. Bitterle, der von Jean mit ALDI-Sekt versorgt worden war. »Sie haben sich noch nicht vorgestellt, da weiß ich ja gar nicht, von wem ich die zehn Euro Praxisgebühr eintreiben soll.«

Bei dem Wort Praxisgebühr lachten Jean und Britta laut auf. »Praxisgebühr«, schrie Jean, »Praxisgebühr, das ist gut.«

Franck begriff nicht, was daran so lustig sein sollte. »Tut mir leid, ich habe kein Geld bei mir. Ich bin überfallen und ausgeraubt worden.«

»Ja, ja, das weiß ich doch«, sagte Dr. Bitterle. »Aber Ihren Namen können Sie doch wohl preisgeben.«

»Ich heiße Franck.«

»Nur Franck? Ist das Ihr Vorname oder Ihr Nachname?«

»Franck ist mein Vorname. Mein Familienname ist von Franckenhorst. Ich bin Franck von Franckenhorst.«

Die Reaktion auf seine Worte verblüffte Franck. Denn es geschah – nichts. Sekundenlang keine Reaktion. Dann begann Britta zu lachen. »Das muss gefeiert werden. Ich fass es nicht. Der Herr ist ein ›von‹. Doktorchen, hast du schon mal blaues Blut gezapft? Ich noch nicht. Jetzt kann ich meinen Enkeln erzählen, ich habe mal einen Adeligen halb nackt auf den Pisspott gesetzt. Jean, ich brauch was zu trinken.«

Dr. Bitterle inspizierte Franck noch einmal und viel genauer als zuvor. Er nahm den Stoff des Hemdes zwischen zwei Finger, um die Qualität zu fühlen, schaute nach dem Etikett im Kragen. Mit Francks Hose verfuhr er ähnlich.

»Wo sind seine Schuhe?«, fragte er. Jean zeigte auf einen Platz in der Nähe der Kochstelle.

Dr. Bitterle nahm einen Schuh in die Hand. »Kommt, das müsst ihr euch ansehen. Handgenähte Schuhe. Das Paar hier hat bestimmt tausend Euro gekostet.«

Britta nahm den Schuh in die Hand und bestaunte ihn wie eine Kostbarkeit. Jeans Laune dagegen hatte sich spürbar verschlechtert. Er humpelte an Francks Lager.

»Warum hast du mir nicht gesagt, wer du bist?«

»Du hast mich nicht gefragt.«

»Du hättest mir das sagen müssen.«

»Du hast mir auch nichts über dich erzählt. Jedenfalls nicht viel.«

»Das ist was anderes.«

»Wieso?«

»Weil es dich nichts angeht.«

»Meinst du.«

»Ja.«

Jean humpelte auf seinen Krücken verärgert in eine Ecke und ließ sich auf einen Stuhl sinken. Aus sicherer Entfernung sagte er dann: »Franck von Franckenhorst. Du bist also einer von diesen stinkreichen Parfüm-Heinis?«

Franck schaute Jean mit großen Augen an, sagte aber nichts.

»Ich habe dich was gefragt«, schrie der jetzt. »Ich habe dich gefragt, ob du einer von diesen stinkenden Parfüm-Heinis bist. Bist du dir zu fein, mir darauf zu antworten?«

Franck setzte sich auf. »Nein. Ich bin mir nicht zu fein. Ich habe vorhin schon gesagt, wie ich heiße. Und wenn du meinst, ob meine Familie Parfüms herstellt, dann kann ich das gerne bestätigen.«

Jean schien schon gar nicht mehr zuzuhören. Er richtete sich auf und begann zu deklamieren:

»Wer baute das siebentorige Theben?
In den Büchern stehen die Namen von Königen.
Haben die Könige die Felsbrocken herbeigeschleppt?
Und das mehrmals zerstörte Babylon –
Wer baute es so viele Male auf?
Wohin gingen an dem Abend, wo die Chinesische Mauer fertig war,
Die Maurer?
Alle zehn Jahre ein großer Mann.
Wer bezahlte die Spesen?
So viele Berichte.
So viele Fragen.«

Als Jean verstummte, schaute er in drei überraschte Gesichter.

Britta sagte: »Das war schön.«

Dr. Bitterle sagte: »Das war Bertolt Brecht.«

»Und du«, sprach ihn Jean an, »willst du auch was sagen?«

Franck schaute ihm lange in die Augen. Was für ein ungewöhnlicher Mann, dieser einbeinige Penner. Dann sagte er: »Franck von Franckenhorst stellt Parfüm her …«

Auf Melaten herrschte wieder Friedhofsruhe. Franck fühlte sich nach der Behandlung durch Dr. Bitterle und Brittas Pflege viel besser. Jean war noch mal verschwunden, um ein paar Besorgungen zu machen. Bevor er ging, hatte er alle Fenster mit einem dunklen Tuch verhängt.

Britta kümmerte sich um das Abendessen, Ravioli aus der Dose standen auf dem Speiseplan, was anderes war nicht mehr vorrätig. Nur die Auswahl an Getränken war größer, es gab Kölsch, Doppelkorn, Wasser, immer noch Sekt, Kaffee, Tee, Cola, Bionade.

Dr. Bitterle saß in einer Ecke und döste vor sich hin. Franck las in einer Sammlung deutscher Lyrik. Das Buch gehörte Jean, das Gedicht von Brecht, aus dem Jean zitiert hatte, war darin abgedruckt, es hieß »Fragen eines lesenden Arbeiters«. Franck kannte es aus dem Deutschunterricht. Heute hatte es für ihn zum ersten Mal eine Bedeutung bekommen. Jean konnte viele Gedichte auswendig aufsagen. Franck, der doch Germanistik studiert hatte, hätte kaum eines rezitieren können, vielleicht gerade noch Goethes zweites »Wanderers Nachtlied«: »Über allen Gipfeln ist Ruh ...«

Er war so in seine Lektüre vertieft, dass er nicht hörte, als Jean zurückkehrte. Er hatte den EXPRESS von Donnerstag dabei, der schon abends ab sieben Uhr in der Stadt verkauft wurde. »Hier, steht nichts über dich drin«, sagte er zu Franck und warf ihm das Blatt aufs Bett.

Die Ravioli aus der Dose schmeckten besser, als er erwartet hatte. Britta hatte sie mit Tomatenmark »verfeinert«, wie sie es nannte.

Jean trank ziemlich viel Bier, als ob er sich Mut antrinken wollte. »Du hättest mir sagen müssen, wer du bist«, sagte er schließlich und schaute Franck an. »Ich habe mich über dich erkundigt. Dein Vater ist der reichste Mann der Stadt. Wahrscheinlich sind jetzt schon ganze Horden von Polizisten und Privatdetektiven hinter dir her. Ich kann mir vorstellen, wie das für mich ausgeht, wenn du bei mir gefunden wirst. Da ist alles drin, von Entführung bis zu unterlassener Hilfeleistung.«

»Aber du warst der Einzige, der mir überhaupt geholfen hat«, sagte Franck.

»Schön, dass du das auch mal feststellst. Aber das wird mir nicht helfen. Was ist, wenn dein Bein schief bleibt? Dann hängt man mir das an. Warum ich dich nicht gleich ins Krankenhaus gebracht hätte statt auf den Friedhof. Ich hätte dich im Dreck liegen lassen sollen. Wir passen nicht zusammen. Und ich, der ich nichts habe, werde auch noch dafür bezahlen müssen.«

»Nein, das wird sich alles regeln. Und bezahlen werde ich. Ich habe genug Geld.«

»Na, dann rück doch mal welches raus. Wir sind nämlich pleite. Den EXPRESS hab ich schon klauen müssen. Die dreihundert Euro, die du am Samstag springen lassen musstest, sind aufgebraucht.«

»Ich habe kein Geld. Jetzt wenigstens nicht. Ich zahle das alles später.«

Jean redete sich in Rage. »Das musst du dir reintun, ich füttere hier ein Milliardärssöhnchen durch. Komm, Britta, darauf trinken wir einen.«

Jean fiel Britta fast auf den Schoß, die sich das gefallen ließ, Jean einen Arm tröstend um den Hals legte und ihn streichelte.

Dr. Bitterle hatte sich bisher nicht an dem Gespräch beteiligt: »Wenn Sie Franck von Franckenhorst sind, dann sind Sie nicht zufällig überfallen worden. Da hatte es jemand gezielt auf Sie abgesehen.«

»Wie kommen Sie denn darauf?«, wollte Franck wissen.

»Das sagt mir meine Lebenserfahrung. Denken Sie mal nach. Wem haben Sie in der letzten Zeit auf die Füße getreten? Wer hätte Grund, sich an Ihnen zu rächen?«

Franck dämmerte, dass Dr. Bitterle recht haben könnte. Und dann erzählte er seine ganze Geschichte. Von seinem Vater und seinem Bruder, die ihn um den Zugriff auf seine Millionen brachten, von Miriam, seiner Schwester, die ihn gewarnt hatte, und von Fanny, die ihm helfen wollte, von den silbernen Limousinen aus Luxemburg, von seinem Dienstantritt im Familienunternehmen, von Direktor Kannegießer und Direktorin Venekoten, von den Akten, die er gesichtet und die er mitgenommen hatte.

Jean, Britta und Bitterle hörten fasziniert zu. Bitterle nickte manchmal, Britta musste sich regelmäßig mit Getränken stärken, sie war auf Schnaps umgestiegen, Jean machte sich Notizen und brummte manchmal »Aha« oder »Soso«, ohne das näher zu erklären.

Jean war der Erste, der nach Francks Erzählung das Wort ergriff: »Sehr interessant. Und du wolltest uns also weismachen, der Überfall könnte Zufall sein. Und dann lieferst du uns Gründe und Verdächtige gleich im halben Dutzend. Da wären als Hauptverdächtige zunächst mal dein Vater und dein Bruder ...«

Franck wollte protestieren, aber Jean ließ sich nicht unterbrechen: »Dein Vater und dein Bruder. Die hatten geglaubt, du würdest dich mit ein paar Millionen abspeisen lassen, aber du musstest ja unbedingt den tapferen Thronfolger spielen. Dann ist da dieser Direktor Kannegießer, dem du quasi vor die Nase gesetzt wurdest, vielleicht auch noch diese Direktorin. Was ist mit den Mercedes-Fahrern aus Luxemburg? Kommen die vielleicht in den Rechnungen vor, die du an dich genommen hast? Je länger ich darüber nachdenke, desto klarer wird es: In den Papieren muss die Lösung stecken. Irgendetwas war da drin, was für jemanden so wertvoll war, dass er deswegen sogar einen brutalen Überfall auf dich anordnete. Das hätte schlimmer ausgehen können. Oder es sollte genau so ausgehen, wie es jetzt ausgegangen ist, so als eine letzte Warnung.«

»Du liest zu viel Krimis«, wiegelte Franck ab.

»Nein, ich lese keine Krimis. Ich lese Gedichte. Aber dein Fall ist auch so sonnenklar. Da hat es jemand auf dich abgesehen.«

»Und was soll ich deiner Meinung nach tun?«, wollte Franck von Jean wissen.

Stattdessen gab Dr. Bitterle eine Antwort: »Ich sehe zwei Möglichkeiten. Wenn Jean recht hat, und ich glaube, er hat recht, dann können Sie Ihren Vater informieren, dass Sie sich doch aus dem Unternehmen zurückziehen und mit einer Abfindung einverstanden sind. Ich denke, dass Sie dann in Ruhe verschwinden und weiterleben könnten.«

»Sie meinen doch nicht ernsthaft, mein eigener Vater könnte etwas mit dem Überfall auf mich zu tun haben«, empörte sich Franck.

»Doch, das meine ich. Ich will nicht behaupten, dass er den Überfall direkt angeordnet hat, aber das hängt doch zusammen. Das wäre alles nicht passiert, wenn Ihr Vater Ihnen Ihr Recht gelassen hätte. Da war von Anfang an etwas faul.«

»Oder der Bruder steckt dahinter«, meldete sich Britta. »Meine Schwester hat mir auch nie was gegönnt.«

»Ich will wissen, was dahintersteckt. Ich kann mich nicht so einfach verdrücken. Das habe ich mir geschworen, und das habe ich auch meiner Schwester versprochen«, sagte Franck.

»Ja, das habe ich mir schon gedacht, dass Sie ein Dickkopf sind. Reiche sind immer Dickköpfe, die meinen, ohne sie ginge es nicht. Das wäre dann also Möglichkeit zwei: Sie versuchen, die Hintergründe aufzudecken, die prügelnden Kleiderschränke zu finden und ihre Auftraggeber und auch noch herauszubekommen, was hinter dem allen steckt. Viel Vergnügen dabei. Ich kann Sie nur warnen. Sobald Sie sich aus dem Versteck trauen, werden die anderen wieder auf Sie aufmerksam und werden Sie jagen. Die gehen doch davon aus, dass Sie in den Papieren genau das gefunden haben, was Sie gesucht haben. Was wäre so schlimm daran, wenn Sie sich entscheiden, das Leben zu genießen? Suchen Sie sich eine Frau, setzen Sie Kinder in die Welt. Verschwenden Sie keinen Gedanken an Rache. Das kann für Sie nicht gut ausgehen. Die sind stärker. Die sind skrupelloser. Die sind mächtiger.«

»Und wenn ihr mir helft?«, sagte Franck.

Es fehlte nicht viel, und die drei Friedhofspenner wären in Ohnmacht gefallen, als sie das hörten. Hatte dieser Milliardär ohne einen Cent in der Tasche gerade gesagt, sie sollten ihm helfen?

DONNERSTAG

Am nächsten Morgen, nach Francks Rechnung musste es Donnerstag sein, fühlte er sich viel besser. Tatsächlich schaffte er es sogar, allein aufzustehen und zum Eimer zu humpeln, der ihm als Toilette diente. Er hätte sich nie träumen lassen, dass er diese Tatsache, über einem schmutzigen Eimer in einer vergessenen Friedhofshalle ohne fremde Hilfe Wasser lassen zu können, einmal als beglückend empfinden würde, aber genau so war es. Und dass er heute nicht mehr darauf angewiesen war, sich von Britta und Bitterle auf den Topf helfen zu lassen. Beide hatten die Nacht mit ihm und Jean im selben Raum verbracht, was ihm nichts ausgemacht hatte.

Franck schaffte auch den Rückweg zu seinem Matratzenlager ohne fremde Hilfe, doch statt sich wieder hinzulegen, humpelte er zur Küchenwand und begann, einen Kaffee aufzusetzen. Heute wollte er sich endlich nützlich machen, er hatte sich schon genug bedienen lassen.

Jean war frühmorgens wieder verschwunden. Er müsse arbeiten und Geld verdienen, sonst würden sie bald alle verhungern. Dr. Bitterle, Jupp, Franck hatte in der Nacht Brüderschaft mit dem Doktor getrunken, wollte ihm noch einen Zehneuroschein in die Hand drücken, sein letztes Geld, wie er sagte, aber Jean wies das zurück. »Ihr seid hier meine Gäste, da seid ihr eingeladen. Ihr könnt euch ja revanchieren, wenn ich mal bei euch vorbeischaue. Nein, ich will hier das Sagen behalten. Ihr habt die Wahl: Ihr könnt gehen. Falls ihr bleibt, müsst ihr das essen, was ich anschleppe.«

Für einen Moment hatte es den Anschein, als zwinkerte Jean Jupp und Britta zu, so als hätten sie eine geheime Absprache getroffen. Aber da hatte Franck sich wohl getäuscht, denn kurz nach Jeans Verschwinden machte sich auch der Doktor davon. »Ich will noch ein paar Medikamente besorgen, Schmerzmittel wären nicht schlecht, und ein paar frische Verbände.

Und bei dieser Gelegenheit werde ich mich um mein eigenes Frühstück kümmern.«

Franck schaffte es, den Kaffee für sich und Britta aufzubrühen, die verblüfft und gerührt war, als Franck ihr den Becher ans Lager brachte. »Kaffee ans Bett, das hab ich seit ich weiß nicht wie vielen Jahren nicht mehr bekommen. Mein zweiter Mann hat das mal gemacht, noch in den Flitterwochen. Ich fass es nicht. Trotzdem, danke.«

Franck setzte sich auf einen Stuhl neben Brittas Matratzenlager. »Komischer Typ, der Jean«, sagte er, um überhaupt etwas zu sagen.

»Ja, finde ich auch«, stimmte Britta zu. »Kann Gedichte auswendig!«

»Kennst du ihn schon lange?«

»Was heißt lange? Ich bin seit ein paar Wochen in Köln. Vorher war ich in Berlin.«

»Wohnst du hier auf dem Friedhof?«

»Nein, das ist Jeans Revier. Aber er lässt mich manchmal hier pennen. Ich muss mir jede Nacht was suchen. Hier in Köln geht das ganz gut. Viele Brücken. U-Bahn-Schächte. Die Polizei ist auch nicht so streng. Köln ist ganz okay. Für mich.«

»Du bist Krankenschwester?«

»Ja, ich bin wirklich ausgebildete Krankenschwester.«

»Wieso, wieso«, Franck druckste herum. »Wieso lebst du dann auf der Straße?«

»Wieso? Wieso? Wieso bist du hier auf dem Friedhof, du Milliardär? Ist bei dir noch nie was schiefgegangen?«

»Ich wollte dich nicht verletzen. Es interessiert mich. Du hast mir geholfen.«

»Es interessiert den Herrn, ist ja wunderbar. Aber mich interessiert es nicht, darüber zu reden. Wenn du es unbedingt wissen willst: Ich saufe und ich kokse, wenn ich Geld habe. Und warum? Weil mein dritter Mann mich so lange verprügelt hat, bis ich mein Baby verloren habe. Ich hätte jetzt eine kleine Tochter, sieben Jahre alt wäre sie schon, um die ich mich kümmern würde. Ich wäre eine gute Mutter gewesen.«

»Tut mir leid.«

»Ist ja wunderbar, dem Herrn tut es leid. Was haben Sie denn damit zu tun? Haben Sie mich verprügelt? War es Ihr Baby? Lassen Sie mich doch in Ruhe. Und geben Sie mir endlich was Richtiges zu trinken. Nicht diesen lausigen Muckefuck.«

Franck wollte aufstehen und die Flasche mit dem Doppelkorn holen, aber Britta kommandierte ihn zurück: »Lass man, ist noch so früh am Morgen. Ich will mal sehen, wie lange ich aushalte. Und so schlecht ist der Kaffee auch nicht, dafür, dass ihn ein Mann gemacht hat.«

»Zu Hause habe ich eine Kaffeemaschine.«

»Das habe ich mir gedacht. So ein glitzerndes Edelteil aus Italien für tausend Euro wahrscheinlich.«

Franck nickte.

»Dann hätte ich jetzt gerne einen Latte macchiato, anschließend einen doppelten Espresso und zum Abschluss einen Cappuccino.«

»Ja, so ähnlich. Das kann die Maschine alles.«

»Ich hab mir die mal beim Saturn angesehen. Irgendwann werde ich mir mal so eine Maschine kaufen. Irgendwann, wenn ich es wieder geschafft habe.«

»Ich werde dir eine Kaffeemaschine schenken«, sagte Franck.

»Steck dir deine blöde Maschine in den Arsch. Ich will keine Maschine geschenkt. Ich will sie mir kaufen. Von meinem eigenen Geld. Du hast doch keine Ahnung. Also halt die Klappe und spiel nicht den Weihnachtsmann.«

Britta war richtig wütend, und Franck fragte sich, was er falsch gemacht haben könnte. »Kannst du nicht mal vor die Tür gehen, damit ich mich hier waschen kann, ohne angegafft zu werden?«, raunzte sie ihn an.

Franck schob vorsichtig einen der Vorhänge zur Seite und spinxte nach draußen auf den Friedhof. Erst jetzt wurde ihm bewusst, dass er das noch nicht getan hatte, seitdem er hier war. Er war tatsächlich auf Melaten. Es war noch früh am Morgen. Ein Eichhörnchen kletterte eine Platane hoch und balancierte geschickt wie ein Seiltänzer über einen Ast, der noch keine Blätter hatte. Menschen entdeckte Franck nicht. »Gut, ich werde versuchen, eine Runde zu drehen.«

Franck öffnete die Tür der alten Trauerhalle. Gleich rechts war eine Wasserstelle, neben der Friedhofsgießkannen aufgehängt waren. Eine gute Einrichtung, da mussten die Friedhofsbesucher die nicht mühsam von zu Hause anschleppen.

Die alte Trauerhalle stand tatsächlich an der Millionenallee. Er entdeckte eine Gruft, in der noch niemand beerdigt lag. »Familie Otto Caspari« war in den Grabstein eingemeißelt, links und rechts von dieser Inschrift waren je zwei weiße Marmortafeln angebracht, auf denen keine Namen standen. Franck kannte einen Otto Caspari, ein Geschäftspartner seines Vaters von irgendwo aus der Voreifel. Wahrscheinlich gehörte Caspari zu denen, die eine der denkmalgeschützten Grüfte auf Melaten erworben hatten, die sich verpflichten mussten, das Denkmal instand zu setzen, und dafür das Recht erhielten, zu bestimmen, wer einst dort beerdigt werden sollte. Auch für sich selbst konnte man so natürlich einen Platz auf Melaten sichern.

Ob Caspari mit seiner Gruft wirklich zufrieden sein würde? Franck wusste, dass der alte Caspari sich vor einiger Zeit von seiner Frau getrennt hatte und jetzt mit einer wesentlich jüngeren zusammenlebte. Wer war jetzt gemeint mit »Familie Otto Caspari«? Würden da dereinst Ehefrau und Geliebte Seite an Seite zur letzten Ruhe gebettet?

Franck setzte sich auf die Bank neben der Wasserstelle. Aus Richtung der neuen Trauerhalle, von der Piusstraße her, sah Franck eine Frau herankommen. Eine junge Frau, wie er feststellte. Eine junge Frau, die er schon mal gesehen hatte. Es war die Verkäuferin aus dem Parfümerie-Shop am Dom, Christina Brandt. Als er dies alles endlich zusammenbekommen hatte, war es zu spät, sich zu verstecken. So schnell kam er mit seinem lädierten Bein nicht weg. Und wohin hätte er auch verschwinden sollen? Also blieb er sitzen, schaute sie an, als sie näher kam, doch sie hatte den Blick nach unten gewandt, nahm ihn nicht wahr oder wollte ihn nicht wahrnehmen. Wahrscheinlich hatte sie ihn auch gar nicht erkannt. Sein Aufzug war verdreckt, und an den Füßen hatte er zerschlissene Schlappen, weil sein verbundenes Bein nicht in seinen Schuh gepasst hatte. Er hätte sie einfach gehen lassen können. Aber stattdessen sagte er: »Guten Morgen, Frau Brandt. So eine Überraschung ...«

Die Überraschung auf ihrer Seite war noch größer. Sie schreckte aus ihren Gedanken hoch, sah Franck auf seiner Bank sitzen, stutzte, schien sich dann doch zu erinnern und sagte: »Herr von Franckenhorst?«

Franck nickte. Christina trat näher an die Bank heran. »Wie sehen Sie denn aus? Und was machen Sie auf dem Friedhof?«

»Ich, ich hatte einen Unfall. Und jetzt bin ich auf dem Weg nach Hause. Wollte nur mal auf dem Friedhof vorbeischauen. Meine Oma.«

Christina gab sich alle Mühe, ihn zu verstehen, obwohl er wirr daherredete und vor Verlegenheit stotterte.

»Haben Sie das Parfüm schon ausprobiert?«, fragte er.

»Oh, das Parfüm. Danke. Ich konnte mich gar nicht richtig bedanken. Nein. Habe ich noch nicht. Kann ich Ihnen helfen? Soll ich jemanden rufen? Sie sehen fürchterlich aus.«

»Nein, danke. Nein. Ich komme zurecht. Was machen Sie auf dem Friedhof? Müssen Sie heute nicht arbeiten?«

»Ich habe Spätschicht. Ich will nur ein paar Blumen ans Grab bringen. Mein Opa.«

»Dann will ich Sie nicht länger aufhalten. Vielen Dank!«, sagte Franck.

»Sie haben mich nicht aufgehalten«, sagte Christina, »ich habe Zeit. Man muss sich Zeit nehmen, wenn man jemanden auf dem Friedhof besucht«, sagte sie und verabschiedete sich.

Franck blieb auf der Bank sitzen und schaute ihr nach. Jetzt hatte sie ihm noch eine Lektion erteilt in Sachen Zeit. Ja, nicht nur für die Lebenden musste man sich Zeit nehmen, sondern auch für die Toten. Und eigentlich hieß beides doch nur, sich für sich selbst Zeit zu nehmen.

Er hätte etwas darum gegeben, zu wissen, wie spät es war. Ohne seine Uhren war er orientierungslos. Auf den Straßen und Wegen des Friedhofs herrschte reger Betrieb. Vor allem ältere Frauen kümmerten sich um die Gräber, immer wieder mal kam eine von ihnen an die Wasserstelle und füllte eine der Leihgießkannen. Wer pflegte eigentlich die Familiengruft? Wahrscheinlich irgendwelche bezahlten Friedhofsgärtner. Er war nicht einmal am Grab seiner Oma gewesen, vom Tag der Beerdigung abgesehen.

Franck war so in Gedanken, dass er nicht merkte, dass Christina zurückkam. Sie baute sich vor ihm auf und sagte: »Sie haben mich belogen. Ich weiß zwar nicht, warum, aber Sie haben gelogen. Was ist los?«

»Ich hatte einen Unfall«, sagte Franck.

»Mag sein«, sagte Christina. »Ihr Bein ist verbunden, Sie sind also nach dem angeblichen Unfall schon behandelt worden, aber Sie sehen aus, als ob Sie seit Wochen auf der Straße lebten. Und dass Sie das nicht tun, das weiß ich. Also, was ist los? Soll ich Sie mitnehmen?«

»Frau Brandt, Christina, das geht jetzt nicht. Aber vielleicht können Sie mir doch einen Gefallen tun. Haben Sie etwas zu schreiben dabei?«

»Ja«, sagte Christina und fingerte aus ihrer Handtasche einen Taschenkalender und einen Bleistift.

»Ich schreibe Ihnen hier einen Namen, eine Adresse und eine Telefonnummer auf. Die Adresse ist meine eigene am Brüsseler Platz, der Name ist der einer guten Freundin, Fanny, die möglicherweise in meiner Wohnung ist. Die Telefonnummer ist ihre Handynummer. Würden Sie sie bitte anrufen und sagen, sie solle hierhin kommen. Heute Abend, achtzehn Uhr. Hier an diese Bank an der alten Trauerhalle.«

»Warum rufen Sie denn nicht selbst an?«

»Ich habe kein Handy … dabei.«

»Ich leih Ihnen meins. Sie können mit meinem Handy telefonieren.«

Christina reichte ihm ihr Telefon, Franck zögerte, nahm es

aber an. »Danke.« Als er Fannys Nummer wählte, ging Christina ein paar Schritte zur Seite, um nicht zu lauschen.

Fanny ging nicht dran, stattdessen meldete sich ihre Mailbox. »Fanny, ich bin's, Franck. Es ist etwas passiert. Bitte komm heute Abend, es ist Donnerstag, auf den Melatenfriedhof an die alte Trauerhalle. Um achtzehn Uhr. Wenn du nicht kannst, dann musst du morgen kommen. Auch um achtzehn Uhr. Melatenfriedhof. Alte Trauerhalle. Es geht mir gut. Und sag besser niemandem, dass ich angerufen habe und wo wir uns treffen.«

Franck drückte die rote Taste. Christina sah, dass er sein Gespräch beendet hatte. »Ich habe sie nicht erreicht, aber ich habe ihr eine Nachricht auf die Mailbox gesprochen. Danke für Ihre Hilfe.«

Christina schaute ihn nachdenklich an. »Ich lasse Sie nur ungern hier alleine zurück. Ich habe das Gefühl, dass mit Ihnen irgendetwas nicht in Ordnung ist.«

»Doch, doch. Machen Sie sich keine Sorgen. Und vielen Dank für alles.« Franck wollte das Gespräch beenden und stand auf. Als er sich in Bewegung setzte, wollte er seine Verletzung, so gut es ging, verheimlichen, aber mit seiner Humpelei bot er doch nur einen ziemlich jämmerlichen Anblick.

»Sie sind verrückt. Sie müssen ins Krankenhaus. Sofort!«, rief die junge Frau ihm hinterher. Doch Franck humpelte weiter in Richtung der Familiengruft der von Franckenhorsts. Und er ärgerte sich, dass er nachher den ganzen beschwerlichen Weg wieder zurückhumpeln musste. Nach vielleicht zwei Minuten machte er eine Pause und drehte sich um, Christina war gegangen, er sah ihre Silhouette am Ausgang zur Piusstraße.

Irgendwann mittags kam Jean zurück. Er war schlecht gelaunt. Sein Bein schmerzte. Das Bein, das er gar nicht mehr hatte. Und er raunzte Franck an, er sei schuld, dass alles drunter und drüber gehe. »Hau doch endlich ab, geh dahin, wo du hingehörst, und lass uns in Ruhe.«

Britta sagte: »Der meint das nicht so. Mach dir nichts draus.«

Aber Franck war sich nicht sicher, ob Jean nicht genau das meinte, was er gesagt hatte. »Ich habe eine Bekannte getroffen. Vielleicht werde ich heute Abend um achtzehn Uhr schon abgeholt.«

»Du hast was? Du warst draußen? Du hast mit jemandem geredet? Da hättest du auch gleich die Friedhofsverwaltung alarmieren können, dass die mich hier ausquartieren. Aber dir kann das ja egal sein. Der Herr Milliardär wird ja heute Abend abgeholt und verdrückt sich ins Warme.«

Franck verstand nicht, warum Jean sauer war. »Was brüllst du hier so rum? Was ist Schlimmes daran, dass ich mit jemandem gesprochen habe? Meinst du denn, ich wollte hier den Rest meines Lebens verbringen? So toll ist das hier nun auch wieder nicht. Du machst mich mit deiner schlechten Laune völlig verrückt.«

»Dem Herrn gefällt meine schlechte Laune nicht? So, so. Aber essen will der Herr was. Darf es heute etwas wilder Lachs sein? Und als Wein lieber einen Bordeaux oder doch einen Sancerre zum Fisch? Nein, heute gibt es kreative Küche. Heute gibt es bei Leclercs mal Friedhofsratte mit frischen Unkräutern. Besonders delikat. Das bekommt man nicht alle Tage.«

Und dann knallte Jean drei dunkle Tiere auf die Tischplatte, die aussahen wie Ratten. Konnte man Ratten essen? Wollte Jean dieses Getier wirklich auftischen?

»Da läuft dem Herrn gleich das Wasser im Mund zusammen. Warum auch nicht? Ratten sind eine Delikatesse, wenn man Hunger hat. Ich hab mal gelesen, dass die Kambodschaner aus Angst vor der Vogelgrippe zunehmend auf Rattenfleisch umsteigen. Würzig gebraten schmeckt das sehr gut, fast wie Hühnchen. Ich nehme immer eine scharfe Soße dazu. Ich sage dir, wenn du erst einmal eine Ratte verspeist hast, kann dich nichts mehr aufhalten.«

Franck kam die Magensäure hoch. Jean begann tatsächlich, die Tiere zuzubereiten. Er zog ihnen das Fell ab, nahm sie aus, spülte sie zum Glück sehr, sehr gründlich und warf sie in einen großen Topf auf seinem Mini-Herd. Das, was er »Unkraut« genannt hatte, waren vor allem Brennnesseln. Dass man die essen konnte, wusste Franck. Das hatte ihm sein Opa erzählt. Nach dem Krieg hätten viele Menschen in Deutschland Brennnesseln gesammelt und gegessen.

Je länger Jean in seiner Behelfsküche vor sich hin brutzelte, desto besser wurde seine Laune. Er gab ordentlich Salz und Pfeffer dazu, und manchmal kostete er und schien zufrieden. »Das wird die beste Ratte, die ich je gekocht habe«, sagte er und nahm sich ein Bier. Der Getränkevorrat war zum Glück noch nicht aufgebraucht.

Britta hielt sich tapfer, hatte keinen Tropfen Alkohol angerührt und assistierte Jean beim Kochen. »Du hast noch einiges an getrockneten Kräutern, die könnten wir an das Fleisch tun«, schlug sie vor, und Jean nahm ihre Anregung an. Die beiden diskutierten fachkundig, wie lange das Fleisch zu braten sei, Britta meinte, dass vierzig Minuten optimal wären, aber Jean bestand darauf, die Tierchen eine Stunde bei hoher Temperatur auf dem Herd zu lassen, um sicherzugehen, dass alle Krankheitskeime abgetötet würden, die die Ratten vielleicht in sich trugen.

Franck wusste, dass er an diesem Tag keinen Hunger haben würde. Hatten sie nicht gestern Abend ganz gut gegessen und gestern Morgen ganz wunderbar gefrühstückt? Nein, an diesem Tag würde er fasten. Als auch noch Dr. Bitterle erschien, machte Franck für sich eine Rechnung auf: Jetzt waren vier Personen im Raum, aber nur drei Ratten im Topf, da könnte er großmütig auf seinen Anteil am Essen verzichten.

Er hatte nicht mit dem ausgeprägten Gerechtigkeitssinn seiner neuen Freunde gerechnet. Wie selbstverständlich kamen vier Teller auf den Tisch, und wie selbstverständlich füllte Britta alle vier Teller mit gleich großen Portionen. Die drei Ratten waren fein zerlegt worden, nur das in kleine Stücke geschnittene Fleisch war in den Topf gekommen, die Knochen und alles andere nicht. Wenn man nicht gewusst hätte, was da auf dem Teller lag, hätte man es für etwas stark angebratenes Hühnerfleisch halten können.

»Iss«, sagte Jean zu Franck.

Franck schaute sich um, drei Augenpaare waren erwartungsvoll auf ihn gerichtet, dass er den ersten Bissen zu sich nähme.

»Ich, ich habe eigentlich gar keinen Hunger«, sagte er und schob seinen Teller vorsichtig von sich weg.

Britta schob den Teller zurück. »Iss. Stell dich nicht so an!«

Franck spürte, dass er um diese Mutprobe nicht herumkam. Er erinnerte sich daran, wie er als Kind einen Regenwurm gegessen hatte. Sogar eine Spinne hatte er einmal in den Mund genommen. Beides hatte er überlebt. Also Augen zu und durch. Er spießte etwas Fleisch auf seine Gabel, drapierte ein winziges Brennnesselblatt darauf, schloss die Augen und führte die Mahlzeit zum Mund. In Gedanken sah er sich eine dicke Kanalratte verschlingen, aber der Geschmack auf der Zunge war viel angenehmer, es schmeckte etwas angebrannt, die scharfe Soße war für seinen Geschmack etwas zu scharf, die Brennnessel erinnerte ihn an Blattspinat. Alles in allem gar nicht so übel.

Franck öffnete die Augen und sah, dass die drei anderen mit Wohlwollen registrierten, wie er einen zweiten Bissen nahm. Dann griffen sie selbst zu. Und plötzlich redeten alle munter durcheinander, als säßen sie nicht bei Rattenfleisch auf dem Friedhof, sondern bei Hühnerfrikassee in irgendeiner warmen Wohnung.

Jean trank viel Kölsch. »Ratte muss schwimmen«, sagte er dazu, was bei Franck gleich wieder üble Bilder hervorrief. Aber Jean hatte sich vorgenommen, eine längere Rede zu halten. Er klopfte mit seiner Gabel an seinen Teller, räusperte sich und begann: »Franck, du hast mit mir die letzte Ratte geteilt. Das nenne ich wahre Freundschaft. Prost!«

Er hob seine Bierflasche, Franck prostete mit einem Glas Wasser zurück.

»Du sollst wissen, wo mein Bein geblieben ist. Ich habe es

versoffen. Prost! Es war 1999. Ich war wer. Ich war berühmt. 400-Meter-Läufer. Ich hatte gerade die Olympianorm für Sydney geschafft. Ich hatte einen Platz in der Staffel sicher. Ich hatte gute Chancen, auch im Einzel antreten zu können. Ich war Zweiter der deutschen Rangliste. Vierundvierzig Komma neun, wie einst Carl Kaufmann in Rom. Mit fünfundvierzig Komma siebzehn wurde man in dem Jahr deutscher Meister. Die Meisterschaft war in Erfurt. Im Zwischenlauf hatte ich mich verletzt, schied aus. Als dann im Finale keiner unter fünfundvierzig lief, hatte ich trotzdem gewonnen. Der Bundestrainer kam zu mir und sagte, für die Staffel sei ich gesetzt. Wenn ich gut über den Winter käme, dann wäre ich sicher auch in Sydney dabei. Erst der Frust der Verletzung, dann der Zuspruch vom Trainer. Ich war high. Ich trank mir einen an, mit meiner Freundin, Jutta, einer Weitspringerin. Als mir nach dem Unfall die Blutprobe genommen wurde, hatte ich 3,4 Promille. Mir wurde noch in derselben Nacht mein Bein amputiert. Jutta war tot.«

Jean stockte mit seiner Erzählung. Franck, Britta und Jupp warteten angespannt auf eine Fortsetzung. Jean setzte die Flasche an, nahm einen Schluck. »Ja, jetzt wisst ihr es.«

Britta stand auf und streichelte über Jeans Haare. Der ließ das geschehen. Dr. Bitterle kramte in seiner Doktortasche, suchte etwas, fand es nicht, oder er wollte sich nur ablenken. Franck begutachtete sein verbundenes Bein und versuchte sich vorzustellen, was damals geschehen war.

»Schön, dass ihr mir einfach nur zugehört und nichts gesagt habt. Glaubt mir, ich weiß sowieso alles. Ich brauche keine Ratschläge. Die bekomme ich jede Nacht kostenlos in meinen Träumen. Alpträumen. Ich weiß inzwischen, dass man das nicht so einfach wegsaufen kann. Aber vergessen kann ich das schon gar nicht. Oder könntet ihr vergessen, wenn euch ein Bein fehlt?«

Jean schaute jeden einzeln an. »Ich komm damit schon klar. Es hat lange gedauert, aber es wird besser. Prost!«

Und dieses letzte Prost klang auf einmal wieder munter.

Jean grinste und zwinkerte Britta und Jupp zu. »Wollen wir unseren Gast jetzt aufklären?«

Britta nickte, und Bitterle sagte: »Ich glaube, der kann eine Menge vertragen.«

Franck verstand nicht, was vor sich ging. Dann fragte Jean: »Na, wie haben die Kaninchen geschmeckt?«, und lachte los und bekam sich nicht mehr ein vor Lachen, und Britta und Bitterle lachten mit. Und irgendwann begriff Franck, dass er doch keine Ratten gegessen hatte; schade eigentlich, wäre eine tolle Mutprobe gewesen.

Schon lange vor sechs Uhr abends stieg die Spannung in der alten Trauerhalle. Britta sollte sich am Friedhofseingang zur Piusstraße postieren, wo Fanny zu erwarten war. Vor allem sollte sie aufpassen, ob Fanny verfolgt würde oder allein käme. Dr. Bitterle bezog Posten am Kriegerehrenmal der »Cameradschaftlichen Vereinigung von 1866« an der Kreuzung des Hauptweges und der Millionenallee. Von hier aus war auch einer der Eingänge zur Aachener Straße gut zu überblicken. Franck wartete etwas zurückgesetzt in einem Nebenweg, hatte aber die Bank im Blick, auf der er am Morgen gesessen hatte, als Christina Brandt erschienen war. Jean, als der Chef des ganzen Unternehmens, der jeden Fleck auf dem Friedhof kannte, wollte in Reserve stehen und würde sich nur in Notfällen blicken lassen. Die alte Trauerhalle hatte er sorgfältig abgeschlossen, niemand sollte seine Wohnung entdecken.

Franck fühlte sich in seinem Versteck zunehmend ungemütlicher. Warum sollte er sich nicht auf die Bank setzen und Fanny dort erwarten? Dass er auf dem Friedhof war, wäre für sie ohnehin keine Überraschung. Und warum überhaupt diese Heimlichtuerei? Er konnte sich nicht vorstellen, dass Jean mit seiner Verschwörungstheorie recht hatte, dass man ihn absichtlich überfallen hatte. Kein von Franckenhorst würde so etwas tun. Und wer sonst sollte einen Grund haben? Es wurde höchste Zeit, dass er von hier verschwände und endlich ins normale Leben zurückkehrte.

Er trat aus der Deckung und ging auf die Bank neben der alten Trauerhalle zu. An der Wasserstelle machte sich ein altes Mütterchen zu schaffen, das seine Friedhofsgießkanne zurückbrachte. Er setzte sich auf die Bank, das Mütterchen setzte sich neben ihn. Die beiden schwiegen.

Irgendwann fragte Franck: »Entschuldigen Sie, können Sie mir vielleicht sagen, wie spät es ist?«

Das Mütterchen griff in seine schwarze Handtasche und zog ein Handy heraus. »Sieben Minuten nach sechs.«

»Danke!«, sagte Franck. Dann saßen sie wieder schweigend nebeneinander. In der Ferne sah er Britta über den Hauptweg in seine Richtung kommen. Wahrscheinlich hatte sie ihren Posten aufgegeben. Vielleicht hatte Fanny ihre Mailbox noch gar nicht abgehört. Hatte er ihr nicht freigestellt, dass sie auch morgen kommen könnte? Doch, er hatte so etwas gesagt. Aber natürlich würde sie heute kommen, wenn sie die Nachricht erreicht hatte. Ganz bestimmt. Schließlich war er seit fast drei Tagen verschwunden, da würde sie doch wissen wollen, was los war.

Das Handy des alten Mütterchens klingelte den typischen Nokia-Klingelton, den Franck von seinem eigenen Handy kannte.

»Für Sie«, sagte das Mütterchen und hielt ihm das Telefon hin.

»Für mich?« Fassungslos nahm Franck das Handy. Er hörte eine merkwürdig verzerrte Männerstimme. »Fräulein Gerlach, Stefanie Gerlach, lässt ausrichten, dass sie leider nicht kommen kann. Sie wird heute nicht kommen und morgen auch nicht.«

»Was … was soll das heißen? Wer … wer sind Sie überhaupt? Woher wissen …«

»Das sind sehr viele Fragen auf einmal, Herr von Franckenhorst. Stattdessen sollten Sie sich eine ganz andere Frage stellen: Wo ist Fräulein Gerlach? Warum ist sie verhindert? Hat sie vielleicht irgendjemand gefesselt, der ihr wehtun könnte?«

»Lassen Sie den Unsinn«, schrie Franck. »Was wollen Sie überhaupt von mir? Und was hat Stefanie Gerlach damit zu tun?«

»Nun, Fräulein Gerlach hat das Pech, mit Ihnen bekannt zu sein. Und Sie haben das Pech, sich mit uns angelegt zu haben. Sie haben etwas an sich genommen, das Sie nicht besitzen sollten. Etwas, das uns gehört. Wir hielten es für angebracht, Ihnen ein Tauschgeschäft vorzuschlagen: Fräulein Gerlach gegen unser kleines Geheimnis.«

»Ich weiß nicht, wovon Sie reden.«

»Das sollten Sie aber wissen. Vielleicht fällt es Ihnen ein, wenn ich Sie mal mit Fräulein Gerlach verbinde. Sie müssen jetzt aber sehr genau hinhören.«

Aus dem Handy kamen merkwürdige Geräusche, als ob jemand etwas sagen wollte, dem man den Mund zugeklebt hatte. War das Fanny? Von der Stimmhöhe her hätte sie es sein können.

Dann meldete sich die Männerstimme wieder: »Ich denke, ich sollte Ihnen das übersetzen, was Fräulein Gerlach gesagt hat. Sie sagte, es ginge ihr gar nicht gut. Es seien Männer in ihrer Wohnung, die sie an einen Stuhl gefesselt hätten. Und die drohten, ihr wehzutun. Und die sie geknebelt hätten, damit man ihre Schreie nicht hört. Und die gedroht hätten, sie auszuziehen. Herr von Franckenhorst, sind Sie noch dran? Und deshalb müssten Sie alles tun, was von Ihnen verlangt wird. Wie finden Sie das?«

»Sie Schwein. Lassen Sie Frau Gerlach sofort in Ruhe. Sie hat ganz bestimmt nichts mit dem zu tun, von dem Sie reden. Ich weiß wirklich nicht, was Sie von mir wollen. Und selbst wenn ich versehentlich irgendetwas besessen haben sollte, was Ihnen gehört, dann wäre es jetzt sowieso weg. Ich bin nämlich überfallen und ausgeraubt worden.«

»Ja, ja, ich weiß. Aber das, was wir gesucht haben, haben wir nicht gefunden. Also müssen Sie es noch haben.«

»Sie haben mich überfallen?«

»Sagen wir so, ich habe beauftragt, Sie überfallen zu lassen.

Ich hatte den Eindruck, dass Sie eine Tracht Prügel verdienten. Nach allem, was man mir erzählt hat, haben Sie die bekommen.«

»Ihre Leute haben mich halb totgeschlagen.«

»Da haben Sie ja Glück gehabt.«

»Was soll das denn heißen?«

»Nun, Sie leben noch, oder? Es sei denn, Sie wollten mir erklären, dass Sie auf dem Melatenfriedhof Unterschlupf gesucht haben, weil Sie gerne hätten, dass man Sie nicht nur halb totschlägt, sondern ganz tot.«

»Wenn Sie so genau wissen, wo ich bin, warum sind Sie dann nicht hergekommen und haben sich geholt, was Sie suchen?«

»Ach, wissen Sie, ich mag Friedhöfe nicht so sehr.«

»Was schlagen Sie vor?«

»Sie kommen zu mir.«

»Und wo finde ich Sie?«

»In Ihrer Wohnung am Brüsseler Platz.«

»Sie sind in meiner Wohnung?«

»Ja, was dachten Sie denn? Wir mussten hier leider etwas umräumen, meine Durchsuchungsspezialisten sind sehr genau und neigen dazu, auch sehr teure Designermöbel zu zerlegen, solange sie nicht gefunden haben, was sie suchen.«

»Sie können mir viel erzählen. Ich glaube Ihnen nicht.«

»Das sollten Sie aber. Schauen Sie sich doch einmal das Handy an, mit dem Sie telefonieren.«

Franck nahm das Telefon, es war ein ganz normales Nokia, das gleiche Modell, das er auch nutzte.

»Was ist an dem Handy schon dran. Ein Handy wie Millionen andere.«

»Es ist Ihr eigenes Handy. Nur damit Sie sich bewusst machen, dass ich wirklich der bin, der den Überfall auf Sie arrangiert hat.«

Franck drückte die Taste, mit der er die gespeicherten Adressen anschauen konnte. Tatsächlich, das war sein Handy.

»Ich komme. Ich könnte in einer halben Stunde da sein«, sagte er.

»Nein, nicht so schnell. In einer halben Stunde könnten Sie auch eine Polizeihundertschaft alarmiert haben. Obwohl ich mich schon sehr gewundert habe, dass Sie die Polizei noch nicht eingeschaltet haben. Übrigens noch ein Beweis dafür, dass Sie genau wissen, was wir suchen. Nein, heute wird das nichts mehr. Wir werden Sie anrufen. Vielleicht morgen früh. Vielleicht später.«

Franck wollte noch etwas sagen, aber der Mann hatte aufgelegt. Das alte Mütterchen war verschwunden. Was hatte sie gewusst? Was war hier überhaupt los? In was war er hier hineingeraten? Und was war mit Fanny?

Britta und Dr. Bitterle setzten sich zu Franck auf die Bank. Wenig später war auch Jean bei ihnen.

»Die alte Frau ist über den Ausgang Aachener Straße verschwunden und mit der Straßenbahn stadtauswärts gefahren«, sagte er.

»Was für eine alte Frau?«, fragte Bitterle.

Franck erzählte, was geschehen war. Von dem alten Mütterchen an der Wasserstelle, von dem Handy, das sie aus ihrer Handtasche gezogen hatte, um die Uhr abzulesen. Da hatte sie wohl schon gewusst, was passieren würde. Von dem Anruf, der dann kam, dieser verzerrten Männerstimme, von den Drohungen, von der gefesselten Fanny, von dem angeblichen Geheimnis, das er, Franck, entschlüsselt habe, nur dass er selbst überhaupt nicht wisse, wovon die Rede war.

»Der Mann hat gesagt, er wäre in meiner Wohnung und halte Fanny gefangen. Außerdem habe er alles durchsucht. Ich muss dahin. Sofort!«, sagte Franck und wollte sofort los.

»Nun mal keine Panik«, fiel Jean ihm ins Wort. »Was wissen wir denn konkret? Wir wissen, dass dieser Mann dein Handy hatte und es dir durch diese alte Frau zukommen ließ. Wir wissen auch, dass er wusste, dass du hier heute Abend um achtzehn Uhr mit Fanny verabredet warst. Das wusste aber auch diese, wie hieß sie …?«

»Christina Brandt«, sagte Franck.

»Ja, diese Christina, Franck, die dich heute Morgen telefonieren ließ. Könnte die das verraten haben?«

»Nein, kann ich mir nicht vorstellen«, sagte Franck.

»Du konntest dir auch nicht vorstellen, mit Absicht überfallen worden zu sein.«

»Ich glaube«, sagte Franck, »die haben Fanny tatsächlich in ihrer Gewalt und meine Nachricht ganz einfach auf der Mobilbox gehört. Und deshalb muss ich sofort in meine Wohnung am Brüsseler Platz.«

»Um was zu tun? Dich auch noch gefangen nehmen zu lassen? Die sind doch längst weg.«

»Aber dann haben sie Fanny vielleicht zurückgelassen. Die können Sie doch nicht so einfach mitnehmen. Das fällt doch auf am Brüsseler Platz.«

»Gib mal dein Handy, das haben wir gleich«, sagte Jean.

»Hallo, Sabine«, hörte Franck Jean sagen, »Schäng hier, Krüppels Schäng. Hast du Brüsseler Platz – welche Nummer?«, fragte er Franck.

»Elf«, sagte der.

»Also, hast du Brüsseler Platz 11 im Visier? Gut. Da wohnt dieser Milliardärssohn. Genau. Den meine ich. Ist in dessen Wohnung Licht? Nein. Alles dunkel. Du bist ganz sicher? Gut. Kannst du bitte aufpassen, ob da irgendetwas passiert? Vorhin? Was war vorhin? Ein Kleintransporter. Ein Teppich. Weiß. Ist gerade weg. Mist. Danke, Sabine. Ach nein. Kannst du bei den Taxifahrern mal fragen, ob die mitbekommen haben, woher der Wagen kam und wohin der ist? Danke. Ich rufe später noch mal an.«

Jean legte auf. »Es sieht schlecht aus. Die Wohnung ist jetzt wahrscheinlich leer. Vor wenigen Minuten ist da ein Kleinlaster abgefahren, in den man einen weißen Teppich eingeladen hat.«

»Ich habe einen hellen Fellteppich.«

»Ja, das habe ich mir schon gedacht. Da könnte deine Fanny drin gewesen sein.«

»Wie bei Kleopatra«, sagte Dr. Bitterle.

»Das habe ich im Fernsehen gesehen«, sagte Britta.

»Und jetzt? Ich denke, ich sollte die Polizei alarmieren«, sagte Franck.

»Kannst du vergessen«, sagte Jean, »die Bullen helfen einem nie, wenn es drauf ankommt. Oder ist das bei euch Reichen anders? Vielleicht gehört euch ja auch die Polizei?«

Als Franck den Polizeinotruf 110 anrief, war es kurz nach sieben Uhr. Er sei überfallen worden, sagte er, und er wolle jetzt eine Anzeige erstatten. Außerdem sei eine Freundin vermutlich in einem Teppich entführt worden. Wann und wo er denn überfallen worden sei, wollte der Beamte wissen, und als Franck wahrheitsgemäß sagte: »Am Dienstag, nachts gegen elf Uhr, vor dem Stardust in der Maastrichter Straße«, wurde der Polizist ungemütlich laut: »So, so, am Dienstag hat man Sie überfallen, und zwei Tage später fällt Ihnen ein, das der Polizei zu melden. Da scheint das Problem ja nicht so dringend zu sein. Kommen Sie morgen früh auf die Wache, wenn Sie etwas anzuzeigen haben. Und jetzt lassen Sie uns in Ruhe, damit wir uns um echte Fälle kümmern können.«

Franck spürte, dass er das falsch angegangen war, und hängte ein. Heute Abend jedenfalls würde die Polizei ihm nicht weiterhelfen.

»Rufe deine Schwester an«, sagte Jean, als sie zu viert wieder in der Alten Trauerhalle saßen. »Sie hat dich vor etwas gewarnt, sie hat dich ermuntert, dir gleich alle Rechnungen anzusehen, sie ist deine Schwester, sie sollte endlich erfahren, was los ist. Vielleicht weiß sie ja sogar etwas. Auf jeden Fall könnte Sie uns helfen.«

Franck wunderte sich, warum er nicht selbst auf diese Idee gekommen war. Aber er hatte ja gerade erst sein Handy zurückbekommen. Als er das Telefon in die Hand nahm, bemerkte er oben links im Display den kleinen Briefumschlag, der anzeigte, dass neue Mitteilungen auf seinem Handy eingegangen waren. Er öffnete das entsprechende Menü und fand den Hinweis, dass er neue Anrufe auf seiner Mailbox habe.

Franck drückte die »1«, um seine Mailbox abzufragen. »Sie haben drei neue Nachrichten und eine gespeicherte Nachricht. Erste neue Nachricht, Dienstag, zweiundzwanzig Uhr neununddreißig – Hallo, Franck, wo bleibst du denn? Fanny hier. Miriam und ich warten auf dich. Zweite neue Nachricht, Mittwoch, ein Uhr vierzehn – Hallo, Franck, Miriam hier. Ich fahre jetzt nach Hause. Ruf mich morgen früh bitte sofort an und erzähl mir, wie es in der Firma gelaufen ist. Dritte neue Nachricht, Donnerstag, siebzehn Uhr fünfundfünfzig – Guten Tag, Herr von Franckenhorst. Sollten Sie dieses Telefon gerade gefunden haben, dann seien Sie so nett und warten Sie. Ich werde Sie anrufen und Ihnen alles Weitere erklären.«

Da war sie wieder, diese merkwürdige Männerstimme. Wahrscheinlich hatte die alte Frau den Auftrag gehabt, das Handy auf der Bank liegen zu lassen, wenn Franck nicht oder nicht pünktlich erschienen wäre. Auffallend war aber auch, dass keine weiteren Anrufe gekommen waren. Oder der Zwischenbesitzer hatte sie gelöscht. Franck untersuchte sein Handy genauer, ja, aus den verschiedenen Anruflisten waren alle ausgehenden und eingehenden Gespräche gelöscht.

Franck rief Miriam an, die sich sofort meldete, allerdings nicht mit Namen, sondern nur mit einem schüchternen »Hallo«.

»Miriam, ich bin's, Franck.«

»Wo bist du? Was ist denn eigentlich los? Ich mach mir solche Sorgen.«

»Ich hatte – eine Art – Unfall.«

»Was für einen Unfall?«

Jean nahm Franck das Handy aus der Hand. »Guten Abend, Miriam. Ihr Bruder ist ziemlich verwirrt. Der hatte keinen Unfall, der ist überfallen worden. Und wie es aussieht, hat man soeben auch noch seine Freundin entführt. Und da Ihr Bruder immer noch nicht begriffen hat, dass hier irgendjemand irgendetwas ziemlich Böses im Schilde führt, wollte ich das mal so klar und deutlich sagen.«

»Wer, wer sind Sie denn?«, fragte Miriam.

»Jemand, der sich um Ihren Bruder kümmert.«

Franck holte sich das Handy zurück. »Miriam, das war Jean. Er hat recht. Du musst mir helfen. Komm so schnell, wie du kannst, zum Melatenfriedhof, Eingang Piusstraße, ich werde dich da erwarten. Bring was Geld mit, ich habe nämlich keinen Pfennig mehr. Und sag erst mal niemandem, dass ich angerufen habe.«

Die Fahrt von Marienburg zum Melatenfriedhof würde keine halbe Stunde dauern, es blieb nicht viel Zeit, sich einen Plan zurechtzulegen.

Jean suchte Francks Sachen zusammen. Die Schuhe – Franck trug noch immer Jeans Schlappen – steckte er in eine ALDI-Tüte. »Ich denke, dass du uns ja jetzt verlassen wirst.«

Es war komisch, aber Franck fühlte tatsächlich so etwas wie Abschiedsschmerz. Ausgerechnet hier, auf dem Friedhof, hatte er von einem Krüppel eine Zuneigung und Wärme gespürt, die er nicht kannte. Und Britta und Dr. Bitterle, von dem er gar nichts wusste, außer dass er angeblich Frauenarzt war, hatten sich selbstlos um ihn gekümmert.

»Bitterle, lebst du eigentlich auch auf der Straße?«, fragte er schließlich.

»Nein, das ist nichts für mich. Ich habe ein kleines Apartment nicht weit von hier«, sagte der Arzt.

Franck spürte, dass er nicht weiterfragen sollte.

Zu viert zogen sie Richtung Friedhofshaupteingang an der Piusstraße. Es war kurz vor acht Uhr abends, dann erst würden die Tore zugemacht, das hieß, dass sie nicht über die Mauer klettern mussten.

Mit ihnen zog eine halbe Hundertschaft von Menschen zum Ausgang, beileibe nicht nur welche, die Gräber von Angehörigen zu pflegen hatten, sondern auch Dutzende Besucher und geführte Gruppen. Franck fiel ein junges Pärchen auf, beide ganz in Schwarz gekleidet, aber das war keine Trauerkleidung, sondern eher eine Grufti-Uniform. Beide waren sehr hell, fast weiß geschminkt und hatten lange blonde Haare, die sich von ihren schwarzen Gewändern abhoben. Die zwei waren vielleicht sechzehn bis achtzehn Jahre alt und schritten auf gleicher Höhe mit Franck und den anderen durch das Gittertor.

Von Miriam war nichts zu sehen. Plötzlich rauschte ein silbergrauer BMW heran, hielt mit quietschenden Reifen genau vor Franck, Türen flogen auf, zwei Männer sprangen raus, öffneten den Kofferraum, hievten einen weißen Teppich heraus und warfen ihn vor Franck auf den Boden. Franck erkannte die beiden Männer, es war einer der Kleiderschränke, die ihn überfallen hatten, und der Junior. Der zweite Kleiderschrank saß am Steuer, und es war, auch das registrierte Franck, sein eigener Wagen. Und es war sein eigener Teppich. Wie gelähmt blieb er stehen. Dr. Bitterle rollte vorsichtig den Teppich auf und entdeckte die nackte Frau, die darin eingerollt war.

»Fanny«, schrie Franck und kniete sich nieder.

Dr. Bitterle hielt ihre Hand und fühlte den Puls. »Sie ist tot, seit mindestens zwölf Stunden.«

Francks Gehirn explodierte. Er hatte vieles befürchtet, aber doch nicht, dass sie Fanny umbringen würden. Fanny, diese ungewöhnliche Frau, die bei ihm blieb, obwohl er ihr gesagt hatte, dass er sie nicht liebte. Die einzige Frau, der er wirklich vertrauen konnte.

Franck wusste nicht, wie er mit dem Tod umgehen sollte. Er spürte, wie sein Verstand aussetzte und er von Gefühlen übermannt wurde, die er nicht kannte, Schmerzen und Ängsten, einer tiefen Einsamkeit. Tränen flossen über sein Gesicht. Erst schluchzte er nur in sich hinein, dann wurde aus der Verzweiflung Wut, und er schrie auf wie ein verletzter Löwe: »Ihr kommt nicht davon. Ich kriege euch!«

Als die beiden Gangster wieder in den Wagen springen wollten, hatten sie nicht mit der Sportlichkeit von Jean gerechnet. Der Krüppel humpelte an den Straßenrand, ließ sich fallen und stellte dem großen Kleiderschrank ein Bein, sodass der auf den Boden knallte. Der Schläger-Azubi war schon wieder in den Wagen gesprungen, und der Mann am Steuer gab Gas und fuhr ab, ohne sich um den dritten zu kümmern.

Inzwischen stürzte sich der junge Grufti auf den Gangster und kam Jean zu Hilfe, der brüllend auf dem massigen Körper des Schlägers lag. Der Junge ganz in Schwarz schlug sich prächtig, und das im wahrsten Sinne des Wortes. Es hatte den Anschein, als wäre er Kampfsportler.

Miriam rollte mit ihrem Mini heran und hielt auf der Straße. Als sie Fanny entdeckte, warf sie sich auf sie und heulte hemmungslos. Franck wollte sie trösten, aber seine kleine Schwester ließ sich nicht beruhigen.

Der Junge und Dr. Bitterle schleppten den Gangster, der sich nur noch wenig wehrte, an das Friedhofstor und fesselten ihn mit einem Gürtel an die Gitterstäbe. Wenig später erschien ein Streifenwagen, und dann kam ein Notarztwagen hinzu und die Feuerwehr, und am Ende standen auch noch ein Kriminalkommissar und ein Staatsanwalt vor dem Friedhofsportal.

Der Notarzt untersuchte Fanny und kam zu demselben Ergebnis wie Dr. Bitterle: Sie war seit mindestens zwölf Stunden tot. Der Kommissar, der sich als Gerald Menden vorstellte, ein Mann in Francks Alter, begann, die Lage zu sondieren. Franck sagte ihm, die Tote sei seine Freundin und wahrscheinlich sei er derjenige, der am meisten zur Aufklärung beitragen könnte. Und schließlich stand da eine Gruppe mit Franck, Jean, Britta, Dr. Bitterle, Miriam, dem jungen Grufti-Pärchen und natürlich dem eingeklappten Kleiderschrank, dessen Laune nicht gestiegen war, seitdem er an das Friedhofstor gefesselt worden war.

Franck zeigte auf den Gefangenen und sagte zu Kommissar Menden: »Das ist einer der Mörder.«

Menden schaute ihn verwundert an. »Das habe ich gerne, dass man mir nicht nur die Leiche serviert, sondern auch den Täter. Da bin ich ja mal gespannt, ob das so einfach ist.«

Menden ging auf den Kleiderschrank zu. »Ach, sieh mal an, wen wir hier haben. Tach, Herr Krüger. Diesmal nicht nur schwere Körperverletzung, sondern Mord? Ich fass es nicht.«

Krüger, wie der Kleiderschrank hieß, hatte keine Lust, dem

Kommissar zu antworten. Stattdessen spuckte er ihm auf die Schuhe. Menden nahm das gelassen. »Beamtenbeleidigung, du meinst wohl auch, dass es egal ist, wie viel auf dein Lebenslänglich noch draufkommt.«

Ein halbes Dutzend Einsatzwagen stand am Friedhof. Menden entschied, dass die ganze Gruppe ins Polizeipräsidium gebracht werden sollte. Franck sollte in Mendens Wagen einsteigen, die anderen wurden auf die anderen Fahrzeuge verteilt. Miriam durfte im eigenen Mini folgen.

Menden wollte schon während der Fahrt mit der Vernehmung beginnen. Aber es war hoffnungslos. Franck bekam kein Wort heraus, er wurde von Weinkrämpfen geschüttelt.

Später im Präsidium verlief die Vernehmung relativ kurz und schmerzlos. Menden ließ sich von Franck im Detail erzählen, was seit Sonntag geschehen war. Miriam wiederholte ihren Verdacht, dass irgendetwas in ihrer Firma vorgehe. Der Kommissar sorgte dafür, dass Francks Vater informiert wurde.

Ferdinand war auf Dienstreise in Berlin, wollte aber am nächsten Tag zurück in Köln sein. Menden wollte wissen, warum der Senior seinen Sohn nicht spätestens am Mittwoch als vermisst gemeldet habe. Ferdis Antwort lautete, er habe angenommen, dass sich Franck nach einem Tag Arbeit aus dem Staub gemacht habe und sich irgendwann schon wieder melden werde. Es sei die absolute Ausnahme, dass er seinen Sohn an drei Tagen hintereinander gesehen habe.

Menden reichte Franck das Telefon. »Ihr Vater.«

Ferdinand war noch mitten in einem Satz. »… eine Schande. Wenn Sie nicht …«

Franck unterbrach ihn. »Ich bin's, Ferdinand.«

»Sag diesem, diesem Polizisten, dass er mächtig Ärger bekommt, wenn unsere Familie da nicht rausgehalten wird.«

Franck wünschte sich, Ferdi würde einen Hauch von Mitleid mit Fanny zeigen, aber da war nichts. Eine Sekunde lang klang ihm die Stimme seines Vaters sogar wie diese eklige Handystimme vom Melatenfriedhof. Vater und Sohn hatten sich nichts zu sagen.

Kurze Zeit später tauchte Francks Bruder Gunther auf, in seinem Schlepptau hatte er Rechtsanwalt Dr. August. Der verlangte von Menden, dass nichts an die Öffentlichkeit geraten dürfe, was den Tod von Stefanie Gerlach mit den von Franckenhorsts in Verbindung bringen könnte. Menden versicherte, er werde alles veranlassen, aber die konkreten Umstände könnten nicht verschwiegen werden. Wenn er es für richtig halte, werde er bekannt geben, dass Fräulein Gerlach mit Franck zusammengelebt hatte und der Tod auch mit einem Überfall auf den Milliardenerben zu tun haben dürfte. Vielleicht sollte sich Herr von Franckenhorst direkt an den Verleger wenden, dann werde der möglicherweise eine unangemessene Berichterstattung verhindern.

Sorgen machte sich August auch um Franck von Franckenhorst. Was hatte der mit dem gewaltsamen Tod dieser Frau zu tun? »Sie sollten die Aussage verweigern, wann immer Sie die Gefahr sehen, sich selbst oder Ihre Familie belasten zu müssen«, riet er Franck. Er werde sofort einen Kollegen hinzuziehen, einen Strafverteidiger, damit hier rechtlich alles korrekt ablaufe und Franck die bestmögliche Unterstützung bekäme.

Menden behielt in dem ganzen Durcheinander die Ruhe. Nur Jean flippte irgendwann aus, denn er saß gemeinsam mit Britta, Dr. Bitterle und dem Grufti-Pärchen auf einem unbequemen Stuhl im Behördenflur und wurde nicht beachtet. Alle kümmerten sich nur um die vermeintlich Wichtigen und Reichen, Franck, Miriam, Gunther, Dr. August.

Als Menden mal wieder an Jean vorbeihastete, ohne ihn zum Verhör zu bitten, fuhr er sein Bein aus, ließ den »Bullen« stolpern, warf sich selbst neben ihn auf den Boden und brüllte aus voller Kehle: »So eine Unverschämtheit. Jetzt muss man sich von der Polizei sogar noch treten lassen. Eine Frechheit. Hilfe, Polizei! Nein, Polizei geht ja nicht. Die ist ja der Täter.«

Menden rieb sich sein Bein, Jean hatte ihn gut getroffen. Er sah den Krüppel neben sich liegen. »Entschuldigung, ich habe Sie in der Hektik wohl übersehen. Bitte, kommen Sie doch in mein Büro.«

Jean humpelte hinter dem Polizisten her, dem die Angelegenheit sichtlich unangenehm war. Als Jean an Franck vorbeikam, der die Szene mit angesehen hatte, kniepte er mit einem Auge.

Franck begriff. Jean hatte den Polizisten genauso zu Fall gebracht wie ihn selbst. »Verletzung der Menschenwürde, das wird teuer. Ich bin mal gespannt, wie viel der Herr Kommissar bezahlen muss.«

Jean lachte. »Ich fürchte, da springt diesmal nichts bei rum. Mir würde reichen, wenn er mich nicht einbuchtet.«

Gunther setzte sich neben Franck. »Was läuft hier eigentlich? Kannst du mir das erklären? Erst erfahre ich, dass du doch in die Firma einsteigst, dann bist du nach einem Tag schon wieder weg. Und jetzt sitzen wir alle zusammen auf der Polizeiwache, und eine Tote ist auch noch zu beklagen. Was hast du uns da nur eingebrockt?«

Franck wusste nicht, ob Gunther nur ahnungslos war oder unverschämt. Was sollte er wem eingebrockt haben? Konnte Gunther etwas mit dem Überfall zu tun haben? »Und ich dachte, du könntest mir weiterhelfen. Du warst doch derjenige, der mich ausbooten wollte. Vielleicht hast du ja auch jetzt Interesse daran, mich kaltzustellen. Erst der Überfall, jetzt mal ein Mord, damit ich klein beigebe.«

Gunther war empört. »Franck, du warst schon immer ein Egomane, der sich nur für sich selbst interessiert. Ich bin dein Bruder. Vergiss das nicht.«

Krüger, der prügelnde Kleiderschrank, wurde an Handschellen gefesselt durch den Gang geführt. Franck wollte sich auf ihn stürzen, Gunther hielt ihn zurück. Franck rief ihm hinterher: »Mörder! Mörder! Und deine Kumpane, die kriegen wir auch noch!«

Menden erzählte ihnen später, als er sie alle zu einer Art Schlussbesprechung zusammenholte, dass Krüger die Aussage verweigere. Der sei ein harter Brocken mit jeder Menge Vorstrafen. Die Zeugenaussagen von Franck, der ihn eindeutig als einen der Schläger vom Dienstag identifiziert habe, und der anderen, die ihn alle heute an Melaten gesehen hätten, würden aber ausreichen, ihn hinter Gitter zu bringen. Für eine Mordanklage benötige man aber weitere Beweise. Die Fahndung nach Krügers Komplizen, einer davon sei vermutlich sein Bruder, laufe. Der BMW sei schon gefunden worden, abgestellt auf der Aachener Straße in der Nähe des Fußballstadions. Der Wagen werde gerade ins Präsidium gebracht und gründlich untersucht. Sie könnten jetzt zunächst einmal alle nach Hause, auch Jean, und dabei schaute der Kommissar den Krüppel so an, dass jeder im Raum wusste, dass er das Geheimnis von Jeans Wohnung kannte.

»Nur Sie, Herr von Franckenhorst«, wandte er sich an Franck, »Sie müssen mich noch begleiten. Wir müssen in Ihre Wohnung am Brüsseler Platz, wo Frau Gerlach vermutlich ermordet worden ist.«

»Ich habe keinen Schlüssel mehr zu meiner Wohnung«, sagte Franck.

»Kein Problem, meine Männer sind schon vor Ort und haben sich Zugang verschafft.«

»Ich komm mit«, sagte Miriam. »Du kannst doch da nicht übernachten. Ich nehme dich anschließend mit nach Marienburg.«

»Nein, dahin will ich auf keinen Fall. Nicht nach Marienburg«, sagte Franck.

»Ich werde für Sie ein Hotelzimmer buchen«, meldete sich Dr. August. »Ist Ihnen das Dom-Hotel recht?«

Franck schaute in die Runde. Da saß Britta, die Krankenschwester, neben Dr. Bitterle. Da saß Jean, dem sein Bein, das er nicht mehr besaß, wieder Schmerzen bereitete. Da saßen Sara und Tim, das minderjährige Grufti-Pärchen. Was war das für eine ungewöhnliche Versammlung von Menschen, die ihm geholfen hatten. Und da saßen noch Miriam, Gunther und der Kommissar.

»Dom-Hotel ist okay. Aber bitte bestellen Sie nicht nur ein Zimmer für mich, sondern auch für Frau …«, er schaute Britta an.

»Bungert«, sagte sie, »Britta Bungert.«

»... für Frau Bungert, Herrn Dr. Bitterle und Herrn Leclerc.«

Dr. August schien geschockt. »Sie können doch nicht im Dom-Hotel ...«

»Doch, kann ich. Sie erledigen das. Sagen Sie, es handele sich um persönliche Freunde. Und sorgen Sie auch dafür, dass morgen früh jemand erscheint, der sich darum kümmert, dass Frau Bungert, Dr. Bitterle und Herr Leclerc etwas zum Anziehen bekommen. Und ich könnte auch etwas brauchen. Ich stinke wahrscheinlich inzwischen wie, wie, mir fehlen die Worte.« Franck wandte sich an das Grufti-Pärchen. »Ihr seid also extra aus Düsseldorf gekommen, um euch den Kölner Friedhof anzusehen?«

»Ja, hier gibt es so interessante Führungen«, sagte der junge Mann.

»Melaten ist ein ungewöhnlicher Ort. Ich könnte euch Geschichten erzählen. Aber ihr müsst nach Hause. Ist es in Ordnung, wenn ich euch ein Taxi bestelle?«

Die beiden nickten. Franck wandte sich wieder an Dr. August. »Bitte erledigen Sie das. Und geben Sie den beiden meine Handynummer und erst einmal hundert Euro als kleines Dankeschön für ihre Hilfe. Und ihr lasst bitte eure Namen und eure Adresse da, damit ich mich später noch mal richtig bedanken kann.«

Tim meldete sich noch einmal. »Taxi ist okay. Aber richtig cool wäre eine Heimfahrt in einem Polizeiwagen mit Blaulicht. Haben wir uns doch verdient, oder? Ohne mich hätten Sie den Übeltäter nicht gefangen.« Erwartungsvoll schaute der Junge in Richtung des Kommissars.

Menden druckste herum. »Wir sind doch hier nicht bei der KVB. Und Blaulicht ist nur in ganz dringenden Ausnahmefällen erlaubt, nur im echten Einsatz.«

Franck mischte sich ein. »Hören Sie, Kommissar. Könnten Sie das nicht regeln? Der Junge hat sich wirklich großartig geschlagen. Viele andere standen nur rum, der hat sich auf den

Gangster gestürzt. Und außerdem, Sie können doch nicht zwei Minderjährige einfach so nach Düsseldorf abschieben. Da muss doch ein bisschen Polizeischutz drin sein. Es soll Ihr Schaden nicht sein.«

»Was soll das denn jetzt, Herr von Franckenhorst? Hüten Sie sich vor Beamtenbestechung«, antwortete Menden.

»Nein, Sie haben mich missverstanden«, sagte Franck. »Ich meine nur, dass die Polizei sich doch auch mal dankbar zeigen kann gegenüber Mitmenschen mit Zivilcourage.«

»Hören Sie auf mit Ihrem Gesülze. Ich lass die beiden nach Hause fahren. Aber Blaulicht ist nicht.«

»Auch nicht auf den letzten fünfzig Metern?«, fragte Sara.

»Das müsst ihr mit dem Kollegen regeln. Der muss die Lage einschätzen, da halte ich mich raus«, grinste Menden zurück.

Tim fiel seiner Sara um den Hals. »Köln ist doch nicht so schlecht. Jede Menge los, sogar auf dem Friedhof. Und wenn ich gleich mit der Polente nach Hause komme, kriegt mein Alter glatt einen Herzinfarkt. Hammer.«

Als Franck mit Kommissar Menden am Brüsseler Platz ankam, war es ruhig im Viertel. In der Wohnung fehlte der Teppich, aber ansonsten schien alles unberührt. Die Leute von der Spurenermittlung erstatteten Bericht. Ihrer Meinung nach sei in der Wohnung kein Mord begangen worden. Man habe keinerlei Kampfspuren oder gar Blut gefunden. Nach dem, was man wisse, sei Frau Gerlach erschossen worden. Schüsse seien mit Sicherheit in der Wohnung nicht abgegeben worden.

»Sie haben mir doch erzählt, dass die Stimme am Telefon davon sprach, sie hätten hier alles durchsucht«, sagte Kommissar Menden.

Franck versuchte sich zu erinnern. »Ja, das hat er gesagt. Jedenfalls habe ich es so verstanden. Aber dann war das wohl gelogen. Wir haben dann noch eine Frau hier am Brüsseler Platz angerufen. Ich glaube, sie hieß Sabine. Sie hat beobachtet, wie hier jemand einen Teppich rausgetragen hat.«

»Ja, das hat mir Jean erzählt. Sabine betreibt den Kiosk gegenüber dem Taxistand. Wir haben sie vernommen. Dann haben die Gangster hier nur den Teppich abgeholt und den Mord schon vorher begangen. Der Arzt hat gesagt, dass sie schon zwölf Stunden tot war. Das Telefongespräch hat aber nur eine halbe Stunde vor der Entdeckung der Leiche am Melatenfriedhof stattgefunden. Alles sehr merkwürdig.«

Franck machte sich auf den Weg durch die Wohnung, fahndete nach Spuren. »Meiner Ansicht nach hat hier überhaupt keine Durchsuchung stattgefunden. Warum haben die das erzählt?«

Menden überlegte. »Das war vielleicht als Drohung gedacht. Und dann kam ihnen vielleicht der Mord dazwischen. Ja, so könnte es geschehen sein. Dass man erst nur Ihre Wohnung zerlegen und danach damit drohen wollte, Fanny etwas anzutun. Hat Frau Gerlach fest bei Ihnen gewohnt?«

»Mehr oder weniger. Sie hat aber auch eine eigene Wohnung im Agnesviertel. Sie hatte. Balthasarstraße, Ecke Melchiorstraße. Gleich neben der Alten Feuerwache.«

»Haben Sie einen Schlüssel zu der Wohnung?«

»Ja, habe ich. Aber der ist mir mit meinen eigenen Schlüsseln gestohlen worden.«

»Gut, das kriegen wir auch so hin. Ich schicke einen Trupp dahin, die sollen sich das ansehen.«

Ein Mann vom Schlüsseldienst erschien. »Ich soll hier neue Schlösser einbauen? Sicherheitsschlösser? Alles halb so wild, Sie können gleich wieder einziehen.«

Aber wollte Franck hier überhaupt noch wohnen? Er dachte an Fanny. An ihr Lachen, ihre letzte Nacht, den Strip, die Geburtstagsfeier, ihren Tod, seine Trauer, seine Einsamkeit, seine Wut. Er würde nicht hierbleiben. Nicht heute Nacht.

Die Leute von der Spurensicherung beendeten ihre Arbeit und gaben die Wohnung frei. Der Kommissar verabschiedete sich, Franck solle sich am nächsten Tag für weitere Vernehmungen bereithalten.

Am Taxistand Brüsseler Platz standen die Fahrer um den EXPRESS-Verkäufer herum, der gerade die Ausgabe vom morgigen Freitag verkaufte. Auf der Titelseite sah Franck eine zentimeterhohe Schlagzeile: »Nackt wie Kleopatra – Junge Kölnerin ermordet«. Und darunter war ein großes Foto von Fanny, oben ohne, wie sie am letzten Samstag hoch über dem Brüsseler Platz ihren Strip hingelegt hatte. Irgendjemand musste sie dabei fotografiert haben. Als Franck das sah, packte ihn die Wut, und er ging auf den Zeitungsverkäufer los. »Hören Sie sofort auf, diesen Schmutz zu verkaufen.«

Die Taxifahrer hielten ihn davon ab, den Mann zu verprügeln. Franck beruhigte sich. »Entschuldigen Sie, aber die Tote war meine Freundin. Ich kaufe Ihnen die Zeitungen ab. Alle.« Mit vierzig EXPRESS unterm Arm stieg er in ein Taxi. »Zum Dom-Hotel bitte.«

Auf der kurzen Fahrt Richtung Dom verschlang Franck den reißerischen Artikel. Die Reporter hatten anscheinend jeden Anwohner rings um den Brüsseler Platz und im Agnesviertel ausgehorcht. Und verdammt viele hatten gemeint, sie müssten zu dem Fall tatsächlich etwas beisteuern. Von wem die Fotos waren, ließ sich nicht erkennen.

Er selbst wurde auch erwähnt, hieß in dem Artikel »Millionenerbe Volker F. (Name geändert)«. So machte man das. Volker wie von, F. wie Franckenhorst, da hätte man seinen Namen auch gleich ausschreiben können, aber mit dem »Name geändert« hatte sich die Redaktion juristisch abgesichert. Hatte sein Vater den Verleger nicht erreicht, oder hatte sich der EXPRESS nicht an eine Absprache gehalten? Oder war das Ergebnis der Absprache, dass sein Name geändert wurde?

Was sollte er sich beklagen? Viel schlimmer war Fannys Schicksal und dass sie selbst nach dem Tode noch durch diese Fotos besudelt wurde. Dabei war ihr gemeinsamer Strip doch eine völlig harmlose Neckerei gewesen.

Und anschließend hatte er ihr gesagt, dass er sie nicht liebe, und war mit ihr ins Bett gegangen. So leicht und ganz selbstverständlich. »Franck, du bist ein elendes Arschloch«, sagte er laut zu sich selbst, so laut, dass sich der Taxifahrer angesprochen fühlte.

»Nein, entschuldigen Sie, ich habe mit mir selbst gesprochen. Ich bin etwas durcheinander und mache mir Vorwürfe«, sagte er und ließ ein üppiges Trinkgeld springen.

Im Eingang des Luxushotels wartete Dr. August auf Franck. An seiner Seite stand ein elegant gekleideter Mann, den der Rechtsanwalt als »Herr Jürgens, Direktor des Hotels« vorstellte, und der Franck mit ausgesuchter Höflichkeit begrüßte.

»Wir haben für Sie eine Suite zur Domseite vorbereitet, Herr von Franckenhorst. Darf ich Ihnen mein Beileid ausdrücken«, sagte der Hotelier und meinte es offenbar ehrlich. Natürlich hatte sich das Geschehen längst in die feine Gesellschaft und ihre Herbergen herumgesprochen. Hinzu kam, dass das Dom-Hotel eine besondere Beziehung zu den von Franckenhorsts unterhielt, schließlich lag ihr Hauptshop im selben Gebäude direkt neben dem Hoteleingang. Franck dachte an seine Begegnungen mit Christina Brandt, die morgen dort wieder arbeiten würde. Ob sie die Zeitung gelesen hatte?

Dr. August unterbrach Francks Grübeleien. »Ich habe Herrn Direktor Jürgens um Nachsicht gebeten für die anderen Gäste, die ich auf Ihren Wunsch hier untergebracht habe. Mit Verlaub, Ihre Bekannten sind ein bisschen sehr laut für die Atmosphäre dieses Hotels. Ich möchte Sie bitten, auf sie einzuwirken, sich etwas an das Niveau anzupassen.«

Man sah Dr. August an, wie peinlich es ihm war, die nähere Bekanntschaft von Jean, Britta und Dr. Bitterle gemacht zu haben.

»Nein, mein lieber August, das werde ich nicht tun. Die drei haben sich ihre Nacht im Dom-Hotel mehr als verdient. Sie sind als meine Gäste hier, nicht als Hochstapler oder Zechpreller. Sollte der Herr Direktor der Meinung sein, dass sie sich ungebührlich verhalten, werden ihm schon die geeigneten Mittel einfallen, ohne meine Gäste in Verlegenheit zu bringen. Ist doch so, Herr Jürgens, oder?«

»Selbstverständlich, Herr von Franckenhorst. Ihre Gäste sind auch unsere Gäste.«

»Da hören Sie es, August. Kommen Sie, nehmen Sie mit mir noch einen Absacker in der Bar. Und dann gehen wir auf die Zimmer. Wo schlafen Sie eigentlich heute Nacht?«

»Ich wollte nach Hause fahren.«

»Nach Bergisch Gladbach, um diese Zeit und nach diesem Abend? August, gönnen Sie sich auch eine Nacht im Hotel. Und wenn Sie die ganze Nacht nichts anderes tun, als unseren Dom anzusehen, das werden Sie nie vergessen.«

»Sie meinen wirklich?«

»Ja, das meine ich. Herr Jürgens, bitte noch ein Zimmer mit Domblick für Herrn Dr. August heute Nacht. Geht auf meine Rechnung.«

»Sehr wohl, Herr von Franckenhorst. Wir haben aber nur noch die Präsidentensuite frei. Möchten Sie dann das Zimmer tauschen?«

»Nein, Sie haben mir sicher ebenfalls ein sehr schönes Zimmer ausgesucht. Soll Herr Dr. August heute den schönsten Blick genießen, den Köln zu bieten hat.«

Während des Gesprächs waren die drei Männer durchs Foyer des Hotels Richtung Bar gegangen, die nach Sir Peter Ustinov benannt war. Die ovale Theke und die Sofas waren gut besetzt.

»Darf ich Sie zu einem ›Ustinov‹ einladen, unserem Hauscocktail?«

»Was ist denn da drin, ich bin eigentlich kein Cocktail-Typ«, sagte Dr. August.

»Der wird Ihnen gut tun. Er wird gemixt mit Erdbeeren, Limetten, Calvados, Cointreau und Champagner«, sagte Direktor Jürgens.

Franck ergänzte: »Erdbeeren und Champagner haben noch niemandem geschadet. August, da müssen Sie jetzt durch. Sie können uns nicht im Stich lassen.«

Als die drei Männer sich zuprosteten, erhellte ein Lichtblitz die Szenerie. Ausgerechnet Zack, der rasende EXPRESS-

Fotograf, hatte sie abgeschossen. »Isch dachte, isch rolle mal vorbei. Jürjens, ham se nit irjendjemand Prominentes hier«, fragte der Reporter.

»Ach, Zack, du weißt doch, die Leute vom Fernsehen kommen immer erst weit nach Mitternacht. Muss ich dir doch nicht erzählen.«

Zack, der eigentlich Heinz Kasperczak hieß, doch ganz Köln nannte ihn nur Zack, hatte nicht begriffen, wen er da gerade fotografiert hatte. Als Direktor Jürgens die beiden dann als »Dr. August, Rechtsanwalt aus dem Bergischen, und einen Geschäftspartner« vorstellte, war für den Fotografen klar, dass er mit dem Foto aus der Bar nichts anfangen könnte. Jürgens lud ihn zu einem »Ustinov« ein, aber Zack lehnte ab.

»Kein Alkohol. Seitdem ich meinen Herzschrittmacher habe, trinke ich keinen Tropfen mehr. Ein Schluck Leitungswasser würde reichen.«

Zack setzte sich mit an die Bar und begann, den drei Männern sein Leid zu klagen.

»Wissen Sie, was für einen Fotografen heute das Schlimmste ist? Diese Handyreporter! Halten einfach einmal drauf und kassieren fünfhundert Euro! Zehnmal mehr als jeder normale Zeitungsfotograf bekommt. Heute wieder, da hat irgendeiner so ein Handyfoto von einer Nackten am Brüsseler Platz gemacht. Nicht mal richtig scharf das Foto. Aber fünfhundert Euro. Nur weil die Frau tot ist. Wenn ich mit so einem Foto gekommen wäre, hätte man mir gesagt, Nacktfotos von einer Toten zu bringen verstoße gegen die guten Sitten. Aber kommt irgendein Knipser daher, wird das gedruckt. Für fünfhundert Euro. Die bekäme ich nicht mal für ein Nacktfoto von, ist auch ejal von wem.«

Dr. August hörte dem Fotografen aufmerksam zu. »De mortuis nihil nisi bene«, murmelte er vor sich hin. Und dann sagte er laut in die Runde: »Darf man eigentlich Nacktfotos so ohne Weiteres veröffentlichen? Ist das nicht schon bei Lebenden verboten? Gibt es da nicht sogar einen Paragraphen? Herr Zack, Sie kennen sich doch da bestimmt aus.«

»Isch mach nur die Fotos. Ob die veröffentlicht werden, entscheidet die Redaktion, und manchmal fragt sie die Rechtsabteilung. Isch denke, das Foto von der Nackten heute geht in Ordnung. Die Frau ist ja ermordet worden, da kann so ein Foto bei der Fahndung hilfreich sein. Und falls es doch Ärger jibt, mein Foto is et ja nicht.«

Franck spürte, wie Dr. August innerlich schon einen Schriftsatz verfasste, um der Zeitung weitere Veröffentlichungen des Fotos zu untersagen. Als er die Redepause des Fotografen nutzte, um sich zu verabschieden, nahm auch Franck die Gelegenheit wahr und verließ mit dem Anwalt die Bar.

Auf dem Weg zur Rezeption sagte Dr. August: »Kannten Sie Fräulein Gerlach so gut, dass Sie in ihrem Namen auf Unterlassung klagen könnten? Waren Sie verlobt? Lebten Sie in einer Partnerschaft? Kennen Sie Ihre nächsten Angehörigen?«

Franck musste eingestehen, dass er niemanden von Fannys Familie kannte, obwohl er seit mehr als drei Monaten mit ihr zusammenlebte.

»Das reicht mir erst einmal für eine einstweilige Verfügung. Ich werde etwas vorbereiten und mich morgen früh bei Ihnen melden.«

»August, Sie sollen heute Nacht nicht arbeiten, sondern den Domblick genießen.«

»Ich werde den Domblick genießen. Aber glauben Sie mir, nichts bereitet mir größere Befriedigung, als einen Prozess vorzubereiten, den ich sicher gewinnen werde. Da kommt kein Domblick mit.«

Franck erinnerte sich am nächsten Morgen nicht, wie er am Abend ins Bett gefunden hatte. An der Rezeption hatte man ihn erwartet und auf seine Suite begleitet, die gleich neben der Präsidenten-Suite lag, in die Dr. August hineinkomplimentiert wurde. Franck war so erschöpft, dass er sofort ins Bett fiel. Er erinnerte sich nur noch daran, dass er gesagt hatte, er wolle um halb acht geweckt werden. Das Telefon auf seinem Nachttisch klingelte, es musste jetzt also sieben Uhr dreißig am Morgen sein. Franck nahm den Hörer ab, sagte: »Danke«, und legte gleich wieder auf. Nach ein paar Sekunden ertönte das Telefon schon wieder. Was war das denn für ein lausiger Service in diesem Luxushotel, er war doch schon geweckt worden? Franck nahm den Hörer ab und polterte los. »Sie müssen nicht dreimal wecken«, als am anderen Ende die Stimme von Dr. August erklang. »Ich habe erfahren, dass Sie wach sind. Darf ich zu Ihnen aufs Zimmer kommen? Ich habe Ihnen etwas Wichtiges zu sagen.«

»Meinetwegen, aber frühestens um acht Uhr. Ich will wenigstens die Chance haben, in Ruhe zu duschen«, sagte Franck.

Das Badezimmer glänzte in schwarzem Marmor. Franck zog weißen Marmor aus Italien vor, aber er musste zugeben, dass das Ambiente im Dom-Hotel von besonderer Eleganz war. Er sollte nach und nach alle feinen Herbergen Kölns ausprobieren. Warum kannte er die besten Hotels der Welt, aber nicht die Hotels in der eigenen Stadt?

Der Ausblick auf den Dom und den Roncalliplatz war überwältigend. Zu dieser frühen Stunde lag der Platz verlassen in der Frühlingssonne. Die Skater waren in der Schule, die Touristen saßen noch in ihren Reisebussen.

Franck überlegte, was er an diesem Morgen alles erledigen musste. Er benötigte Papiere, Kreditkarten, Kleider. Er musste seinen Vater treffen. Er musste bei Kommissar Menden anrufen, ob es neue Erkenntnisse gebe. Er musste versuchen, Angehörige von Fanny zu finden. Er musste sich um die Beerdigung kümmern.

Es war Schlag acht Uhr, als Dr. August an die Tür zu seiner Suite klopfte und hereinstürmte.

»Entschuldigen Sie, Herr von Franckenhorst, dass ich Sie so früh störe, aber es ist wichtig. Hier haben Sie meinen Schriftsatz gegen den EXPRESS. Damit bekommen Sie sofort eine einstweilige Verfügung durch, dass die Zeitung das Bild von Fräulein Gerlach nicht mehr veröffentlicht.«

»Danke schön«, sagte Franck. »Aber erledigen Sie das doch bitte für mich. Sie sind der Anwalt.«

»Das kann ich leider nicht«, sagte Dr. August, und er fühlte sich nicht wohl, als er das sagte.

»Wieso können Sie das nicht? Ist mit dem Schriftsatz was nicht in Ordnung? Fehlt Ihnen noch irgendetwas?«

»Nein, der ist hieb- und stichfest.«

»Na, das will ich auch erwarten. Wo Sie dafür doch bestimmt die Nacht durchgearbeitet haben.«

»Ja, das habe ich. Aber den Dom habe ich mir dennoch angesehen. Ein wunderbares Bauwerk.«

»Ja, Dr. August. Das ist er. Und das dazu noch in unserer eigenen Stadt. Man fragt sich, warum man das Schöne immer anderswo suchen muss.«

Dr. August nickte, als wollte er zustimmen. Dann schüttelte er den Kopf: »Nein, das ist es nicht, was ich Ihnen sagen wollte. Ich muss Ihnen mitteilen, dass ich Sie nicht weiter vertreten kann.«

»Sie können was nicht, mich weiter vertreten? Das verstehe ich nicht.«

»Ihr Herr Vater hat mich aufgefordert, mit sofortiger Wirkung alle Dienste für Sie einzustellen. Er ist der Ansicht, dass Sie dem Unternehmen und der Familie Schaden zugefügt hätten. Und er hat mich beauftragt, seine Interessen gegen Sie wahrzunehmen. Ich kann leider nichts mehr für Sie tun.«

»Was soll das heißen, Dr. August? Sie sind doch der Anwalt der Familie.«

»Ich bin vor allem der Anwalt des Unternehmens, und das wird von Ihrem Herrn Vater geleitet. Da habe ich gar keine Wahl.«

»Und was bedeutet das konkret?«

»Dass Sie sich ab sofort um alles selbst kümmern müssen. Meine Übernachtung hier hat Ihr Vater bezahlt, Ihre eigene Übernachtung und die Ihrer Freunde müssen Sie begleichen.«

»Wenn es nichts Schlimmeres ist. Aber, Dr. August, ich hatte Sie in die Präsidenten-Suite eingeladen, irgendwann müssen Sie mich das erledigen lassen.«

»Ich weiß nicht, Herr von Franckenhorst, ob das für Sie

nicht doch ein Problem werden könnte. Ich habe den Auftrag, Ihnen außerdem mitzuteilen, dass alle Ihre Konten, die über die Firma laufen, gesperrt sind. Das betrifft auch alle Firmenkreditkarten.«

»Tja, das ist jetzt wirklich ein Problem. Dann werde ich wohl diesen Grafen, wie hieß er noch, Uhland, aus dem Bankhaus Oppenheim bemühen müssen, dass er mir Zugriff auf mein Privatkonto verschafft. Oder darf der Graf auch nicht mehr für mich arbeiten?«

»Graf Uhland ist Bankier. Für Geld tut der alles.«

»August, das klang jetzt aber nicht sehr freundlich.«

»Herr von Franckenhorst, das sollte auch nicht freundlich sein, das war nur eine korrekte Beschreibung, die keineswegs despektierlich gemeint war. Sie gestatten, dass ich mich jetzt zurückziehe?«

»Selbstverständlich, Dr. August. Nur noch eine Frage: Weiß die Hoteldirektion, dass mein Vater mir den Krieg erklärt und alle Konten gesperrt hat?«

»Franck, so sollten Sie das nicht sehen. Ihr Herr Vater hat Ihnen nicht den Krieg erklärt. Ihr Vater versucht, Schaden von der Familie abzuwenden.«

»Nein, Dr. August, mein Vater versucht, mich kaltzustellen. Leider habe ich das nicht schon am letzten Sonntag vollständig begriffen, sondern erst heute Morgen. Ein Menschenleben zu spät.«

»Sie tun Ihrem Vater großes Unrecht.«

»Ach, August, hören Sie auf, ihn in Schutz zu nehmen. Er bezahlt Sie, also tun Sie Ihren Job. Das ist in Ordnung. Aber lassen Sie die Schöntuerei. Ich habe es schon begriffen, wir stehen jetzt auf unterschiedlichen Seiten. Aber die eine Frage können Sie mir doch wohl noch beantworten: Weiß das Hotel schon, dass meine Konten gesperrt sind?«

»Von mir nicht, das kann ich versichern.«

»Von wem dann?«

»So wollte ich meinen Satz nicht verstanden wissen. Ihr Herr Vater ist immer sehr auf Diskretion bedacht und wird alles unternehmen, dass der Name der Familie nicht in den Schmutz gezogen wird. Und Sie tragen ja seinen Namen. Noch.«

»Warum betonen Sie das ›noch‹ so?«

Dr. August druckste herum. »Sie sind schlecht aufgelegt, was ich verstehe. Aber Sie sollten mir nicht das Wort verdrehen. Ich empfehle mich.«

Dr. August ging Richtung Tür, drehte sich aber noch einmal um. »Ich wünsche Ihnen viel Glück. Das ist ehrlich gemeint.«

»Danke, August. Aber ich brauche kein Glück, ich brauche einen Anwalt, oder?« Dr. August nickte. »Wenn Sie es ehrlich meinen, dann empfehlen Sie mir einen Anwalt. Wer ist der beste, nach Ihnen?«

»Es gibt niemanden, der sich in den Angelegenheiten der von Franckenhorsts so gut auskennt wie ich.«

»Das glaube ich Ihnen gerne. Aber wen, wen würden Sie nehmen, wenn Sie selbst einen Anwalt benötigten?«

Dr. August schien zu überlegen, was und wie er antworten sollte. »Ich wüsste jemanden, aber die Person würde mich nicht verteidigen. Vielleicht haben Sie mehr Glück.«

»Und, wer ist es?«

»Christina. Christina Brandt.«

»Christina Brandt? Ich kenne eine Christina Brandt, die arbeitet nebenan in unserem Parfümerieladen.«

»Die Position hab ich ihr besorgt. Ihr Herr Vater weiß davon.«

»Aber wieso soll ich mich an sie wenden, eine Verkäuferin?«

»Sie ist nicht irgendeine Verkäuferin, sie leitet die Filiale. Gelernt hat sie Rechtsanwältin. Sie war Jahrgangsbeste. Ich war so stolz auf sie, als der Dekan sie vor allen anderen auszeichnete. Aber dann …« Dr. August sprach den Satz nicht zu Ende. »Ach, vergessen Sie das. Nehmen Sie meinen verehrten Kollegen Dr. Weinrich. Ja, Dr. Weinrich, Arthur Weinrich. Das ist ein guter Mann. Sehr erfahren.«

Er hörte die Worte, aber er verstand sie nicht. Was hatte Dr. August mir Christina Brandt zu tun? Oder sie mit ihm? Er wollte den Anwalt fragen, aber der hatte die Suite längst verlassen.

Franck schaute auf sein Handy, um die Zeit abzulesen. Es war kurz nach halb neun. Es wurde Zeit, dass er sich um eine vernünftige Armbanduhr kümmerte. Er griff zum Telefon und rief die Rezeption an: Er wünsche für neun Uhr Frühstück aufs Zimmer, für fünf Personen. Und man möge doch bitte seinen Freunden Britta Bungert, Dr. Bitterle und Jean Leclerc ausrichten, dass er sie zum Frühstück in seiner Suite erwarte.

Was sollte er anziehen? Er trug den Hotelbademantel, in dem er auch Dr. August empfangen hatte. Seine eigenen Kleider, die er seit Dienstag getragen hatte, sahen schrecklich aus, und sie rochen. Ein dringender Fall für die Reinigung.

Franck musste sich organisieren. Er rief noch einmal die Rezeption an, ob Herr Direktor Jürgens Zeit für ihn hätte. Keine drei Minuten später klopfte der Chef des Hauses dezent an Francks Tür.

»Danke, Herr Jürgens, dass Sie gekommen sind. Ich benötige Ihre Hilfe. Ich muss einiges regeln, jemand vom Bankhaus Oppenheim müsste herkommen, damit ich wieder flüssig werde und neue Kreditkarten erhalte. Mein Schneider müsste mich komplett neu einkleiden. Könnte ich diese Suite für heute als eine Art Büro nutzen?«

»Selbstverständlich, das ist überhaupt kein Problem«, versicherte Direktor Jürgens.

»Und hätten Sie vielleicht jemanden, der mir ein wenig assistieren könnte, eine Sekretärin oder jemanden, der mir zur Hand gehen könnte?«

»Der Sekretariatsdienst ist leider völlig ausgebucht, doch ich könnte Ihnen Herrn Jakob schicken, ein etwas schrulliger Kerl, aber Sie werden begeistert sein.«

»Wieso ein schrulliger Kerl?«

»Herr Jakob wohnt in unserem Haus als einer unserer Dauergäste. Er war Butler. Er ist an die siebzig Jahre alt, alleinstehend, soviel ich weiß, und sehr vermögend. Als sein Arbeitgeber starb, ein britischer Lord, kehrte Herr Jakob in seine Heimat Deutschland zurück und quartierte sich bei uns ein. Das ist jetzt neun Monate her. Er bestand auf einem extra kleinen Zimmer, ich glaube, nicht des Geldes wegen, sondern weil er sich nicht als Herrschaft fühlen will. Er hat mich gefragt, ob er hier ab und an aushelfen dürfe, er vermisse seinen Beruf. Ich habe zugestimmt, manchmal, bei großen Feierlichkeiten, lasse ich ihn das Personal beaufsichtigen. Sie würden ihm eine Freude machen, wenn Sie sich seiner Dienste versichern wollten. Und Sie würden es nicht bereuen.«

»Das ist ja eine verrückte Geschichte«, sagte Franck. »Dann sagen Sie Herrn Jakob, es wäre mir eine Ehre. Ist Jakob eigentlich sein richtiger Name?«

»Nein. Jakob ist sein Butler-Name. Ich weiß, wie er in Wirklichkeit heißt, aber Herr Jakob legt Wert darauf, dass sein Name nicht bekannt wird. Das respektieren wir natürlich.«

»Ja, Diskretion ist alles. Auch mir ist an Diskretion gelegen«, sagte Franck.

»Ich werde sofort zu Herrn Jakob gehen und ihn unterrichten. Ich bin mir sicher, dass er Ihnen sehr gerne zur Seite stehen wird. Und Sie tun ein gutes Werk.«

»Wie ist es mit der Bezahlung?«, wollte Franck wissen.

»Das ist allein eine Angelegenheit zwischen Herrn Jakob und Ihnen. Da kann ich Ihnen keine Empfehlung geben.«

»Bezahlen Sie ihn denn, wenn er für Sie im Einsatz ist?«

»Nein, Geld hat er von mir nie bekommen. Aber ich weiß, dass er zum Beispiel ein Trinkgeld, das ihm Gäste gegeben haben, nicht verschmäht hat. Und von mir hat er sich auch schon einmal zu einem Abendessen einladen lassen.«

Franck war neugierig auf diesen Herrn. Ein Butler. Wie ging man mit einem Butler um? War der so etwas wie ein Dienstmädchen? Musste er jetzt laufend Anweisungen geben oder, im Gegenteil, Herrn Jakob weitestgehende Freiheiten einräumen?

Es klopfte an der Tür, Franck sagte: »Herein«, und zwei Zimmerkellner fuhren das Frühstück herein. Hinter ihnen erschien ein älterer Herr im Cut und mit weißen Handschuhen. Die schwarzen Schuhe blinkten, als seien sie neu. Die schwarzgrau gestreifte Hose ging über in eine hellgraue Weste, darunter ein weißes Hemd mit Krawattenschal, einem Plastron, darüber der Gehrock mit den typischen abgerundeten Ecken. Das also war Herr Jakob. Er sah aus wie leibhaftig dem Katalog des königlich britischen Adelsausstatters entsprungen, wenn es ihn denn geben sollte.

Herr Jakob nickte nur ganz dezent in Francks Richtung, dann beschäftigte er sich erst einmal damit, dem Hotelpersonal durch kurze, präzise Anweisungen zu erklären, wo und wie sie die Frühstückstafel zu decken hatten. Jakob entschied, dass dies direkt am Fenster mit dem überwältigenden Ausblick auf den Dom zu geschehen habe. »Bitte denken Sie an die frischen Blumen«, sagte er, und er sagte das so freundlich und selbstverständlich, dass man nicht im Geringsten vermuten konnte, dass sich dahinter ein vorsichtiger Tadel verbarg. Es dauerte keine dreißig Sekunden, bis ein großer bunter Frühlingsstrauß den Frühstückstisch schmückte. Herr Jakob bedeutete dem Hotelpersonal, dass er den Dienst übernehmen werde und sie sich erst bemühen müssten, wenn er sie rufen ließ. Herr Jakob übernahm es sogar, den beiden ein Trinkgeld in die Hand zu drücken.

Nun, das hatte Franck sofort begriffen, er würde Herrn Jakob keine Anweisungen geben müssen. Aber wer würde sich wem vorstellen? Musste er das Wort ergreifen? Musste er warten, bis Herr Jakob etwas sagte?

Der Butler schaute ihn freundlich an und ging dann zum Frühstücksbuffet. »Ich bitte um Verzeihung. Sie trinken Ihren Kaffee mit Milch und zwei Stücken Zucker?«

»Ja«, sagte Franck, »das ist richtig. Woher wissen Sie das?«

»Das war nur eine Frage, Herr von Franckenhorst, und eine Vermutung. Sie können sich darauf verlassen, dass ich Sie mit dieser Frage nicht ein zweites Mal belästigen werde.«

»Sie haben mich in keiner Weise belästigt. Vielen Dank für den Kaffee. Und vielen Dank für Ihre Hilfe, Herr Jakob.«

»Sagen Sie bitte nur Jakob zu mir, das ist mir angenehmer.«

»Ganz wie Sie wünschen.«

Franck nahm einen Schluck Kaffee und wunderte sich, wo Jean, Britta und Bitterle blieben. Es musste längst neun Uhr sein.

»Jakob«, sagte Franck schließlich, »ich benötige Ihre Hilfe. Ich sage Ihnen ganz offen, ich habe keine Erfahrung im Umgang mit ... mit Menschen wie Ihnen. Es wäre mir sehr recht, wenn Sie mich gegebenenfalls darauf hinwiesen, wenn ich mich nicht korrekt verhalten sollte.«

»Sie sind, wenn Sie mir diese Bemerkung gestatten, nicht korrekt angezogen. Und wie ich an der Zahl der Frühstücksgedecke sehe, erwarten Sie Besuch. Ich kenne keinerlei Regeln, die es erlauben würden, Gäste im Morgenmantel zu empfangen, von der eigenen Ehefrau oder Geliebten einmal abgesehen«, sagte Jakob.

»Jakob, Sie haben recht. Aber ich habe im wahrsten Sinne des Wortes nichts anzuziehen. Das da«, und er zeigte auf seine verschmutzten Kleider, »ist alles, was ich hierhabe. Könnten Sie dafür sorgen, dass ich umgehend neu eingekleidet werde?«

Jakob schien nicht überrascht. »Ich lasse Ihre Sachen in die Reinigung bringen und werde alles Nötige veranlassen.«

Auf dem Flur wurde es laut, dann klopfte es an die Tür, Jakob öffnete. Er bewahrte Gelassenheit, als er Britta, Jean und Dr. Bitterle erblickte, die ebenfalls nicht in das übliche Schema eines Luxushotels passten.

Jean trug einen Nike-Trainingsanzug und Sportschuhe. Britta hatte sich völlig bunt ausstaffiert. Dr. Bitterle hatte seinen alten Anzug an, trug aber stolz einen Arztkoffer mit den Insignien eines Luxusherstellers.

»Wen darf ich melden?«, sagte Jakob.

»Wie, melden?«, echauffierte sich Britta. »Hier wird nichts gemeldet. Wir sind eingeladen.«

»Wenn Sie so gütig wären, mir Ihre Namen zu sagen, damit ich Sie bei Herrn von Franckenhorst anmelden kann.«

»Das hört sich nicht schlecht an. Ich bin so gütig. Wenn der Herr von und zu das braucht. Melden Sie Herrn von Franckenhorst bitte den Prinzen von Melaten, seinen Leibarzt und mich, seine Französischlehrerin.«

Franck beobachtete die Szene belustigt aus sicherer Entfernung und rief: »Jakob, seien Sie so nett und führen Sie meine Gäste herein.«

Er saß in einem Sessel am Fenster zum Domplatz, auf dem inzwischen das Leben pulsierte. Britta und Jean blieben fasziniert von der Aussicht mitten in der Suite stehen. »Gewaltig, einfach gewaltig«, sagte Jean beim Anblick des mächtigen und doch filigranen grauen Gemäuers der Kathedrale.

»Irgendwann möchte ich mal auf den Turm hoch, die Aussicht von oben muss phantastisch sein«, sagte Jean.

»Da musst du zu Fuß hoch, das schaffst du Krüppel doch gar nicht«, sagte Britta.

»Du hast keine Ahnung, was ich alles schaffe. Da komme ich schneller hoch als du.«

»Falls ihr nicht bis dahin verhungert seid«, ergriff Dr. Bitterle das Wort, der sich neben Franck setzte und wartete, mit dem Frühstück beginnen zu können. Franck bat auch Jakob an den Tisch, doch der lehnte ab, er habe schon gegessen, außerdem sei es seine Aufgabe, ihn und seine Gäste zu bedienen. Das tat Jakob perfekt und unaufdringlich.

Jean, Britta und Bitterle erzählten, wie sie die Annehmlichkeiten des Luxushotels genossen hatten. Und was für ein gutes Gefühl es sei, einfach alles bestellen zu können, ohne sich die geringsten Sorgen um das Geld zu machen. Alle seien sehr zuvorkommend zu ihnen gewesen.

Franck wartete, bis sie das Frühstück beendet hatten. Erst dann berichtete er, was er erlebt hatte, seitdem sie sich im Polizeipräsidium getrennt hatten. Dass der Mord ganz bestimmt nicht in seiner Wohnung verübt worden war. Dass seine Wohnung auch nicht durchsucht worden war. Das mit dem Nacktfoto von Fanny im EXPRESS erzählte er, aber das hatten sie alle schon selbst gesehen. Und dass Dr. August ihm einen

Schriftsatz übergeben hatte, mit dem er gegen weitere Veröffentlichungen des Fotos vorgehen sollte. Und dann erzählte Frank, was Dr. August ihm außerdem mitgeteilt hatte, dass sein Vater ihm alle Firmenkonten und alle Firmenkreditkarten gesperrt hatte, dass Dr. August ihm seine Dienste aufgekündigt hatte und dafür zunächst Christina Brandt, die Parfümverkäuferin, die angeblich auch Anwältin sei, empfohlen und dann doch noch einen anderen Anwalt genannt hatte. Und ganz am Ende berichtete er auch noch, dass Jakob ihm seit heute Morgen zur Seite stehe, und dann machte er sie alle förmlich miteinander bekannt.

»Das wird noch interessanter mit Ihnen, als ich mir vorgestellt habe«, sagte Jakob. »Aber das ist mir nicht unangenehm. Und wenn ich Ihnen einen Rat geben darf: Sie sollten wirklich einen Rechtsanwalt hinzuziehen. Ich habe in meinem früheren Leben manche Auseinandersetzung miterlebt, und, glauben Sie mir, am härtesten waren immer die Auseinandersetzungen in der eigenen Familie.«

Franck wusste, dass Jakob recht hatte. Sollte er Christina Brandt fragen? Warum eigentlich nicht. Einen Versuch war es wert. Zweimal war sie ihm in den letzten Tagen schon begegnet, das könnte doch ein Zeichen gewesen sein.

»Ja«, sagte er schließlich, »ich sehe das wie Sie. Wir sollten Frau Brandt hinzuziehen. Ich werde gleich …«

Jakob unterbrach ihn. »Herr von Franckenhorst, vielleicht sollten Sie zuvor doch etwas anderes anziehen. Ihr Schneider müsste jeden Augenblick hier sein. Und Frau Brandt könnte ich dann ja für, sagen wir, elf Uhr einladen?«

»Einverstanden«, sagte Franck, und er stellte überrascht fest, dass er sich auf das Wiedersehen mit Christina freute.

Eine Stunde später war Franck nicht wiederzuerkennen. Sein Herrenausstatter hatte ihn mit allem versorgt, was er für heute und die nächsten Tage benötigte. Der Herr war erleichtert, dass Franck sich diesmal beraten ließ und nicht wieder alles bunt durcheinanderwürfelte. Genau genommen war es aber gar nicht Franck selbst, der dieses Mal die Kleidung aussuchte, sondern Jakob. Und der tat das so geschmackssicher, dass Franck sich sogar selbst gefiel, als er sich im Spiegel musterte.

Graf Uhland vom Bankhaus Oppenheim zeigte sich so ergeben, wie Dr. August vorhergesagt hatte. Auch ohne den Zugriff auf seine Konten bei der Firma hatte Franck nicht unbedeutende Werte auf seinen eigenen Namen. Allein der Barbestand auf seinem Konto war siebenstellig, mit dem Geld würde er eine Zeit lang auskommen, da musste er nicht einmal an seine Aktiendepots ran.

Fehlte ihm nur noch eine Uhr. Jakob half ihm aus mit einer Swatch. »Sie tragen so preiswerte Uhren«, wunderte sich Franck. »Nur im Dienst«, antwortete Jakob. »Aber diese Plastikuhren sind nicht übel. In der tunesischen Wüste hat mir einmal ein Scheich eine seiner Frauen für eine Swatch angeboten. Ich habe abgelehnt.«

Die Uhr und das Plastikarmband waren schwarz, das Zifferblatt war schlicht und weiß, ein klassisches Modell, das Franck zusagte. Durch den ganzen Wirbel in seinem Zimmer hatte er kaum Gelegenheit gehabt, darüber nachzudenken, wie er Christina Brandt überhaupt erklären sollte, was er von ihr wollte. Und wenn sie ihn einfach abblitzen ließ?

Es war wieder Jakob, der ihm diese Sorge abnahm. Er kam mit ein paar ausgedruckten Blättern zu Franck: »Ich habe Auskünfte über Frau Brandt eingeholt. Sie ist, das wird Sie vielleicht überraschen, die Tochter von Dr. August. Die Mutter war bei Christinas Geburt mit einem anderen Mann verheiratet, und sie ist es immer noch. Seinen Zahlungsverpflichtungen ist Dr. August, soweit ich das feststellen konnte, nachgekommen. Persönlichen Kontakt hat es kaum gegeben.«

»Dr. August hat mir erzählt, wie stolz er gewesen sei, als Frau Brandt vom Dekan ausgezeichnet wurde. Und dass er es war, der ihr die Stelle in unserem Unternehmen besorgt habe.«

»Dazu kann ich nichts sagen. Nach dem, was ich herausgefunden habe, würde mich das eher überraschen. Ich vermute, dass sie nicht einmal weiß, dass ihr Vater für die Familie von Franckenhorst tätig ist.«

»Wissen Sie, warum sie nicht als Juristin arbeitet?«

»Sie war nach dem Examen zwei Jahre lang in einer Kanzlei tätig und hatte sich auf Wirtschaftsrecht spezialisiert. Es könnte sein, dass sie einfach die Lust an der Juristerei verloren hat und etwas anderes wagen wollte. Sie können sie fragen. Ich habe sie für elf Uhr hier in die Suite eingeladen, und sie hat zugesagt.«

»Sie haben mit ihr schon gesprochen?«

»Wieso überrascht Sie das? Sie hatten den Wunsch geäußert, Frau Brandt zu sehen, ich habe mich um Ihren Wunsch gekümmert. Das ist meine Aufgabe, wegen der ich hier bin.«

Kurz vor elf Uhr erschienen Jean, Britta und Dr. Bitterle, dann platzte auch noch Kommissar Menden herein. Ohne sich um irgendwelche Förmlichkeiten zu scheren, ergriff der Kommissar das Wort. »Herr von Franckenhorst, wo haben Sie Ihr Handy?«

Franck verstand nicht, was Menden meinte, zeigte aber vor sich auf den Tisch. Der Kommissar nahm das Telefon vorsichtig auf. »Erst einmal will ich mir die Fingerabdrücke anschauen, falls es da noch etwas zu sichern gibt. Zweitens habe ich den Verdacht, dass Sie über das Handy abgehört werden.«

»Sie meinen, das Handy ist verwanzt? Geht so was denn?«

»Ja, das geht«, sagte der Kommissar. »Wir von der Polizei können das, dann können das die Gangster erst recht. Dazu muss man nicht einmal eine Wanze einbauen, wie Sie das nennen, das geht völlig spurlos durch Softwaremanipulation.«

Der Beamte benutzte ein Taschentuch, um keine eigenen Fingerabdrücke auf dem Gerät zu hinterlassen. »Wenn Sie gestatten, möchte ich das Telefon ausschalten, die SIM-Karte entfernen und sicherheitshalber sogar den Akku rausnehmen.«

Er wartete Francks Zustimmung gar nicht ab, sondern nahm das Handy auseinander. »Geschafft«, sagte er schließlich zufrieden.

»Und, haben Sie etwas Verdächtiges an dem Handy entdeckt?«, wollte Franck wissen.

»Auf den ersten Blick nicht. Aber das werden wir untersuchen. Ich habe die ganze Nacht über Ihren Fall nachgedacht. Erst stiehlt man Ihnen das Handy, dann spielt man es Ihnen wieder zu. Wieso macht man das? Und dann wirft man Ihnen Fannys Leiche genau in dem Augenblick vor die Füße, als Sie den Friedhof verlassen, um am Eingang Piusstraße auf Ihre Schwester zu warten. Sie haben auf Ihre Schwester gewartet, nicht auf die Gangster. Und trotzdem waren die da. Also müssen die das gewusst haben. Ihre Schwester, das haben wir überprüft, hat mit niemandem über Ihren Anruf gesprochen. Also bleibt nur, dass das Gespräch abgehört worden ist, wahrscheinlich weil man Ihr Handy präpariert hat. Ich hätte Ihnen das Handy schon gestern Abend abnehmen müssen, um es zu untersuchen. Ich ärgere mich über mich selbst. Und Sie sollten davon ausgehen, dass alles abgehört wurde, was Sie gesprochen haben, seitdem Sie wieder im Besitz des Handys sind.«

Franck schaute den Kommissar ungläubig an. »Sie meinen, die hätten alles mitgehört, nicht nur meine Telefonate?«

»Davon müssen Sie ausgehen. Man kann Handys so manipulieren, dass sie wie ein Mikrophon alles weiterleiten, ohne dass Sie es selbst merken. Das kann sogar geschehen, wenn Sie vermuten, Sie hätten das Handy ausgeschaltet.«

Das Gefühl, vielleicht seit Stunden abgehört worden zu sein, war Franck unangenehm. Nicht dass er in dieser Zeit irgendetwas getan hätte, dessen er sich schämen musste. Aber seine gefährlichen Gegner waren bei allem, was er in den letzten Stunden gesagt hatte, Mithörer gewesen, sogar bei seiner Vernehmung durch Kommissar Menden.

War Franck zu leichtsinnig? War es richtig, dass er seine Angelegenheiten mit Pennern wie Jean und Britta besprach, einem ominösen Frauenarzt wie Dr. Bitterle? Und was war mit Jakob, dem Butler, den er doch überhaupt nicht kannte? Und jetzt auch noch Christina Brandt, die Tochter des Anwalts, der ihm gerade seine Unterstützung entzogen hatte und seinen Vater vertrat? Wem konnte er nur trauen? Wenn wenigstens Fanny noch da wäre. Mit ihr hätte er reden können. Sie hätte ihn verstanden, sie hätte gewusst, was zu tun war.

Es klopfte an der Tür, Jakob bat Christina Brandt herein, die gleich umkehren wollte, als sie die vielen Menschen in der Suite sah.

Franck stand auf und ging ihr entgegen. »Bitte, kommen Sie doch herein!«

Christina gab ihm zögerlich die Hand. »Ich weiß gar nicht, was ich hier soll. Ich müsste eigentlich sofort wieder zurück in den Laden. Aber Herr Jakob machte so eine Andeutung, dass es um Sie und Frau Gerlach ging. War das Ihre Verlobte? Mein Beileid.«

»Danke«, sagte Franck. »Kommen Sie, setzen Sie sich zu uns.« Dann stellte er ihr alle Anwesenden vor und berichtete, dass sie ihm als Anwältin empfohlen worden sei, und dass er sie fragen wolle, ob sie ihm helfen könne.

»Wer hat mich empfohlen?«, fragte sie.

»Ihr Vater«, antwortete Franck.

Beim Wort »Vater« verhärtete sich Christinas Gesicht. »Und das halten Sie für eine gute Empfehlung? Entschuldigen Sie mich bitte.« Sie stand auf und wollte das Hotelzimmer verlassen.

Jakob reagierte am schnellsten. »Frau Brandt, nur noch einen Moment. Ihr Herr Vater wäre Ihr Gegner, er ist der Anwalt der anderen Seite.«

Christina blieb stehen, schien das Gehörte erst verdauen zu müssen. »Es geht um einen Rechtsstreit gegen meinen Vater?«

Franck spürte, dass er jetzt etwas Richtiges sagen musste. »Bitte, bleiben Sie. Ich möchte Ihnen alles erklären. Danach können Sie frei entscheiden.«

Sie kehrte um, setzte sich, lächelte Franck an. »Herr von Franckenhorst, ich kann immer frei entscheiden. Dazu benötige ich Ihre Erlaubnis nicht.«

Franck vermied es, auf ihre Stichelei zu antworten. Er war

froh, dass sie blieb. Christina war eine selbstbewusste Frau, eine starke Frau. Vielleicht konnte er von ihr lernen.

Für Jean stand fest, wo die Bösen zu suchen wären: Francks Vater, wahrscheinlich angetrieben von seinem Bruder, hatte es auf sein Erbteil abgesehen. Geld verdirbt den Charakter, das sei schon immer so gewesen, und das werde immer so sein.

Franck protestierte. Dann müsste er selbst ja auch einen verdorbenen Charakter haben. »Ja, das ist auch so«, meinte Jean, »aber du hast mit uns eine Ratte gegessen. Das ändert die Lage.«

»Das war doch gar keine Ratte, hast du selber gesagt«, protestierte Franck.

»Glaubst du denn wirklich, du könntest mir alles glauben, wirklich alles?«, fragte Jean zurück.

Auch Britta hielt Francks reiche Verwandtschaft für die Hauptverdächtigen. Nur Dr. Bitterle widersprach, und er hatte dafür eine besondere Theorie. »Wir müssen davon ausgehen, dass wir es mit sehr brutalen Gegnern zu tun haben. Leuten, die Franck übel zugerichtet haben. Leuten, die Fanny ermordet haben. Warum sollten die von Franckenhorsts so etwas tun? Stünden sie selbst hinter diesen Angriffen, dann hätten sie doch Franck erledigen müssen, nicht Fanny. Wenn Franck tot wäre, dann würde doch Gunther alles erben. Jetzt aber hätten die beiden doch gar nichts gewonnen.«

Christina hörte sich alle Geschichten und Theorien ruhig an. Sie hatte keine Antworten, nur Fragen. »Was ist es, nach dem die Gangster gesucht haben? Was ist ihrer Meinung nach noch im Besitz von Franck? Was könnte es sein, das ihnen so wichtig ist, dass sie dafür einen Mord begehen?«

Franck bat Jakob um etwas zu schreiben. Der Butler reichte ihm einen Block mit dem Logo des Dom-Hotels und einen Kugelschreiber. Franck notierte sich Christinas Fragen, hielt inne, schaute auf sein Schreibgerät. »Jakob, wo haben Sie diesen Kugelschreiber her?«

»Herr von Franckenhorst, der steckte in Ihrer Hosentasche. Ich habe ihn rausgenommen, als ich Ihre Sachen in die Reinigung gab.«

Franck hielt den Kugelschreiber hoch und drehte die Schutzkappe ab. »Das könnte es sein. Diesen Kugelschreiber haben sie übersehen. Die Kappe enthält einen USB-Stick, auf dem ich einige Rechnungen gespeichert habe, alle Rechnungen aus Luxemburg.«

Kommissar Menden schaute sich das Gerät interessiert an. »Wie sind denn die Rechnungen auf den USB-Stick gekommen?«

»Die habe ich mit dem Handy fotografiert und dann mit Hilfe des Computers überspielt.«

»Und was haben Sie mit den Fotos auf dem Handy gemacht?«

»Die Fotos waren auf einer SD-Card, den Ordner mit den Fotos habe ich gelöscht.«

Menden fing Feuer. »Das könnte es sein. Die haben Ihr Handy untersucht, festgestellt, dass Sie was gelöscht haben. Wahrscheinlich konnten sie die Daten sogar wiederherstellen. Und jetzt vermuten sie natürlich, dass diese Dateien irgendwo sind, wo Sie sie jederzeit abrufen können. Die könnten Sie als E-Mail verschickt haben. Oder sonst irgendwie gespeichert.«

Jean spann den Faden weiter. »Das würde auch gut zu meiner Theorie passen, dass dein Vater was damit zu tun hat. Du hast Luxemburger Autos vor der Familienvilla in Marienburg gesehen und die Männer, die sie benutzten. Du hast dir gezielt Rechnungen aus Luxemburg angesehen und sie fotografiert. Und genau diese Rechnungen scheinen die Gangster gesucht zu haben. Wenn das keine Verbindung ist!«

Menden ließ sich den Kugelschreiber mit dem Memorystick geben. »Wenn Sie einverstanden sind, lasse ich von den Rechnungen Ausdrucke machen, dann können wir versuchen, herauszufinden, ob und was daran verdächtig sein könnte.«

Menden nahm den Memorystick an sich und wollte das Zimmer verlassen, als ihn Christina stoppte. »Bitte, warten Sie einen Augenblick, Herr Kommissar. Als Anwältin von Herrn von Franckenhorst hätte ich da einen Einwand.« Christina schaute Franck an. »Ich bin doch Ihre Anwältin, oder?«

Frank nickte. Christina wandte sich wieder an den Polizisten. »Herr Kommissar, Sie werden verstehen, dass ich Sie im Interesse meines Mandanten nicht so ohne Weiteres mit dem Speicherstick alleine lassen kann. Herr von Franckenhorst hat berichtet, dass er einige bestimmte Rechnungen gespeichert hat. Da diese Tatsache Ihnen bereits bekannt ist, bin ich damit einverstanden, dass Sie diese Rechnungen einsehen können. Ich persönlich werde veranlassen, dass Sie einen Ausdruck bekommen. Ansonsten haben Sie nicht das Recht, weitere Daten zu sichern. Herr von Franckenhorst gilt nicht als Beschuldigter, daran sollten Sie sich halten, Herr Kommissar.«

Butler Jakob nickte beifällig, der Kommissar verzog sein Gesicht. »Anwältin, ich hätte mir denken können, dass es jetzt kompliziert wird.«

Franck versuchte zu vermitteln. »Danke, Frau Brandt, für Ihr Engagement. Selbstverständlich ist mir sehr daran gelegen, dass Privates auch privat bleibt. Aber ich habe den Eindruck, dass wir uns auf Herrn Menden verlassen können. Wir haben den ganzen Fall durchdiskutiert, und immer war Herr Menden mit dabei. Ich vertraue ihm.«

»Er ist ein Bulle«, sagte Jean, »vergiss das nicht.«

»Bitte, keine Beamtenbeleidigung, Herr Leclerc«, nahm Christina noch einmal das Wort. »Sie haben das doch bestimmt als Kosewort benutzt, oder? Hier geht es nicht um Vertrauen oder Misstrauen. Herr Menden ermittelt in einem Tötungsdelikt, das sehr direkt auch mit Ihnen, Herr Franckenhorst, zu tun hat. Da sollten sich alle Seiten an die Spielregeln halten. Herr Kommissar, wenn Sie wünschen, können Sie mich begleiten, ich bin sicher, dass wir im Hotelsekretariat das Geheimnis lüften können. Und wenn Sie mir über die Schulter schauen, dann können Sie jedenfalls sicher sein, dass ich nichts vertusche, was die Ermittlungen weiterbringen könnte.« Menden nickte, und gemeinsam mit Christina verließ er das Zimmer.

Jakob hatte bisher kaum an der Debatte teilgenommen. Jetzt aber meldete er sich zu Wort. »Sie haben Glück, dass

Frau Brandt eingeschritten ist. Sie sind zu gutgläubig und zu naiv, Herr von Franckenhorst. Sie sollten versuchen, von Herrn Menden so viele Informationen wie möglich über den Ermittlungsstand zu bekommen, aber Sie geben ihm die Gelegenheit, gar nichts berichten zu müssen. Er war jetzt zwei Stunden hier und hat uns nur ausgehorcht.«

»Das sehe ich anders, Jakob«, sagte Franck. »Menden hat mich doch vor meinem Handy gewarnt.«

»Ja, das hat er. Und jetzt hat er das Handy, genauso wie er beinahe Ihren Memorystick in Besitz hätte. Was haben Sie auf Ihrem Handy alles gespeichert? Welche Telefonnummern? Welche Kontakte? Welche Termine? Was hat das Handy alles gespeichert, von dem Sie gar nicht wissen, dass es gespeichert ist?«

»Wenn ich Sie so reden höre, Jakob ...«

»Ja, was ist dann?«

»Dann bekomme ich Angst, dass Sie recht haben könnten.«

»Das ist immerhin ein Anfang. Aber ich will Ihnen keine Angst machen. Ich möchte nur, dass Sie vorsichtiger agieren. Solange die Täter nicht gestellt sind, sind Sie in Gefahr. Und wissen wir denn wirklich so genau, wer die Täter sind? Müssen wir nicht auch davon ausgehen, dass die Täter sehr mächtige Verbündete haben können, vielleicht sogar bei der Polizei?«

Jean stimmte ein: »Er ist ein Bulle, Franck, vergiss das nicht. Hab ich vorhin schon gesagt. Respekt, Herr Jakob, dass Sie das ähnlich sehen. Man kann nie vorsichtig genug sein.«

Christina kam mit Kommissar Menden zurück und übernahm die Berichterstattung. »Wir haben die Fotos der Rechnungen aus Luxemburg gefunden. Die Qualität der Aufnahmen ist schlecht, aber die entscheidenden Stellen sind lesbar. Wir haben das Unternehmen, haben die Daten, wir haben den Auftragsgegenstand, wir haben die Summen. Sehr hohe Summen. Wenn das alle Rechnungen mit den Luxemburgern der letzten dreißig Tage sind, dann hat die von Franckenhorst GmbH & Co. KG in nur einem Monat fast fünfundachtzig

Millionen Euro nach Luxemburg überwiesen, übrigens auf ein Konto beim Bankhaus Oppenheim.«

»Nun«, sagte Franck, »dass Oppenheim in Luxemburg aktiv ist, ist ja kein Geheimnis. Aber die Höhe der Überweisungen hatte mich auch überrascht. Wissen Sie schon etwas über das Luxemburger Unternehmen?«

»Ich habe eine Anfrage ans Präsidium rausgeschickt und erwarte schnelle Auskünfte«, antwortete Menden. »Nach dem ersten Anschein gehört die ›TRNSFR-AG‹, so heißt das Unternehmen, einer internationalen Finanz- und Beteiligungsgesellschaft.«

»Eine Heuschrecke«, sagte Jean.

»Eine was, bitte?«, fragte Menden.

»Eine Heuschrecke. Das Luxemburger Unternehmen ist eine Heuschrecke. So nennt man doch diese Art Geschäftemacher, oder?«, sagte Jean und schaute triumphierend in die Runde.

»Ja«, sagte Menden, »man könnte die ›TRNSFR‹ so nennen. Aber die ›TRNSFR‹ kauft normalerweise nur marode oder aus sonst einem Grund heruntergekommene Firmen. Da wird immer billig eingekauft und teuer verkauft. Soweit uns bekannt ist, ist die von Franckenhorst GmbH & Co. KG aber sehr gesund und liquide.«

Franck schaltete sich ein. »Das ergibt noch keinen Sinn. Wenn sich die ›TRNSFR‹ an unserem Unternehmen beteiligen wollte, dann müsste doch Geld von Luxemburg nach Köln fließen und nicht umgekehrt. Da muss was anderes dahinterstecken.«

Ein Handy klingelte, es war das des Kommissars. Er fingerte in die linke Innentasche seines Jacketts und fand es nicht. »Oh, da ist ein Loch. Das Handy ist nach unten durchgerutscht. Das haben wir gleich.« Der Kommissar stellte einige Verrenkungen an, tauchte mit seinem Arm tief in die Jacke hinein, man hörte einen Riss, jetzt war das Loch noch ein bisschen größer, aber er bekam das Handy zu fassen. Dummerweise hatte der Anrufer inzwischen aufgelegt.

Wenige Sekunden später bimmelte das Telefon noch einmal. Diesmal hatte es der Kommissar griffbereit. »Menden«, sagte er, und dann hörte er nur noch gespannt zu, was ihm mitgeteilt wurde. Franck versuchte, in Mendens Gesicht zu lesen, es gelang ihm nicht.

»Gut, ich habe alles verstanden. In fünf Minuten.« Dann hängte er ein.

Menden wandte sich wieder den anderen zu. »Entschuldigen Sie, das war das Präsidium. Neues über die ›TRNSFR‹. Das ist allem Anschein nach ein absolut untadeliges Unternehmen. Die Hauptanteilseigner sitzen in den USA und in Saudi-Arabien. Deutsche Anleger halten nur etwa fünfzehn Prozent. Interessant ist vielleicht noch, dass in den Entscheidungs- und Aufsichtsgremien eine Reihe hochrangiger deutscher Politiker vertreten sind, darunter sogar ein ehemaliger Minister und ein ehemaliger Ministerpräsident.«

»Das ist die Verklüngelisierung der Globalisierung«, meldete sich Dr. Bitterle aus einer Ecke und nippte an seinem Kaffee.

»Warum sagst du nicht einfach Klüngel?«, wollte Jean wissen.

»Weil Klüngel zu einfach wäre. Das ist Klüngel auf höherer Ebene. Deshalb Verklüngelisierung. Bei uns kommt der Klüngel manchmal ja raus, bei der Verklüngelisierung blickt am Ende ganz bestimmt niemand mehr durch, höchstens noch die, die sich die Taschen füllen.«

Plötzlich drang Lärm aus dem Hotelflur in die Suite, die Tür flog auf, zwei schwerstbewaffnete Polizisten mit Maschinenpistolen im Anschlag postierten sich links und rechts, dann erschien ein groß gewachsener Mann im Türrahmen. »Gut gemacht, Menden«, er nickte dem Kommissar zu. »Tun Sie jetzt Ihre Pflicht.«

Der Kommissar drehte sich zu Franck. »Herr von Franckenhorst, Sie sind vorläufig festgenommen. Gegen Sie besteht der dringende Tatverdacht des Mordes an Fräulein Stefanie Gerlach.«

Franck lachte. »Menden, was soll dieser Unsinn? Sie wissen doch, dass ich es nicht war. Dass ich es gar nicht gewesen sein kann. Und wer ist dieser, dieser Herr da überhaupt? Was hat der hier in meiner Suite zu suchen?«

»Das ist Herr Steffen Klaus, der Polizeipräsident. Und was Sie angeht, weiß ich, dass Ihre Fingerabdrücke in der Wohnung von Fräulein Gerlach gefunden wurden, und nur Ihre Fingerabdrücke, von denen der Toten abgesehen. Und in dieser Wohnung ist Frau Gerlach getötet worden. Und Sie sind dort gesehen worden.«

»Natürlich bin ich da gesehen worden. Natürlich gibt es dort meine Fingerabdrücke. Ich war mit Fanny befreundet«, wehrte sich Franck. »Aber ich habe doch mit ihrem Tod nichts zu tun. Sie haben doch jede Menge Augenzeugen vernommen, wie Fannys Leiche am Melatenfriedhof aus dem BMW geworfen wurde.«

»Ja, aus Ihrem BMW.«

»Der war mir doch gestohlen worden.«

»Herr Krüger sagt etwas anderes.«

»Wer ist Herr Krüger?«

»Der in Ihrem Auftrag den Mord vertuschen sollte.«

»Der was?«

»Der für Sie den Mord vertuschen sollte. Herr Krüger, den Sie mir so hilfsbereit als Gefangenen präsentiert haben, hat seinen Anteil an der Tat gestanden.«

»Sie meinen diesen prügelnden Kleiderschrank?«

»Ja, Hans Krüger. Er hat uns alles erzählt. Und Sie sollten besser auch gestehen.«

»Herr von Franckenhorst hat nichts zu gestehen. Ich bestehe darauf, dass die Strafprozessordnung eingehalten wird. Wenn Herr von Franckenhorst als Beschuldigter gilt, dann hat er das Recht, die Aussage zu verweigern«, schritt Christina Brandt ein.

»Ich will die Aussage gar nicht verweigern. Ich habe doch nichts zu verbergen«, sagte Franck.

Christina war verärgert. »Jetzt lassen Sie mich meinen Job

tun, Herr von Franckenhorst, oder ich kündige. Und Sie, Herr Kommissar, ich halte es nicht für angebracht, dass Sie eine Vernehmung hier mehr oder weniger öffentlich in einem Hotel durchführen. Außerdem weise ich Sie darauf hin, dass zwei mutmaßliche Täter flüchtig sind und dass mein Mandant für die Zeit von Dienstagnacht bis heute ein Alibi hat.«

»Frau Rechtsanwältin«, mischte sich der Polizeipräsident ein, »wenn Sie darauf bestehen, dass wir Herrn von Franckenhorst sofort in Gewahrsam nehmen, dann kommen wir dem natürlich gerne nach. Hier ist der Haftbefehl.«

Der Beamte nickte den beiden uniformierten und bewaffneten Beamten zu, die Franck in die Mitte nahmen, ihm schmerzhaft die Arme auf den Rücken drehten und ihn abführten. Christina wurde vom Polizeipräsidenten zurückgehalten. »Später, Frau Rechtsanwältin. Später.«

Hoteldirektor Jürgens, der hinter dem Polizeipräsidenten in die Suite geeilt war, bat vergebens um Diskretion. Vor der Suite blitzte ein grelles Licht auf, EXPRESS-Fotograf Zack hatte für heute sein Bild des Tages geschossen.

Jean packte die Wut, als er erlebte, was mit Franck geschah. »Herr von Franckenhorst war von Dienstagabend bis Donnerstagabend bei mir. Ich kann das bezeugen. Ich habe das doch längst bezeugt. Menden, was sind Sie für ein korruptes Schwein. Scheißbulle. Habe ich ja sofort gesagt.«

Der Kommissar hatte nicht die Absicht, sich auf ein Scharmützel einzulassen, und wollte mit den anderen auf den Hotelflur verschwinden. Aber da hatte er nicht mit Jeans Beweglichkeit gerechnet, der noch einmal seinen speziellen Trick auspackte und dem Polizisten ein Beinchen stellte, sodass der mit dem Kopf gegen den Türrahmen knallte.

Noch bevor Menden sich wehren konnte, brüllte Jean los: »Einen Krüppel treten, das könnt ihr, ihr Scheißbullen.«

Der Lärm war vor allem dem Hoteldirektor unangenehm, und er schloss die Tür zur Suite. Franck bekam nur mit, wie Christinas und Jeans Stimme plötzlich gedämpft wurden, und er fühlte sich noch verlassener. Er hatte ohnehin das sehr schlechte Gefühl, dass man ihm jetzt richtig an den Kragen wollte.

Die Seitenfenster der Limousine, in die ihn die beiden bewaffneten Polizisten verfrachteten, waren verklebt, der Blick nach vorne zum Fahrer war durch eine blickdichte Scheibe versperrt. Franck wusste nicht einmal, ob vorne außer dem Fahrer noch jemand saß oder ob er mit den beiden Polizisten, die links und rechts neben ihm Platz genommen hatten, allein war.

Der Versuch, mit allen Sinnen herausfinden zu wollen, wohin sie fuhren, war hoffnungslos. Franck spürte, dass der Wagen schon nach kurzer Zeit mit sehr hoher Geschwindigkeit unterwegs war. Die Fahrt schien nicht direkt zum Polizeipräsidium nach Köln-Kalk zu gehen, dahin gab es um diese Uhrzeit an einem Freitagmittag kein so freies Durchkommen. Nach vielleicht einer Viertelstunde gab er es auf, sich auf die Fahrt und die Umgebung zu konzentrieren, die er ja doch nicht wahrnehmen konnte. Er musste versuchen, gelassen zu bleiben. Und nachzudenken.

Was war eigentlich passiert? Was hatte ihm Menden da zuletzt vorgehalten? Er sei des Mordes an Fanny verdächtig. Und dieser Krüger, dieser fiese Kleiderschrank, habe alles gestanden. Was für ein Unsinn! Und was war das für eine Polizei, die das so einfach glaubte? Das stank zum Himmel. Da war was faul. Aber was?

Für die beiden Polizisten war Franck Luft. Sie unterhielten sich über seinen Kopf hinweg, als sei er gar nicht anwesend. Aber über was unterhielten die sich da? Franck hörte was von Aktienkursen, Bonds, Umsatz, Gewinn vor Steuern. Und, was ihm jetzt erst bewusst wurde, die beiden unterhielten sich auf Englisch.

Wieso hatte er das nicht sofort wahrgenommen? Daran war wahrscheinlich sein Aufenthalt in Südafrika schuld, wo er ebenfalls den ganzen Tag Englisch gesprochen hatte. Aber wieso unterhielten sich zwei Kölner Polizisten auf Englisch über Aktien und Geldgeschäfte? Hatte er die Qualifikation der deutschen Polizei unterschätzt?

Er schaute sich die beiden Männer genauer an. Sie waren unter der Uniform ungewöhnlich gut gekleidet. Einer von ihnen trug handgenähte Schuhe, wahrscheinlich von Gravati. Die Schuhe des zweiten wirkten auf Franck sogar wie Maßarbeit aus London. Das waren keine Polizisten!

Franck inspizierte den Wagen. Das sah nach Mercedes aus. Sehr teures Leder. Die Dachform ziemlich geschwungen, wie ein Mercedes-Coupé der S-Klasse. Ja, das musste es sein. Fuhr die Kölner Polizei S-Klasse Coupés? Nein, mit Sicherheit nicht. Und Franck sagte sich noch einmal: Das waren keine Polizisten!

Plötzlich hatte er das Bild von drei S-Klasse Coupés vor sich, aufgereiht vor der Villa seines Vaters in Marienburg. Luxemburger Kennzeichen. Alle drei in Silber. War es möglich, dass er in einem dieser Coupés saß? War er gar nicht festgenommen, sondern entführt worden? Aber was war dann mit dem Polizeipräsidenten? Und mit Kommissar Menden? Irgendwie beschlich Franck das Gefühl, dass sich seine Lage zunehmend verschlechterte. Er konnte jetzt einen Schluck gebrauchen. Am besten Champagner. Ja, warum eigentlich nicht Champagner!

Er wandte sich an seine uniformierten Begleiter. »Jetzt ein Schluck Champagner wäre nicht schlecht.«

Treffer! Der Mann links neben ihm fühlte sich angesprochen. »Sie gehen also davon aus, Herr von Franckenhorst, dass es hier für Sie Champagner geben könnte?«

»Ja, eigentlich schon. Sie sehen eher nach Champagner als nach Kölsch aus.«

»Holla, der Mann hat Humor. Aber Sie haben recht, wir haben Champagner.«

Er zauberte aus der Abtrennung zum Fahrerbereich eine Art Mini-Kühlschrank hervor, drei Champagnerflöten und eine Flasche Veuve Clicquot. Ausgerechnet die »Alte Witwe«, Francks Lieblings-Champagner! Das Entkorken der Flasche erledigte der Mann mit Schnelligkeit und Präzision, sein Kompagnon hielt die Gläser, und dann hatten sie alle drei ein gefülltes Glas in der Hand und prosteten sich zu.

»Auf Ihr Wohl, Herr von Franckenhorst!«

Franck trank einen Schluck. Das prickelnde Getränk tat ihm gut. Er war kein großer Freund alkoholischer Getränke, nahm mal ein Glas Wein zum Essen, mal einen Aperitif. Aber Champagner ließ er sich schon gerne mal schmecken.

»Ich hätte noch einen Wunsch«, sagte er und wartete die Reaktion der beiden Männer ab.

»Nur zu, Herr von Franckenhorst. Sie haben heute jeden Wunsch frei, den wir erfüllen können. Jedem zum Tode Verurteilten steht doch eine Henkersmahlzeit zu. Ihnen natürlich auch«, brüllte der Mann zu seiner Linken und lachte und lachte und hörte gar nicht mehr auf zu lachen, bis auch sein Kompagnon einstimmte und sich sogar Franck anstecken ließ.

»Was fällt Ihnen ein, sich über uns lustig zu machen!«, herrschte ihn der Mann zu seiner Linken an, der der Wortführer war. »Haben Sie nicht verstanden, was ich soeben gesagt habe? Es geht um Ihre Henkersmahlzeit. Nicht um irgendeinen Spaß. Und wir haben den beschissenen Auftrag, Sie ins Jenseits zu befördern. Glauben Sie mir, ich finde das nicht zum Lachen. Überhaupt nicht zum Lachen. Und schon gar nicht möchte ich, dass mich der auslacht, den ich anschließend erschießen muss.«

»Sie wollen mich erschießen?«

»So ist es vorgesehen. Die freie Wahl der Hinrichtungsart ist leider nicht möglich.«

»Aber das, das können Sie doch nicht tun!«, schrie Franck.

Der Mann rechts neben ihm drückte ihm ein Taschentuch ins Gesicht, Franck wurde schummrig, alle Geräusche wurden leiser, er spürte, wie er hinwegdämmerte.

Als Franck wieder zu sich kam, hatte er Kopfschmerzen. Er war nicht mehr im Auto, sondern lag in einem Bett. Den Anzug hatte man ihm ausgezogen, die Unterwäsche hatte man ihm angelassen. Der Raum war verdunkelt, aber das Dämmerlicht reichte aus, ein wenig von der Umgebung wahrzunehmen. Die Decken waren bestimmt vier Meter hoch und mit Stuck verziert. Der Raum hatte die Anmutung, als könne er zu einem Schloss gehören.

Franck stand auf. Der Boden war warm, ein Holzboden, Parkett. Ein Paar Schlappen stand für ihn bereit. Franck entdeckte eine Tür, die sich öffnen ließ und in ein Badezimmer führte. Wenn das kein Schloss war, dann war es vielleicht ein Schlosshotel.

Das große Zimmer hatte noch zwei weitere Türen. Eine war verschlossen. Der Schlüssel steckte im Schlüsselloch, aber von außen. Franck erahnte, dass vor dieser Tür eine Wache saß. Die zweite Tür führte in eine Art Wohnraum mit Couch und Schreibtisch. Die großen Fenster gaben den Blick auf einen Park frei. Franck erkannte einen weitläufigen Rasen und am Rand einige Bäume. Die Sonne war schon vor einiger Zeit untergegangen, in der Dämmerung waren Einzelheiten nicht wirklich auszumachen.

Das Zimmer lag hoch, vielleicht im zweiten oder dritten Stock. Aus dem Fenster zu springen, wäre keine gute Idee. Die Landschaft erinnerte ihn ans Bergische Land. Wie lange waren sie gefahren? Wie lange war er schon hier? Die Uhr, er trug immer noch die Swatch, die Jakob ihm gegeben hatte, zeigte kurz vor zehn Uhr abends. Dann waren seit der Abfahrt in Köln mehr als acht Stunden vergangen. In dieser Zeit konnte man einige hundert Kilometer zurückgelegt haben.

Er ging zurück ins Schlafzimmer. Machte Licht an. Entdeckte einen Fernseher, schaltete ihn ein, das Programm war auf Französisch. Er zappte durch die Kanäle, fand außer französischen auch niederländische und deutsche Sender. Und natürlich das unvermeidliche CNN. Und anschließend noch italienische, spanische und türkische Sender. Nein, dass da als Erstes ein französisches Programm erschien, hatte wohl nichts anderes zu bedeuten, als dass der Vorbenutzer dieser Suite diesen Sender zuletzt gesehen hatte. Die Zahl der Programme ließ darauf schließen, dass das Hotel, oder was immer es war, einen Satellitenanschluss besaß. Über die Fernsehprogramme würde er nicht erfahren, wo er war. Aber vielleicht könnte er ja einfach fragen?

Auf dem Nachttisch neben seinem Bett stand ein Telefon. Franck hob ab, er drückte versuchsweise auf die »0«, tatsächlich meldete sich eine Stimme, eine Frauenstimme: »Herr von Franckenhorst, was kann ich für Sie tun?«

»Sie, entschuldigen Sie, Sie wissen, wer ich bin?«

»Selbstverständlich. Ich kenne alle Gäste.«

»Bitte, können Sie mir sagen, wie Ihr gastliches Haus heißt und wo es liegt?«

»Herr von Franckenhorst, Sie belieben zu scherzen. Kann ich irgendetwas für Sie tun?«

»Ja, Sie könnten mir meine Frage beantworten.«

»Tut mir leid, aber das kann ich nicht. Ansonsten darf ich Ihnen fast jeden Wunsch erfüllen.«

»Danke, nicht nötig. Ich bin wunschlos glücklich«, sagte Franck und legte auf.

Er setzte die Inspektion seines komfortablen Gefängnisses fort. Im Wohnraum gab es eine gut gefüllte Minibar. Er gönnte sich eine Tüte Erdnüsse und ein Fläschchen Perrier. Für eine Henkersmahlzeit etwas karg. Musste er die Drohung, er werde erschossen, ernst nehmen? Er wollte es nicht glauben. Aber Fanny war ermordet worden. Hatten seine Gegner nicht schon bewiesen, dass sie vor nichts zurückschreckten? Wenn er nur wüsste, wer seine Gegner waren, wer hinter all dem steckte, was ihm in den letzten sieben Tagen widerfahren war!

Er musste mehr herausfinden. Er nahm noch einmal das Telefon, diesmal wählte er die »7«. Am anderen Ende dieselbe weibliche Stimme wie vorhin. »Herr von Franckenhorst, was kann ich für Sie tun?«

»Sie, Sie schon wieder?«

»Selbstverständlich. Ich bin ganz für Sie da. Jederzeit.«

»Sie meinen, es spielt keine Rolle, welche Nummer ich wähle?«

»So ist es. Ihr Telefon wird immer zu mir durchgeschaltet. Das ist unser ganz persönlicher Service für ganz persönliche Gäste wie Sie.«

»Nun, ich weiß noch nicht, ob ich das wirklich schätze.«

»Was kann ich für Sie tun, Herr von Franckenhorst?«

»Ich habe Hunger. Wo kann ich ein Abendessen einnehmen?«

»Für Sie ist der Zimmerservice vorgesehen. Sie können in Ihrer Suite speisen. Ich bin auf Ihre Bestellung vorbereitet.«

»Gut. Dann hätte ich gerne …«

»Nicht nötig, Herr von Franckenhorst. Ich sagte doch, ich bin auf Ihre Bestellung vorbereitet. Ist es Ihnen recht, dass der Zimmerservice in zehn Minuten bei Ihnen ist?«

»Was wäre, wenn es mir nicht recht wäre?«

»Dann würde Ihnen ein gutes Essen entgehen. Es gibt Ihr Lieblingsgericht.«

»Woher wollen Sie wissen, was mein Lieblingsgericht ist?«

»Wir haben recherchiert.«

»Da bin ich mal gespannt.«

»Ja, das können Sie auch sein. Lassen Sie sich überraschen!« Die Stimme war freundlich, aber kalt. Fast wie eine dieser Computerstimmen auf manchen Flughäfen.

Franck setzte sich ins Wohnzimmer seiner Suite und richtete den Blick nach draußen. Es war dunkel geworden. Ganz in der Ferne sah er ein Licht, die Scheinwerfer eines Autos auf einer Landstraße. Jetzt saß er innerhalb von kaum zwanzig Stunden zum zweiten Mal mehr oder weniger freiwillig in einer Hotelsuite. Gestern Abend im Dom-Hotel mit dem traumhaften Ausblick auf die gotische Kathedrale und die Tausenden Lichter der Großstadt. Heute Abend irgendwo auf dem Land, weitab von jedem Dorf. Kein Hahn würde hier nach ihm krähen, dachte er, bis ihm auffiel, dass dies ein völlig falscher Vergleich war. Wenn hier in dieser luxuriösen Ödnis überhaupt irgendein Lebewesen nach ihm krähen würde, dann höchstens ein Hahn.

Mein Gott, mein Gott, warum hast du mich verlassen!

Fanny.

Miriam, Schwesterherz!

Jean. Britta. Dr. Bitterle. Christina.

Würde Christina ihn vermissen? Würde er Christina vermissen? Vielleicht war es gut, dass es bald mit ihm zu Ende ging, ehe sie sich aneinander gewöhnt hatten. Christina. Was für eine Frau! Eine Frau, in die er sich verlieben könnte.

Er sollte aufhören mit seinen Weltschmerzgedanken. Er war dreißig Jahre alt. Er hatte in seinem Leben wenig richtig und viel falsch gemacht. Er war ein Nichtsnutz. Ein reicher Nichtsnutz. Schade nur, dass es ihn jetzt treffen sollte, wo er gerade dabei war, sich ein bisschen zu bessern.

Wenn er nur noch ein wenig Zeit bekäme. Für Britta würde er eine Kaffeemaschine besorgen. So eine vollautomatische Luxus-Kaffeemaschine aus Italien. Er würde ihr ein Apartment mieten. Und dann würde er die Kaffeemaschine auspacken. Eine Kaffeemaschine, die auch Latte macchiato und Espresso und Cappuccino zubereiten kann. Und Britta würde strahlen wie ein Kind unter dem Weihnachtsbaum. Und Franck wäre glücklich wie der Weihnachtsmann.

Bitterle hatte sich seinen Designer-Ärztekoffer schon organisiert. Das war wahrscheinlich der gefestigste Mensch, den er je kennengelernt hatte. Tat alles mit einer selbstverständlichen Ruhe. Der Frauenarzt, der sein Bein versorgt hatte.

Und Jean. Wenn ihn heute jemand fragen würde, wer sein bester Freund sei, er würde sagen: Jean. Wie der ihn aus der Gosse gezogen hatte! Wie der ihn bei sich zu Hause versorgt hatte! Obwohl dieses Zuhause auf dem Melatenfriedhof war. Ja, Jean war sein Freund. Franck würde ihm ein neues Bein schenken. Er hatte einmal ein Foto gesehen von einem beinamputierten Sportler mit einer ganz speziellen, neuartigen Prothese, die unten abgerundet war und mit der er schneller laufen konnte als mancher Hochleistungssportler. In dem Artikel hieß es, dass die gesunden Sportler sich benachteiligt fühlten gegenüber dem Mann ohne Beine mit seinen Laufprothesen. Jean würde wieder so schnell laufen können wie früher. Und Jean würde vielleicht doch noch an einer Olympiade teilnehmen können, und wenn es die Olympiade für Behinderte wäre. Franck sah sich im Geist als Jeans Betreuer. Wie Jean die Goldmedaille gewann. Wie er geehrt wurde. Wie die Nationalhymne ertönte. Wie Jean vor Glück weinte. Wie er Franck zuwinkte, der auf der Tribüne saß und stolz auf seinen Freund war. Statt 2000 in Sydney vielleicht 2012 in London, warum nicht?

Darum nicht, weil Franck heute Nacht seine letzte Nacht erleben würde. Spätestens morgen früh würde man ihn erschießen. Hinrichtungen durch Erschießen fanden immer im Morgengrauen statt, das wahrscheinlich genau deswegen so hieß: Morgengrauen.

Es klopfte an der Tür, der Schlüssel wurde umgedreht, er hörte, wie ein Servierwagen in seine Suite geschoben wurde. Eine Frauenstimme, die so steril klang wie die aus dem Telefon, sagte: »Herr von Franckenhorst, Ihr Nasi Goreng ist da. Guten Appetit.«

Franck drehte sich um. Ja, sie hatten gut recherchiert. Nasi Goreng, das hätte er sich vielleicht wirklich als Henkersmahlzeit gewünscht. Er suchte den Blick der jungen Frau, die ihn freundlich, aber teilnahmslos anlächelte. »Nasi Goreng spezial, mit Loempia, Kroepoek, Saté und niederländischer Erdnusssoße. Als Getränk habe ich Ihnen ein Kölsch mitgebracht. Ich hoffe, es ist alles zu Ihrer Zufriedenheit.«

Hinter der Dame von der Rezeption oder welche Rolle sie auch immer spielen sollte, sie trug kein Namensschild, sondern eine Nummer, die 13, verneigte sich eine Art Koch, ein Mann in weißer Kleidung und mit einer Kochmütze aus weißem Krepp auf dem Kopf. Der Koch schob den Servierwagen an den Couchtisch, an dem Franck saß.

Der Mann erinnerte ihn an jemanden. Als der Koch, auch er trug eine Nummer, die 17, ganz in Francks Nähe war, hob er kurz den Kopf und führte einen Finger an den Mund. Franck konnte nicht glauben, wen er sah: Gunther, seinen Bruder!

Franck wurde von Gefühlen und Fragen überschwemmt.

Wie kam Gunther hierher? Was sollte diese Verkleidung? Steckte er mit den Gangstern unter einer Decke? Kein Wunder, dass man sein Lieblingsgericht kannte, wenn sein eigener Bruder die Henkersmahlzeit vorbereitete! Aber der eigene Bruder würde ihn doch nicht opfern! Bei allem Streit, den sie hatten, wenn es um Leben und Tod ginge, hielten sie in der Familie doch zusammen, oder?

Franck versuchte, einen Blick seines Bruders zu erhaschen. Aber der hatte sich schon wieder zurückgezogen, nachdem er die Speisen auf Francks Tisch abgestellt hatte.

Würde er Gunther, seinen Bruder, retten, wenn der in Gefahr wäre? Ja, ganz sicher! Und Gunther? Würde er ihm helfen? Konnte er ihm überhaupt helfen, oder war er selbst auch ein Gefangener dieser skrupellosen Gangster?

Als Gunther und Frau Nummer 13 die Suite verließen, konnte Franck einen kurzen Blick auf den Flur werfen. Auf dem Parkett lag ein roter Läufer. Links von seiner Tür sah er die Lehne eines Sessels und den Lauf einer Waffe. Dort musste sein Bewacher sitzen. Die Tür fiel ins Schloss, von draußen wurde abgeschlossen.

Franck saß vor seinem Lieblingsessen und hatte keinen Appetit. Die Speisen waren wie beim Chinesen auf einer Warmhalteplatte abgestellt. Er konnte sich Zeit lassen.

Er hörte ein Knacken, als ob jemand die Lautsprecher des Radios angestellt hätte. Eine verzerrte Männerstimme ertönte. Franck kannte diese Männerstimme. Es war dieselbe Stimme, die er auf dem Melatenfriedhof über sein Handy gehört hatte.

»Guten Appetit, Herr von Franckenhorst. Sie sollten es sich schmecken lassen. Nicht so zurückhaltend. Sie sollten bedenken, dass es Ihre letzte Mahlzeit ist.«

Die Stimme kam aus allen Ecken des Zimmers gleichzeitig. Franck entdeckte vier Lautsprecher hoch an der Decke. In den Lautsprechern waren wohl auch Überwachungskameras versteckt.

»Was wollen Sie von mir?«, sagte Franck.

»Nichts! Nichts mehr«, kam die Antwort von der Decke.

Franck wartete, dass die Stimme weiterredete. Aber sie schwieg. Eine unheimliche Stille, die erst nach endlos langen Sekunden unterbrochen wurde. »Sie sollten wirklich was essen. Es stirbt sich nicht gut auf leeren Magen.«

Franck wollte antworten, dass seiner Ansicht nach auch auf vollen Magen nicht gut sterben sei, doch er hörte wieder dieses Knacken im Lautsprecher, sein heimlicher Beobachter war nicht mehr auf Sendung.

Franck hatte Angst. Todesangst. Diese Stimme, diese Stimme meinte es ernst. Diese Stimme hatte wahrscheinlich schon einen Mord angeordnet. Morgen früh würde es ihn treffen. Die Angst legte sich wie eine eiserne Fessel um seine Gedanken. Immer wenn er glaubte, einen Hoffnungsschimmer entdecken zu können, belehrte ihn die Angst eines Schlimmeren. Er saß in der Falle.

Franck stocherte in der Frühlingsrolle herum, die auf seinem Teller lag. Nicht dass er wirklich etwas essen wollte, seine Bewegungen waren eher mechanisch. Er schnitt die Frühlingsrolle der Länge nach auf, um die Füllung freizulegen und mit Sambal Oelek zu würzen.

Er erinnerte sich daran, wie er zum ersten Mal Nasi Goreng gegessen hatte. Es war in einem indonesischen Restaurant in Venlo. Er war dort mit seinen Eltern und seinen Geschwistern. Er war noch ein Junge. Und er hielt diese rote Paste für eine Art Ketchup und füllte sich eine entsprechend große Menge auf seine Frühlingsrolle.

Er erinnerte sich an den scharfen Schmerz, als er den vermeintlichen Ketchup auf seiner Zunge spürte und fast zu verbrennen glaubte. Er erinnerte sich an das Lachen seiner Eltern, als er sein Gesicht verzog. Sie hatten ihn nicht gewarnt. Er erinnerte sich, wie er am Ende mitlachte. Es war ein schöner Tag gewesen, der Beginn seiner andauernden Leidenschaft für die chinesische Küche.

Franck kannte die Bedeutung der Frühlingsrollen. Sie gehören traditionell zum chinesischen Neujahrsfest, an dem der

Beginn des Frühlings gefeiert wird. Dabei symbolisieren die Frühlingsrollen Seidenraupen, die zu dieser Zeit schlüpfen. Frühlingsrollen werden aber auch zum Qingming-Fest gegessen, an dem der Verstorbenen gedacht wird. Die Füllung soll ursprünglich aus Resten der Gemüseopfer bestanden haben, die den Verstorbenen dargebracht wurden.

Franck wurde bewusst, dass auf ihn beide Bedeutungen zutreffen konnten. Es war noch Frühling, aber es lag auch ein Hauch von Tod in der Luft. Die Angst legte sich wieder über seine Erinnerungen.

Vielleicht sollte er doch etwas essen. Ja, warum eigentlich nicht! Wenn es denn schon sein letzter Tag sein sollte, dann sollte er jede Sekunde ganz bewusst leben. Und noch einmal alles genießen, wenn es etwas zu genießen gab. Er schnitt ein Stück von der Teigrolle ab, nahm etwas von der Füllung, Sojabohnenkeime und Glasnudeln, auf die Gabel, tat Sambal Oelek dazu und führte es in den Mund.

Da war er wieder, dieser schöne, scharfe Geschmack. Aber da war noch etwas, etwas, das da nicht hingehörte. Es schmeckte nach Papier. Es war Papier. Franck verschluckte sich, es gelang ihm, das Papier herauszuwürgen und es in seiner linken Hand zu verbergen. Eine Frühlingsrolle war kein Glückskeks. Wenn hier ein Papier versteckt war, dann konnte das eine Botschaft sein. Eine Botschaft von seinem Bruder? Wie konnte er es anstellen, den Zettel zu lesen, ohne dass die Überwachungskameras davon etwas mitbekämen? Sich jetzt nur nichts anmerken lassen. Er hustete vor sich hin, trank einen Schluck Wasser, legte die linke Hand vor sich auf den Tisch und schob den Zettel unter den Teller mit der Frühlingsrolle. Geschafft! Zeit gewonnen! Franck schöpfte Hoffnung, dass es für ihn vielleicht doch noch einen Ausweg geben könnte.

Was wäre, wenn er mit der linken Hand versuchen würde, den Zettel für die Kameras zu verdecken? Er musste es versuchen. Zunächst aß er den Rest der Loempia auf, jetzt schmeckte sie erst so richtig gut. Dann schob er den Teller vorsichtig beiseite, sodass unter seiner linken Hand der Zettel frei wurde. Auf dem Zettel stand: »5:43«, nur diese drei Zahlen und ein Doppelpunkt. Eine Rechenaufgabe? Eine Uhrzeit? Wohl eher Letzteres. Franck nahm den Zettel auf und zerknüllte ihn in seiner linken Hand. Dann schob er den Vorspeisenteller ganz beiseite, nahm sich einen bereitstehenden großen Teller und bediente sich mit dem gebackenen Reis und den Saté-Stöckchen. Sogar eine Scheibe gekochten Schinkens und ein Spiegelei krönten das Gericht, ganz so, wie er es am liebsten aß. Mit dem nächsten Bissen schob er auch das Papier in den Mund und schlang es hinunter, was diesmal ohne Probleme gelang. Niemand sollte diese Botschaft entdecken.

5:43. Franck würde sich vorbereiten auf fünf Uhr dreiundvierzig. Siebzehn Minuten vor sechs Uhr morgen früh. 17, das war auch die Nummer an der Koch-Uniform seines Bruders. Die Frau von der Rezeption trug die 13. Alles Primzahlen. Wie jetzt auch die 5 und die 43. Also doch keine Uhrzeit, sondern ein Zahlenrätsel? Was einem nicht alles in den Sinn kam! Es war bestimmt eine Uhrzeit. Es war bestimmt die Zeit, in der sein Bruder ihm zu Hilfe kommen würde!

Die Lautsprecher an der Decke meldeten sich mit ihrem Knackton. Es war wieder die verzerrte Männerstimme, die erklang. »Ich sehe, dass es Ihnen doch geschmeckt hat. Sehr schön, ich bin mit Ihnen zufrieden, Herr von Franckenhorst.«

»Was wollen Sie von mir? Ich habe Ihnen nichts getan!«, rief Franck.

»Darauf kommt es nicht mehr an, Herr von Franckenhorst. Alle Entscheidungen sind gefallen. Wir benötigen Sie nicht mehr. Gestern waren Sie vielleicht noch gefährlich. Jetzt sind Sie nur noch überflüssig. Da ist es für unser Unternehmen günstiger, Sie freizustellen.«

»Sie, Sie überschätzen sich.«

»Ach, das ist ja interessant. Haben Sie die Nachricht Ihres Bruders also doch gefunden?«

»Welche Nachricht, was meinen Sie?«

»Werden Sie doch nicht so nervös, Herr von Franckenhorst.

Was spielt das denn für eine Rolle, ob Sie um sechs Uhr sterben oder um fünf Uhr dreiundvierzig? Das sind doch nur siebzehn Minuten Unterschied. Aber vielleicht stirbt es sich ja in Gemeinschaft mit Ihrem Bruder leichter? Ich werde sehen, ob ich da etwas arrangieren kann.«

Mit dem üblichen Knackgeräusch verschwand die Stimme wieder im Unfassbaren. Franck wollte schreien, aber er bekam keinen Ton heraus. Ihm wurde übel. Er hastete ins Badezimmer und übergab sich über der Toilettenschüssel. Mit dem Essen kam auch der Zettel heraus. Franck drückte auf den Spülknopf, mit dem Zettel verschwand seine Hoffnung.

SAMSTAG

Es war Mitternacht. Franck hatte noch fünf Stunden und dreiundvierzig Minuten zu leben. Er hatte begonnen, sich an diesen Gedanken zu gewöhnen. Er wollte in dieser Nacht nicht schlafen, sondern sein Leben noch einmal erleben. Sein Gedankenkino hatte ihm schon einiges vorgespielt, nicht nur sein erstes Nasi Goreng in Venlo.

Franck erinnerte sich an seine Mutter. Irgendwie hatte er immer das Gefühl, dass sie seine Geburt mehr als Pflicht denn als Erfüllung erlebt hatte. Mit Franck hatte sie Ferdinand den ersehnten männlichen Erben geschenkt. Was wäre mit ihr geschehen, wenn sie unfruchtbar gewesen wäre? Es gab in der Geschichte der von Franckenhorsts viele Anekdoten über die männlichen Erstgeborenen, und nicht selten tauchten in diesen Histörchen irgendwelche Mätressen auf. Mit Francks Geburt war Magda dieses Schicksal erspart geblieben. Aber hatte sie ihn jemals geliebt? Franck war eifersüchtig auf seinen Bruder, aber auch auf seine Schwester. Miriam. Wo mochte sie jetzt sein? Schwesterherz.

Franck erinnerte sich an seinen Vater. Als Franck vierzehn Jahre alt war, hatten Ferdinand und er einen gemeinsamen Urlaub gemacht. Ohne Mutter. Ohne die Geschwister. Der schönste Urlaub seines Lebens. In Ferdinands Mercedes Cabriolet waren sie nach Südfrankreich gefahren. Sein Vater hatte ihm die endlosen Blumenfelder der Provence gezeigt, aus deren Blüten Essenzen für ihre Parfüms gepresst wurden. Sie waren in Grasse, dem Zentrum der Parfümherstellung. Sie reisten weiter nach Monte Carlo und nach Nizza. In Nizza wohnten sie eine Woche lang im Hotel Negresco mit traumhaftem Blick aufs Meer. Franck entdeckte in diesem Urlaub die Frauen. Frankreichs Frauen waren sehr freizügig. Er konnte sich nicht satt daran sehen, wie sie sich oben ohne am Strand sonnten oder sich in die Wellen stürzten. Manche spielten oben ohne sogar Volleyball und Strandtennis. Niemand machte ihm Vorhaltungen, wenn er die hüpfenden Brüste bewunderte. Und es gab so viele unterschiedliche Brüste. Kleine, große, spitze, flache, weiße, rote, braune. Auch Ferdinand schien die Atmosphäre zu genießen.

Sie verbrachten viel Zeit mit einer Frau, die allein mit ihrer Tochter unterwegs war. Wie praktisch für Ferdinand, der erproben konnte, ob er als Frauenheld noch taugte. Wie lehrreich für Franck, der so zu einer Freundin kam. Sie hieß Marie und war zwei Jahre älter als er. Sie hatte schon Brüste. Kleine, weiße Brüste, die sie ohne Scheu seinen Blicken aussetzte und den Blicken der anderen. Marie genoss Francks Bewunderung, obwohl er natürlich viel zu jung für sie war und sie viel lieber nach den jungen Herren schaute. Marie war die Einzige, die mitbekam, wie das erotische Feuer in Franck zu lodern begann. Einmal am Strand, als es ganz schlimm war und er sich auf den Bauch legte, damit niemand seine Erektion sehen sollte, lachte sie ihn an, drehte ihn auf den Rücken, fasste in seine Badehose, massierte ihn ganz vorsichtig, bis er einen Samenerguss hatte. Dann nahm sie seine Hand und legte sie auf ihre Brüste. Einfach so.

Ach, Marie! Wäre er doch nur ein wenig älter gewesen. Dann hätte er in diesem Urlaub vielleicht noch viel mehr gelernt. Er hatte nie wieder ein Mädchen wie sie getroffen. Entjungfert wurde er erst mit neunzehn Jahren. Da wusste er schon, wie reich er war, und alle seine Freundinnen wussten es auch. Mit dem Bewusstsein des Reichtums hatte er seine Unschuld verloren, nicht mit seiner sexuellen Entjungferung. Marie war die Einzige, die es nicht auf sein Geld abgesehen hatte.

Und Fanny? Sie hatte sein Geld gern genommen. Er hatte es auch gern gegeben. Aber Fanny hatte die gleiche Lockerheit wie einst Marie. Diese Lebenslust. Wie mag es ihr jetzt ergehen? Gibt es ein Leben nach dem Tod? Würde er sie morgen wiedersehen? Würde sie ihm Vorwürfe machen? Würden sie sich vielleicht im Jenseits lieben?

Franck stellte das Radio an. Es erklang Mozarts Klarinettenkonzert. Der zweite Satz. Das vielleicht schönste Stück Musik, das jemals ein Mensch geschrieben hat. Sein Vater und er waren auf der Fahrt von Nizza nach Saint-Tropez, als er diese Töne zum ersten Mal gehört hatte. Die Wirkung war unbeschreiblich. Die atemberaubende Küstenstraße mit den roten Felsen, das blaue Meer, die strahlende Sonne, die himmlische Musik aus dem Autoradio, sein Vater, der stolz auf ihn war, seinen »Großen«. Er war Ferdinand nie wieder so nah wie in jenen drei Wochen, die sie ganz für sich hatten. Konnte es wirklich sein, dass sie nur sechzehn Jahre später zu erbitterten Feinden geworden waren, zu Todfeinden? Franck schossen Tränen in die Augen, als er sich bewusst wurde, dass er seinen Vater verloren hatte, obwohl beide noch lebten. Was hatte er falsch gemacht? Wo war der Bruch entstanden?

Sein Vater wollte, dass er genauso werden sollte wie er selbst. Was Ferdinand nie begriffen hatte: Franck war genauso wie sein Vater. Und deshalb hatte er alles darangesetzt, genau das Gegenteil von dem zu tun, was er erwartete. Wirtschaftswissenschaften studieren? Auf keinen Fall. Dann doch lieber Philosophie! Die hielt sein Vater nicht nur für überflüssig, sondern sogar für gefährlich. Dabei hatte schon Karl Marx geschrieben: Die Philosophen haben die Welt nur verschieden interpretiert, es kommt aber darauf an, sie zu verändern. »Junge, wenn du die Welt verändern willst, dann musst du Unternehmer sein«, hatte Ferdinand ihm eingebläut. Franck wollte nichts verändern. Sich nicht. Und die Welt schon gar nicht. Warum auch, es ging ihm doch gut.

Nein, es ging ihm nicht gut. Und jetzt schon gar nicht. Franck fühlte sich klein und elend. Dabei wollte er immer groß und stark sein. Vor allem stärker als sein Vater. Und stärker als sein Bruder.

Wo mochte Gunther sein? Diese eklige Geisterstimme hatte von ihm gesprochen. Und das hatte nicht freundlich geklungen, nicht so, als sei Gunther einer von ihnen. Und warum hätte er sich sonst auch in seine Suite gewagt und Franck damit gezeigt, dass er in der Nähe ist?

Sollte sein kleiner Bruder mehr Mut haben als er selbst? Was war er für ein Jammerlappen! Warum schmiedete er nicht endlich Fluchtpläne? Warum versuchte er nicht irgendetwas, um seine Lage zu verbessern? Was machte es für einen Sinn, vergangenen Träumen nachzuhängen, wenn in fünf Stunden sowieso alles vorbei war?

Franck, du Versager! Tu was! Du bist zu jung, um zu sterben. Oder bist du zu feige, um zu leben? Du warst diese Woche schon auf dem Friedhof, aber du bist auferstanden aus den Gräbern. Vier Wochen nach Ostern. Es ist Frühling. Deine Jahreszeit. Du bist gerade erst dreißig Jahre alt geworden. Dein Herbst ist noch nicht gekommen. Tu was!

Franck zog die Schuhe aus, stellte sie neben die Couch im Wohnzimmer. Auf Socken, um auf dem Holzparkett weniger Lärm zu machen, schlich er ins Schlafzimmer, löschte das Licht, tat so, als ginge er zu Bett. Dann begann er, sein Gefängnis nach Fluchtmöglichkeiten zu erforschen.

Wo sollte er anfangen? Die Fenster im Schlafzimmer gingen auf den Park. Könnte er Laken und Bettzeug zusammenbinden und sich an ihnen hinablassen? Er müsste mehr als zehn Meter überbrücken, das würde kaum reichen. Und wo sollte er die Laken festmachen? Vielleicht an dem altmodischen Heizkörper unter der Fensterbank. Was war im Stockwerk unter ihm? Andere Schlafzimmer, an denen er sich vorbeihangeln müsste? Wahrscheinlich. Da war die Gefahr groß, entdeckt zu werden. Trotzdem, sich aus dem Fenster abzuseilen wäre eine Möglichkeit. Aber vielleicht fand sich etwas Besseres.

Im Bad entdeckte er nichts, was ihm helfen konnte. Doch. Das Badetuch könnte er auch noch ans Laken knoten, dann würde seine Fluchtleiter ein wenig länger.

Was war mit dem Wohnzimmer? Franck schlich auf Zehenspitzen an die großen Fenster. Hier hätte er ähnliche Möglichkeiten, sich abzuseilen. Aber hier lauerten auch die gleichen Gefahren. Er konnte abstürzen. Er konnte entdeckt werden.

Vom Flur drang das Geräusch von Schritten an sein Ohr, leise Stimmen. Fand da gerade eine Art Wachwechsel vor seinem Zimmer statt? Oder kam man ihn schon abholen? Franck hielt den Atem an, obwohl der ihn sicher nicht verraten hätte. Es wurde wieder still draußen.

Auf der fernen Straße sah er die Lichter zweier Autos, die sich durch die Nacht bewegten und wieder verschwanden. Wenn er sich abseilen würde und bis zu dieser Straße käme, dann wäre er gerettet.

Franck untersuchte den Kamin. Könnte er wie Nikolaus durch den Schornstein verschwinden? Aber wohin? Aufs Dach und dann in einen fliegenden Schlitten mit Rentieren steigen? Oder sich von Engeln forttragen lassen? Er würde es nicht ausprobieren können. Der Abzug war ein kleines Rohr, durch die kaum eine Maus passte. Der Kamin funktionierte nicht mehr wie zur guten alten Zeit, sondern war nach modernsten Gesichtspunkten abgasoptimiert. Da war für Nikoläuse kein Platz mehr vorgesehen.

Franck ließ sich auf die Couch fallen, legte sich hin, den Kopf auf die eine, die Füße auf die andere Lehne. Er musste nachdenken. Sollte er den Fluchtversuch wagen, sich an den Bettlaken durch das Fenster nach unten abseilen? Es schien die einzige Chance. Er würde das Fenster im Schlafzimmer nehmen. Und die Laken am Heizkörper befestigen. Der würde sein Gewicht aushalten.

Oder sollte er bis zum Morgen warten? 5:43. Was würde um fünf Uhr dreiundvierzig passieren? Würde Gunther ihn dann befreien? Wie würde er das anstellen? Welche Chance hätte er? Das konnte doch gar nicht gelingen, seine Botschaft an ihn war ja verraten. Nein, er würde nicht bis fünf Uhr dreiundvierzig warten. Er würde vorher versuchen zu fliehen. Um drei Uhr nachts. Da waren bestimmt alle im Tiefschlaf. Ja. Drei Uhr. Das war die Zeit.

Franck lag auf der Couch und spielte die Flucht durch. Das Zusammenknoten der Laken und der Betttücher bekäme er schon hin. Er war Segler, hatte nicht nur bei der Prüfung seine gelernten Knoten vorführen müssen, sondern sie seitdem in der Praxis oft angewandt. Welche Knoten waren am besten geeignet? Das würde er spontan entscheiden, wenn er das Material in Händen fühlte. Gleichartiges Material könnte er anders verknoten als unterschiedliches. Er musste nur sehr sorgfältig vorgehen. Diese Knoten mussten halten.

Er erinnerte sich an den Tag, als er seinen Segelschein machte. Der Prüfer saß in einem kleinen Motorboot und beobachtete sein Boje-über-Bord-Manöver. Es klappte erst im zweiten Anlauf. Beim ersten Versuch hatte er seine Boje zwar auch gerettet, war aber – jedenfalls nach Ansicht des strengen Prüfers – nicht korrekt gegen den Wind aufgeschossen, sondern zu schräg an die Boje gesegelt. Nach dem zweiten Versuch kam der Prüfer mit seinem Motorboot an Francks Jolle, warf ihm ein Seil zu, sagte, er solle sie mit einem Palstek befestigen, er werde ihn ans Ufer schleppen, damit man dort die Knotenprüfung machen könne. Franck wusste, was ein Palstek ist. Aber er hatte ihn immer nur am Probeseil geübt. Jetzt war der Ernstfall da, wenn er den Palstek vermasselte, war wahrscheinlich die ganze Prüfung vermasselt. Ob sein Knoten wirklich ein korrekter Palstek war, wusste er nicht mehr. Aber der Knoten hielt, das Schleppmanöver gelang, die Prüfung war bestanden. Heute war eine andere Prüfung zu bestehen.

Franck musste handeln. Er würde sich nicht einfach abschlachten lassen. Er würde den Fluchtversuch wagen. Was konnte ihm Schlimmeres geschehen, als wieder gefangen zu werden? Na, und? Dann hätte sich gegenüber dem jetzigen Zustand nichts geändert. Aber er hätte es wenigstens versucht. Er hatte nichts zu verlieren.

Er sprang von der Couch auf, wollte Richtung Schlafzimmer und stolperte über seine Schuhe, die neben der Couch standen und die er übersehen hatte. Franck strauchelte, knallte gegen die Wand, die gab nach, und er steckte mit dem Kopf plötzlich in einem Schacht, der hinter einer Styroporabdeckung versteckt und nur übertapeziert war. Was war das? Ein stillgelegter Wäsche- oder Speisenaufzug? Er hatte so etwas schon einmal bei einer Schlossbesichtigung gesehen, da wurden die Speisen aus der tiefer liegenden Küche direkt in den Speisesaal des Königs hochgezogen.

Franck hielt den Atem an. Stille, absolute Stille. Hatte niemand seinen Sturz gehört? Ihm waren das brechende Styropor und die reißende Tapete wie Blitz und Donner vorgekommen.

Wo mochte der Schacht hinführen? Franck versuchte, vorsichtig die Maße zu ertasten. Es handelte sich um einen quadratischen oder leicht rechteckigen Schacht von höchstens fünfzig Zentimetern Breite. Groß genug, um hineinzuklettern und sich mit Armen und Beinen an den Wänden festklemmen zu können. Könnte er so nach unten entkommen? Und wo würde er landen? In einem Keller? In einer Küche? Wenn er nicht entkäme, vielleicht würde er ein Versteck finden, wo er vor seinen Mördern sicher wäre. Auf jeden Fall würde er Zeit gewinnen. Zeit zu leben. Er musste diese Gelegenheit nutzen.

Franck kletterte noch einmal zurück ins Zimmer. Nichts überstürzen. Überlegen, was er mitnehmen konnte. Eine Taschenlampe wäre nicht schlecht. Aber wo sollte er so etwas finden? Er durchsuchte systematisch alle Kommoden und Schränke. Nichts. Wenn er wenigstens noch sein Handy hätte, auch das hätte ihm ein wenig Licht spenden können. Aber das hatte dieser hinterlistige Kommissar Menden ja kassiert. Ob diese Warnung vor angeblicher Überwachung auch schon gelogen war? Alles nur ein abgekartetes Spiel? Er wollte es nicht glauben. Irgendwann, wenn er die Gelegenheit dazu noch bekommen sollte, würde er Menden fragen.

Die Suchaktion im Schlafzimmer war nicht erfolgreicher. Doch, da war was, in der Schublade seines Nachttisches, ein Wegwerffeuerzeug. Fast leer. Aber nur fast. Vielleicht würden ihm schon die Funken des Feuersteins ausreichen, etwas zu sehen. Er steckte er das Feuerzeug ein. Für alle Fälle.

Aus dem Badezimmer nahm er den Gürtel des weißen Bademantels mit. Er band seine Schuhe an je einem Ende fest und legte sich den Gürtel dann um den Hals. Er wollte barfuß in den Aufzugschacht klettern, um mit den Füßen die Wände besser zu spüren und besseren Halt zu haben.

Was konnte er noch brauchen? Eine Decke! Es war zwar immer noch frühlingsmild, selbst in der Nacht, aber man konnte ja nicht wissen.

Franck ging ins Wohnzimmer, die Schuhe um den Hals gebunden, die Decke auf den Armen. Aus dem Schacht kam ein leichter Windhauch, ansonsten Stille. Gespenstische Stille. Ob die Überwachungskameras ihn noch im Blick hatten oder in der Dunkelheit blind waren? Vielleicht liefen die Kameras, aber ihre Kontrolleure waren eingeschlafen? Er musste seine Chance nutzen. Jetzt. Je schneller, desto besser.

Franck nahm die Decke, warf sie in den Schacht. Er zählte die Sekunden, bis sie den Boden erreichte. Einundzwanzig, zweiundzwanzig, dreiund… ploff. Gut zweieinhalb Sekunden, nicht völlig freier Fall, sondern etwas gebremst. Das waren also sicher über zehn Meter. Er wusste, dass man im völlig freien Fall nach zwei Sekunden eine Geschwindigkeit von rund siebzig Kilometern in der Stunde erreichte. Das würde er nicht ohne Beinbruch überstehen. Es kam darauf an, dass er sich an der Mauer abstützen konnte und langsam nach unten rutschte. Ob er das mit seinem immer noch schmerzenden Bein schaffen würde?

Franck kletterte in den engen Aufzugschacht. An der linken Seitenwand ertastete er einen Haken, groß genug, um sich an ihm festzuhalten. Er schaffte es, sich zwischen den Wänden festzuklemmen. Der Schacht war so eng, dass er seine Oberarme und seine Oberschenkel nur etwas ausfahren musste. Mit seinem gesunden rechten Bein suchte Franck nach weiteren Haken, auf die er sich abstützen könnte. Tatsächlich fand er Halt, diese segensreichen Haken gab es regelmäßig im Abstand von nur einem halben Meter. Was für ein Glück! Franck versuchte, sich etwas zu drehen, um sich an den Haken mehr oder weniger hinabzuhangeln. Es gelang. Der Abstieg konnte beginnen.

Die ersten ein, zwei Meter waren schnell geschafft. Es ging viel leichter, als Franck erwartet hatte. Selbst die Dunkelheit schreckte ihn nicht mehr. Franck wusste, dass er bald die nächste Etage erreicht hatte. Wenn hier der Schacht genau wie oben nur mit Styropor und Tapete abgedichtet war, dann musste er sehr, sehr leise sein, um nicht gehört zu werden. Er hoffte, dass sich zu dieser Nachtzeit niemand im Wohnzimmer aufhielt. Und er hoffte, dass die Raumaufteilung auf allen Etagen gleich wäre.

Franck klemmte sich fest, wollte sich etwas ausruhen. Seine Oberarme schmerzten. Er stützte sich mit einem Fuß ab und drückte den Rücken gegen die Wand, so ließ es sich eine Zeit lang aushalten. Totenstille. Durch den Aufzugschacht ging wieder der leise Luftzug, als atme dieses alte Haus.

Nach vielleicht fünf Minuten setzte er seine Flucht in den Abgrund fort. Haken für Haken, halben Meter für halben Meter kam er voran. Es schien, als könne er den Grund schon sehen. Noch sechs, sieben Meter, dann hätte er es geschafft. Die Aussicht auf die bevorstehende Rettung beflügelte ihn.

Er beschleunigte seinen Abstieg, ohne seine Achtsamkeit aufzugeben. Er kam in einen guten Rhythmus: Bein auf den Haken stellen, mit Schulter und Armen an der gegenüberliegenden Wand abstützen, mit der Hand den nächst tiefer liegenden Haken fassen, sich herablassen, mit dem Fuß den nächsten Haken suchen und alles wieder von vorn. Franck vervollkommnete seine Technik mit jedem Schritt.

Aber dann geschah es. Sein Fuß fand keinen Halt mehr. Er hatte zwar einen Haken getroffen, den Fuß aufgesetzt, aber der Haken brach krachend aus dem Mauerwerk. Franck stürzte in die Tiefe, er schaffte es nicht, sich mit der Hand am oberen Haken festzuhalten, es ging abwärts, ungebremst und laut. Er musste etwas tun. Er drückte seine Oberschenkel auseinander, um die Reibung zu erhöhen und die Geschwindigkeit zu verlangsamen. Er riss sich die Hose auf, aber er wurde langsamer. Und endlich spürte sein Fuß auch wieder einen Haken, auf dem er sich abstützen konnte. Franck schaffte es, völlig zum Stillstand zu kommen und sich noch einmal auszuruhen.

Er horchte in das Haus hinein. Es schien ihm, als hörte er Stimmen. Ja, es waren Stimmen. Sie kamen von oben. Hatte er seine Bewacher aufgeweckt? Oder war es schon so früh am Morgen, dass sie ohnehin ihren Schlaf beendet hatten? Fertig machen zum Erschießungskommando?

Er hielt den Atem an. Sekundenlang. Minutenlang. Seine Flucht war wohl doch nicht bemerkt worden, sonst wären die Stimmen oben aufgeregter gewesen. Nein, das klang eher nach zwei Stimmen, die schlaftrunken den neuen Tag begrüßten. Keine direkte Gefahr, aber er musste vorsichtiger sein.

Franck schaute in die Tiefe. Der Schacht wurde von unten her etwas heller. Möglicherweise endete er in einem Raum mit Fenstern nach draußen, wo die Nacht zu Ende war und der Tag begonnen hatte. Das Licht würde ihm die Orientierung im Gelände erleichtern, leider würde es auch seinen Jägern dabei helfen, ihn zu entdecken. Er sollte sich beeilen.

Das letzte Stück seines Abstiegs bewältigte Franck ohne Probleme. Der Schacht mündete in einen Kellerraum, der mal eine Waschküche gewesen war zu einer Zeit, als es noch keine elektrischen Waschmaschinen gab. Zwei große gemauerte und geflieste Becken dominierten den Raum. Er kletterte auf den Rand des hinteren Beckens und konnte so an das Kellerfenster heran. Es ließ sich leicht öffnen, die Öffnung war groß genug, dass er hindurchschlüpfen konnte.

Franck kletterte aus dem Keller mitten hinein in ein Gebüsch, das ihm Schutz vor neugierigen Blicken bot. Die Sonne war noch nicht aufgegangen, aber der Himmel im Osten hellte sich schon auf. Franck zog sich die Schuhe an, um besser über Felder und Wiesen laufen zu können. Er hatte nicht an Strümpfe gedacht. Seine Füße waren blutverschmiert.

Er schaute auf die Uhr, es war ziemlich genau fünf Uhr. In dreiundvierzig Minuten würde vermutlich das geschehen, was sein Bruder Gunther angedeutet hatte. In einer Stunde, um sechs Uhr, sollte er seinem Erschießungskommando gegenüberstehen. Wie lange vor der Exekution würden ihn seine Wächter wecken? Franck spürte, dass es jeden Augenblick so weit sein könnte. Er sollte außer Sicht- und Reichweite sein. Er nahm sich ein Herz, und er lief los. Er lief und lief, er sprang über einen Zaun, er watete durch einen Bach, bis er außer Atem eine Straße erreichte. Vielleicht war es die Straße, die er von seinem Zimmer aus gesehen hatte. Franck versteckte sich hinter einer Baumgruppe und schaute zurück auf sein Gefängnis. Was er sah, war tatsächlich ein Schloss. Es erinnerte ihn an ein Gut der von Franckenhorsts, das die Vorfahren der Familie einst im Baltikum besessen hatten. Zwischen dem Schloss und ihm lag inzwischen eine sichere Entfernung von gut einem Kilometer. Sie würden ihn nicht mehr kriegen. Aber würde er sie kriegen? Ja, schwor er sich, er würde sie kriegen. Einen nach dem anderen.

Die ersten Sonnenstrahlen kletterten über die Hügel. Franck legte sich abseits der Straße auf ein Stück Wiese. Von dort hatte er einen freien Blick auf das Schloss und auf die Straße. Wann würde seine Flucht entdeckt? Würde man ihn verfolgen? Ja, natürlich würde man ihn verfolgen. Und Franck begriff plötzlich, wie leicht das wäre. In seinem Wohnzimmer stand der Durchbruch in den Aufzugschacht offen, im Keller würde man das offene Fenster entdecken. Vor dem Haus würde man seine Spuren im Gras finden und ihnen mühelos folgen können. Vielleicht hörte er nur deswegen nichts, weil sie längst auf der Pirsch nach ihm waren?

Franck schaute auf seine Swatch. Gleich war es fünf Uhr dreiundvierzig. Er stand auf, suchte einen Baum als Schutz und fixierte das Schloss. Was dann geschah, war gewaltig: Ein gigantischer Blitz schlug aus dem Dach des Schlosses, drei Sekunden später hörte Franck einen Donner, das Schloss schien vor seinen Augen zu explodieren, Qualm und Rauch verdunkelten den Blick, Flammen schlugen aus dem Dachstuhl. Ein großes Loch klaffte im Mauerwerk der obersten Etage. War die Explosion in dem Zimmer ausgelöst worden, in dem er gefangen gehalten worden war? Franck war sich nicht sicher.

Nachdem sich der Rauch gelegt hatte, sah er, dass nur eine Hälfte des Schlosses beschädigt war, die andere Hälfte stand nahezu unversehrt.

Aus der Ferne ertönten Glocken und Alarmsirenen. Es dauerte keine fünf Minuten, bis drei Feuerwehrfahrzeuge und ein Notarztwagen an ihm vorbei Richtung Schloss rasten. Wenig später folgten zwei Polizeiautos, denen wieder ein blauer Mini mit Kölner Kennzeichen folgte, den Franck kannte: Es war der Wagen seiner Schwester. Franck sprang auf die Straße. Miriam saß tatsächlich am Steuer. Wie kam sie hierher? Sie stieg hart in die Eisen und hätte ihn fast überfahren, geriet ins Schleudern, fing den kleinen Flitzer aber ab und kam nach dreißig Metern zum Stehen. Neben ihr saß Christina Brandt.

Die beiden Frauen stiegen aus, Miriam lief ihrem Bruder entgegen und fiel ihm um den Hals. »Franck, Franck, Franck«, sagte sie immer aufs Neue, als wäre sein Name eine Beschwörungsformel, die sie aufsagen müsste, um ihn lebendig zu sehen. Irgendwann sagte sie nichts mehr, schluchzte nur und lehnte sich an seine Schulter.

»Schwesterherz«, sagte Franck, »ich bin so froh.«

Christina trat zu den beiden, legte ihre Arme um das Geschwisterpaar, und auch sie sagte nur: »Franck, Franck, Franck!«

Mit der trauten Dreisamkeit war es schnell vorbei. Ein klappriger Ford Taunus, der zwanzig Jahre auf dem Buckel haben musste, hielt bei ihnen. Das war Dr. Bitterles Auto, der Britta und Jean mitbrachte. Als Jean Franck erkannte, hüpfte er auf ihn zu und umarmte ihn fast so überschwänglich wie die Frauen zuvor. Und auch Jean brachte nur drei Worte heraus: »Franck. Franck. Franck.«

Hinter dem Taunus stoppte ein Opel Vectra mit Kommissar Menden. Was machte Menden hier, dieser Verräter? War Francks Freiheit schon wieder verloren, weil der Bulle jetzt seinen Haftbefehl zum zweiten Mal vollstrecken würde? Das konnte doch wohl nicht wahr sein. Menden kam auf Franck zu.

»Lassen Sie mich in Ruhe!«, rief Franck. »Es hat nicht viel gefehlt, und ich wäre tot. Und Sie hätten mich auf dem Gewissen.«

Menden ließ sich nicht abweisen. »Herr von Franckenhorst, der Haftbefehl gegen Sie ist aufgehoben. Ich bin hier, um Ihnen zu helfen.«

»Auf Ihre Art Hilfe kann ich verzichten.«

»Das können wir später besprechen. Jetzt brauche ich Sie. Sie waren im Schloss. Sie müssen uns helfen, die Gangster zu stellen.«

»Ich bin mir ziemlich sicher, dass die angeblichen Polizisten, die mich aus dem Dom-Hotel abgeführt haben, in Wirklichkeit irgendwelche Geschäftsleute aus Luxemburg sind. Dieselben Männer, die ich bei meinen Eltern zu Hause in Marienburg gesehen habe. Mit den silbernen Mercedes-S-Klasse Coupés.«

»Ja, da haben Sie recht«, sagte Menden. »Das waren keine Polizisten. Die haben Sie gekidnappt, vor den Augen der Polizei. Bitte, tun Sie mir den Gefallen und erzählen Sie das niemandem.«

»Was heißt vor den Augen der Polizei? Sie selbst haben mir was von einem Haftbefehl wegen Mordverdachts erzählt. Und Anführer war der Polizeipräsident. Was ist mit dem? Steckt der mit den Gangstern unter einer Decke?«

»Ich verstehe, dass Sie diesen Verdacht haben. Das muss noch im Detail untersucht werden. Es sieht aber so aus, dass Ihr Vater das eingefädelt hat.«

»Mein Vater?«, fragte Franck.

»Ja, Ihr Vater. Er hat Herrn Klaus, den Polizeipräsidenten, angerufen. Und er hat ihn gebeten, für Ihre Verhaftung zu sorgen und damit sicherzustellen, dass alles nicht an die große Glocke gehängt wird. Der Fall sollte diskret behandelt werden.«

»Und den Polizeipräsidenten von Köln kann man einfach so anrufen und um Verhaftung eines unliebsamen Sohnes bei größtmöglicher Diskretion bitten?«

»Ihr Vater ist nicht irgendwer. Ihr Vater hatte vorher den

Landesinnenminister alarmiert. Und auch der Herr Minister empfahl dem Polizeipräsidenten, so zu verfahren, wie Ihr Vater es vorgeschlagen hatte.«

»Schöne Bande, alle zusammen«, fluchte Jean.

»Aber das erklärt immer noch nicht, warum Ihr Polizeipräsident mit falschen Polizisten aufgetaucht ist.«

»Der Herr Polizeipräsident sagt, ihm seien die beiden Männer vom Minister als Spezialkräfte aus Düsseldorf angekündigt worden, die für solche Fälle besonders ausgebildet wären. Sollte er dem Minister misstrauen?«

»Ja, das sollte er«, sagte Franck. »Wenn nicht er selbst mit ihnen unter einer Decke steckte, dann doch wohl der Minister.«

»Sie sollten nicht vergessen, welche Rolle Ihr Vater gespielt hat.«

»Das vergesse ich schon nicht. Aber welche Rolle darf er denn spielen? Für den kleinen Bürger der kleine Bezirkspolizist? Für den Besserverdiener mit Einfluss der Polizeipräsident? Für die Milliardäre ein Minister? Wem gehört dieser Staat eigentlich? Und die Polizei?«

Jean mischte sich ein. »Jetzt hört endlich auf, euch zu streiten. Dazu ist jetzt keine Zeit. Herr Kommissar, wenn Sie jetzt mal klar und deutlich sagen könnten, was hier Ihrer Meinung nach los ist. Dann soll Franck berichten, was er weiß, und dann sollten wir losschlagen.«

»Wir gehen davon aus, dass auf dem Schloss die drei Männer aus Liechtenstein sind, die Heuschrecken«, erklärte Menden. »Dazu kommen die beiden Kleiderschränke, wie Herr von Franckenhorst sie zu nennen pflegte. Und möglicherweise noch ein paar Helfer und Helfershelfer.«

»Was haben die eigentlich mit dem Fall zu tun?«

»Es sieht so aus, als hätte Ihr Vater mit denen verbotene Geschäfte gemacht. Steuerhinterziehung, Untreue, Betrug, ich könnte Ihnen da eine schöne lange Liste aufzählen.«

»Und was habe ich mit dem allen zu tun? Und warum wurde Fanny umgebracht?«

»Nun, Sie waren dabei, der Affäre auf die Spur zu kommen. Sie hatten instinktiv die richtigen Rechnungen ausgewählt.«

»Das war nicht instinktiv. Ich hatte schon lange so ein Gefühl. Ich hatte Franck entsprechende Hinweise gegeben«, sagte Miriam.

»Ja, das stimmt. Und dass wir die Autos mit den Luxemburger Kennzeichen in Marienburg gesehen haben, hat uns auf eine konkrete Fährte gebracht«, sagte Franck. »Aber warum der Mord an Fanny?«

»Vielleicht eine Warnung an Sie? Sie sollten aufhören mit Ihren Schnüffeleien.«

»Ich hatte doch aufgehört. Ich war nach der Schlägerei doch auf dem Friedhof Melaten.«

»Aber Sie hatten die Fotos der Rechnungen.«

»Ja, die hatte ich vergessen. Aber warum wurde ich am Ende aus dem Dom-Hotel entführt? Wollten die mich wirklich umbringen?«

»Ich denke, die ganze Geschichte geriet außer Kontrolle. Vergessen Sie nicht, dass Ihr Vater selbst diese Aktion eingefädelt hat.«

»Meinem Vater käme mein Tod wahrscheinlich gar nicht so ungelegen. Und meinem Bruder auch nicht. Gunther, Gunther ist übrigens auf dem Schloss. Als Koch verkleidet hat er mir eine Nachricht hinterlassen – 5:43.«

Und dann erzählte Franck, was er auf dem Schloss erlebt hatte, wie er zufällig den Aufzugschacht entdeckte, wie er fliehen konnte, wie dann um fünf Uhr dreiundvierzig das Dach des Schlosses explodierte.

Menden hörte aufmerksam zu, machte sich ein paar Notizen. »Das deckt sich alles weitgehend mit unseren Erkenntnissen. Das Schloss gehört einer Firmengruppe, die mit der TRNSFR-AG verflochten ist. Ihr Bruder hat seit Längerem einen Beratervertrag mit der TRNSFR-AG, er ist einer der in Deutschland tätigen Steuerberater dieser internationalen Investorengruppe.«

»Sie wollen sagen, mein Bruder steckt hinter dieser ganzen Affäre?«

»Ihr Bruder hat ganz sicher den engsten Kontakt zu diesen Herren aus Luxemburg, da sind wir ganz sicher«, sagte Menden.

»Aber heute Nacht im Schloss, da war er nur eine Nummer, Nummer 17. Da wirkte er überhaupt nicht wie irgendjemand, der etwas zu sagen hatte. Und später die Männerstimme aus den Überwachungskameras, diese Männerstimme wusste, dass Gunther mir eine Nachricht zukommen ließ. Ich glaube nicht, dass Gunther mit denen gemeinsame Sache gemacht hat.«

»Es mag ja sein, dass sich da in den letzten Stunden etwas geändert hat. Aber wir haben Beweise, dass Ihr Bruder seit mindestens zwei Jahren Geschäftsbeziehungen mit der TRNSFR-AG unterhält. Ich verstehe, dass Sie Ihren Bruder in Schutz nehmen wollen, aber da wird einiges aufzuarbeiten sein.«

»Er hat mich gewarnt. Er hat mich eindeutig gewarnt. Ich denke, er hat mir die Zeit der Explosion genannt, damit ich die Aufregung nutzen sollte, zu fliehen.«

»Ja, das kann so gewesen sein. Wir hatten auf der 110 eine Warnung, dass um fünf Uhr dreiundvierzig hier auf dem Schloss eine Bombe hochgehen sollte. Deshalb waren die Polizei und die Feuerwehr auch so schnell vor Ort. Der Anrufer könnte Ihr Bruder gewesen sein. Vielleicht hat er ja auch selbst die Explosion ausgelöst. Ja, vielleicht wollte er Sie retten. Vielleicht wollte er aussteigen, als die Gangster beschlossen hatten, Sie nicht nur zu verprügeln, sondern Sie umzubringen.«

»Glauben Sie, die hätten mich wirklich erschossen?«

»Die Schläger, die von Ihnen sogenannten Kleiderschränke, haben noch nie jemanden getötet. Die schlagen zu. Auch mal etwas zu feste. Aber sie töten nicht. Das hätten die feinen Herren schon selbst erledigen müssen.«

»Oder Gunther!«, sagte Miriam plötzlich.

»Wie meinst du das?«, fragte Franck.

»Sie wollten Gunther zwingen, dich zu erschießen. Der Bruder sollte den eigenen Bruder umbringen. Und da gingen ihm die Augen auf, da entschloss er sich auszusteigen. Dich zu warnen, dich zu retten«, fuhr Miriam fort.

»Wenn du recht hast, und ich glaube, du hast recht, dann ist er selbst in höchster Gefahr«, sagte Franck. »Wir müssen etwas tun! Herr Kommissar, was haben Sie für einen Plan? Haben Sie überhaupt einen Plan?«

»Wir haben das Gelände um das Schloss weiträumig abgesperrt. Da kommt niemand ohne Kontrolle durch. Die sitzen alle in der Falle. Wir können die Schlinge Stück für Stück enger ziehen. Insgesamt stehen mir ein Dutzend Einsatzwagen zur Verfügung. Wenn die Feuerwehr ihren Job getan hat, dann können wir losschlagen.«

»Wer soll hier losschlagen?«, sagte Jean. »Diesmal lassen wir uns nicht wieder von der Polizei abhängen. Diesmal sind wir dabei.«

»Sie, Sie wollen mit aufs Schloss?«, fragte Menden ungläubig.

»Ja. Unbedingt. Damit Sie nicht wieder alles vermasseln. Außerdem waren wir noch vor Ihnen hier, das müssen Sie zugeben.«

»Stimmt. Wieso eigentlich? Wieso wussten Sie, was hier los ist?«, fragte der Kommissar.

»Ach, wissen Sie, Herr Menden. Ein Anruf bei Sabine, Sabine vom Brüsseler Platz, und alle Taxifahrer waren alarmiert. Meinen Sie, ich ließe mir meinen Freund so einfach entführen? Und dann auch noch durch die Polizei? Meinen besten Freund!«

Der Sturm auf das Schloss verlief viel einfacher als befürchtet. Die drei Herren aus Luxemburg kamen der Polizei wie begossene Pudel entgegen. Die Gruppe war in das Löschwasser der Feuerwehr geraten. Der Senior fand als Erster seine Haltung wieder und begrüßte Menden freundlich.

»Ein Glück, Herr Kommissar, dass Sie hier sind. Sie müssen uns helfen. Hier sind irgendwelche Gangster am Werke.«

Jean stand auf seinen Krücken neben Menden, damit der

Polizist nicht wieder irgendein mieses Spiel treiben könnte. Das Misstrauen gegen die »Bullen« saß tief. Aber Menden dachte gar nicht daran, sich von den Geschäftsleuten einlullen zu lassen.

»Sie sagen«, ergriff Menden das Wort, »hier seien irgendwelche Gangster am Werke. Sie haben ja so recht. Und deshalb möchte ich sicherstellen, dass Sie der Polizei zur Aufklärung dieser Vorgänge zur Verfügung stehen.«

»Natürlich, sehr gerne«, sagte der Senior, »hier ist meine Karte mit meinen Kontaktdaten.«

Der Senior überreichte Menden eine Visitenkarte, die der interessiert betrachtete. »Dr. h.c. Joachim Gründler, TRNSFR-AG, Chief Executive Officer, Luxemburg.« Menden las das laut und deutlich vor, und der »Chief Executive Officer« klang bei ihm wie »Schief Exekutions-Offizier«. Franck fand, dass diese Bezeichnung sehr genau auf diesen Dr. Gründler passte: Exekutions-Offizier – eiskalt und zum Töten bereit. Den würde Menden doch wohl nicht laufen lassen?

Der Kommissar wandte sich an den Senior. »Herr Dr. Gründler, danke für die Karte. Aber ich werde Sie und Ihre Begleitung doch lieber sofort in Polizeigewahrsam nehmen. Dann ersparen wir uns beide die Mühe, einen passenden Termin zu finden. Und, damit wir uns nicht missverstehen: Sie drei sind vorläufig festgenommen. Ein Grund ist Fluchtgefahr. Gegen Sie besteht dringender Tatverdacht der Nötigung, der Steuerhinterziehung, der Anstiftung zum Mord.«

Auf Mendens Signal nahmen seine Beamten die drei fest und verfrachteten sie in Richtung dreier verschiedener Streifenwagen. Gründler und seine Männer ließen sich ohne körperliche Gegenwehr abführen. Aber man sah dem Senior an, dass er noch etwas ausheckte.

»Darf ich telefonieren?«, fragte er.

»Ja, Sie können einen Anwalt informieren. Mehr kann ich im Augenblick nicht zugestehen. Verdunklungsgefahr.«

»Müssen das hier alle mithören, oder darf ich mich für das Telefonat etwas zurückziehen?«, fragte der Senior.

»Es reicht, wenn ein Beamter in der Nähe ist.«

Dr. Gründler machte Anstalten, sich abseits der drei Streifenwagen zu postieren. Jean beäugte die Szene misstrauisch. Franck folgte Dr. Gründler, um in der Nähe zu sein, falls irgendetwas Unvorhergesehenes passieren sollte. Er hörte, wie Dr. Gründler sagte: »Dr. August, bitte. Gründler hier.« Dann senkte der Senior seinen Ton, sodass Franck nicht weiter verstehen konnte, was gesprochen wurde. Aber das Wichtigste hatte er mitbekommen: Dr. August also, der Anwalt seines Vaters, war auch der Anwalt dieser fiesen Heuschrecke.

Einer von Dr. Gründlers Begleitern riss sich von seinem Bewacher los und wollte fliehen. Jean hatte das geahnt, er rammte dem Gangster sein Bein so vor das Knie, dass der im hohen Bogen auf die Nase fiel. Und schneller, als der überhaupt spürte, was los war, sprang Jean auf ihn drauf und ließ ihn nicht entkommen.

Der Fluchtversuch war für Menden das Signal, seinen Ton zu verschärfen. »Handschellen. Alle drei. Und ab mit ihnen ins Präsidium. Einzelzimmer. Ich will nicht, dass die drei sich absprechen können, bevor ich sie vernommen habe.«

Fehlten noch die beiden Schlägertypen, und vor allem fehlte noch Gunther. Wo mochte er sein? Lebte er noch? War er Gefangener der Gangster?

Der Brand war gelöscht. Die Explosion hatte ein großes Loch in das Dach des alten Hauses gerissen. Der Explosionsherd war vermutlich in einem der Zimmer im zweiten Stock. Franck war sich sicher, dass es nicht das Zimmer war, in dem er gefangen gewesen war. Die Explosion hätte ihn wahrscheinlich nicht verletzt.

Vor dem Hauseingang stand die Frau von der Rezeption, Nummer 13. Sie war unverletzt. Sie erkannte Franck und begrüßte ihn freundlich: »Guten Morgen, Herr von Franckenhorst. Ich bin froh, Sie bei guter Gesundheit anzutreffen. Nach allem, was heute Nacht passiert ist.«

»Wo, wo ist der Koch von gestern Abend?«, fragte er.

»Sie meinen Ihren Bruder?«

»Sie wussten, dass er mein Bruder ist?«

»Ich weiß es jetzt. Gestern Abend wusste ich es noch nicht.«

»Und, wo ist er jetzt?«

»Er wird noch vermisst. Er und noch zwei Männer. Alle anderen, die im Haus waren, sind wohlauf.«

»Wer sind die beiden anderen Männer?«, fragte Franck.

»Unangenehme Typen. Passen eigentlich nicht in ein Haus wie das hier. Aber sie sind wohl mit Dr. Gründler bekannt. Erledigen für ihn schon mal Botenfahrten oder so etwas. Ich hatte zum Glück wenig Kontakt mit ihnen. Die waren so, so laut, so zudringlich.«

Franck war sicher, dass es sich um die beiden noch flüchtigen »Kleiderschränke« handeln musste, die ihn verprügelt hatten. Wie sollte er mit Frau Nummer 13 umgehen, konnte man sie einfach so laufen lassen? Wohl kaum. Franck ging zu Menden, erzählte ihm von seiner nächtlichen Bewacherin. Menden ließ Nummer 13 festnehmen. Langsam wurden die Plätze in den Polizeiautos knapp, aber die Frau machte keinerlei Anstalten, sich zu wehren. Sie schien nur erleichtert zu sein, dass dieser Spuk vorüber war.

Der Einsatzleiter der Feuerwehr teilte mit, dass der Brand völlig gelöscht sei und dass die Polizei jetzt ihre Ermittlungen aufnehmen könne. Das Haus sei geräumt, man habe keine Personen angetroffen. Es bestehe keine besondere Gefahr mehr, lediglich direkt im zweiten Stock, wo der Brand mit großer Sicherheit ausgebrochen sei, müsse man vorsichtig sein, da seien einige Wände so stark beschädigt, dass akute Einsturzgefahr bestehe.

»Wir müssen Gunther finden«, sagte Franck. »Er muss da irgendwo sein. Und diese Schlägertypen müssen wir auch finden.«

»Nichts überstürzen, Herr von Franckenhorst«, sagte Menden. »Ich schlage vor, dass erst mal die Spurensicherung in das Schloss hineingeht. Nach der Explosion und dem Feuerwehreinsatz wird es schwierig genug sein, verwertbare Spuren zu finden. Außerdem würde ich gerne die Umgebung gründlich absuchen lassen, ob sich da nicht noch irgendjemand versteckt hat. Vielleicht finden wir da auch noch andere Spuren.«

Menden erteilte seine Anweisungen. Dann sagte er zu Franck: »Kommen Sie, ich möchte, dass Sie mir zeigen, wo Sie entkommen sind.«

Franck willigte ein. Jean hatte keine Lust, den beschwerlichen Weg mitzumachen. »Ich bleibe hier am Haupteingang und passe auf, dass sich hier keiner unerlaubt vom Acker macht.«

Britta und Dr. Bitterle stimmten ihm zu.

Miriam und Christina wollten bei Franck und Menden bleiben. Der Kommissar legte seine Hand um Miriams Schulter. »Polizeischutz. Damit Ihnen nichts passiert.« Francks Schwester ließ es sich gefallen.

Franck schaute Christina an. Sollte er auch? Während er noch zögerte, reichte sie ihm ihre Hand. Und plötzlich gingen Franck und Christina Hand in Hand hinter Menden und Miriam her. Zwei Pärchen vor einem Schloss. Unter anderen Umständen eine sehr romantische Szene.

Der Rasen um das alte Gebäude war mehr eine Wiese. Richtig gepflegt wirkte er nur im direkten Einzugsbereich der Einfahrt und des Haupteingangs. Ansonsten hatten die Schlossherren der Natur freien Lauf gelassen. Franck entdeckte das Kellerfenster, durch das er entkommen war. Seine Fußspuren waren deutlich zu sehen, das Gras hatte sich noch nicht wieder vollständig aufgerichtet.

Menden drückte die Zweige des Gebüschs zur Seite, um einen Blick durch das Kellerfenster zu werfen. Dann schreckte er zurück.

»Was ist?«, fragte Franck.

Menden antwortete nicht. Er nahm ein Funkgerät. »Alle mal herhören. Bitte sofort drei Mann in den Keller des Ostflügels. Und einen Notarzt.«

Menden sah erst Miriam, dann Franck an, und dann deutete er auf das Kellerfenster: »Ihr Bruder?«

Franck drängte sich an dem Beamten vorbei, um einen Blick in den Kellerraum zu werfen. Was er sah, ließ sein Herz erstarren: Gunther lag leblos in einem der gemauerten Waschbecken. Sein Kopf war völlig verrußt, die Haare waren versengt. Der Teil des linken Armes und die linke Hand, die man sehen konnte, waren schwarz und blutverschmiert.

Franck kletterte durch das Kellerfenster, nahm die Hand seines Bruders. »Er, er lebt noch. Er atmet. Ich kann seinen Puls fühlen. Schnell, Hilfe!«

Menden war hinter Franck in den Keller geklettert. »Ich habe einen Arzt alarmiert. Muss jeden Moment hier sein.«

Franck wollte seinen Bruder aus dem Waschzuber hieven, aber Menden hinderte ihn daran. »Bitte, nichts überstürzen. Sie wissen doch gar nicht, wie schwer verletzt Ihr Bruder ist. Wenn Sie ihm helfen wollen, dann lassen Sie den Arzt und die Sanitäter die Bergung übernehmen.«

Franck beugte sich zu seinem Bruder hinab, hauchte ihm einen Kuss auf die versengte Stirn. »Ich glaube, er hat mich gespürt. Ich glaube, er weiß, dass wir hier sind. Gunther, du musst leben. Du musst mir versprechen, dass du lebst.«

Inzwischen waren auch Miriam und Christina in dem dunklen Kellerraum. Miriam brach in Tränen aus, als sie ihren leblosen Bruder sah. Als der Notarzt erschien, mussten Franck und Miriam zurücktreten. Christina nahm Francks Hand.

Der Arzt untersuchte Gunther. »Sein Herztöne sind sehr schwach.« Zwei Sanitäter halfen, den Körper vorsichtig umzudrehen. Da, wo Gunthers rechte Hand sein sollte, war nur ein blutiger Stumpf. »Ich fürchte, Ihr Bruder hat einen Sprengsatz gezündet und ihn bis zuletzt in der Hand gehalten«, sagte der Arzt zu Franck, der den Anblick kaum aushalten konnte.

»Er wollte mir das Leben retten«, sagte Franck. »Er wollte, dass ich fliehen konnte. Und dafür hat er sich in die Luft gesprengt.«

Gunther wurde abtransportiert, die Sanitäter und der Notarzt wollten mit ihm auf schnellstem Wege ins Krankenhaus.

Menden übernahm das Kommando. »Ich muss Sie alle bitten, diesen Keller zu verlassen. Wir müssen versuchen, Spuren zu sichern. Und Sie, Herr von Franckenhorst, Sie könnten mich begleiten und mir zeigen, wo Sie gefangen waren.«

Miriam und Christina protestierten, sie wollten sich nicht einfach wegschicken lassen. Menden war schließlich einverstanden, dass die beiden Frauen sie begleiteten.

Franck entdeckte den Schacht, durch den er hinabgeklettert war. »Genau hier drüber war mein Versteck. Es muss ganz oben sein, meiner Ansicht nach im zweiten Stock.«

Gleich hinter der Kellertür führte eine Wendeltreppe nach oben. Franck hetzte die Stufen geradezu hoch. Eine Tür öffnete sich auf den Flur, den er aus seinem Gefängnis ja nur ganz kurz gesehen hatte. Seine »Gefangenensuite« wurde durch einen Polizisten bewacht: »Sie können hier jetzt nicht rein. Wir sind mit den Untersuchungen noch nicht fertig.«

Menden kam mit Miriam und Christina nach. »Hier, hier war es. Hier war ich gefangen«, sagte Franck.

Der Kommissar verschaffte sich Zutritt, winkte kurze Zeit später auch Franck und die beiden Frauen herein. Das Loch, das Franck in die Wand gestolpert hatte, klaffte groß neben dem Kamin.

»Sie haben ziemliches Glück gehabt, dass Sie da rausgekommen sind«, sagte Menden.

»Ja, ich weiß«, sagte Franck.

Einer der Polizeibeamten rief den Kommissar. »Menden, das müssen Sie sich ansehen. Mikrophone. Kameras. Das Beste vom Besten. Hier wurde an nichts gespart.«

»Finden Sie den Kontrollraum. Irgendwo muss es eine zentrale Überwachung gegeben haben«, sagte der Kommissar.

Menden verließ die Suite, um in den Westflügel zu gehen, wo die Explosion stattgefunden hatte. Franck, Miriam und Christina folgten ihm.

»Halt, Sie können hier nicht weiter. Einsturzgefahr!«, wurden sie von einem Polizisten gestoppt. »Wir haben auch alle Polizisten abgezogen. Das muss hier erst einmal alles abgesichert und gestützt werden«, erklärte er weiter.

»Waren Sie selbst drin?«, wollte Menden wissen.

»Ja. Leider!«, sagte der Polizist.

»Wieso leider?«, fragte Menden.

»Weil es da schlimm aussieht. Da lag eine abgetrennte Hand auf dem Boden.«

»Sie haben da eine Hand gefunden?«

»Nein, nicht gefunden. Gesehen.«

Menden geriet in Rage. »Wo? Wo ist diese Hand?«

»Da, im zweiten Zimmer links. Liegt vor dem Fenster.«

Menden hörte kaum noch zu, hastete an dem verdutzten Beamten vorbei, der ihm hinterherrief: »Kommissar, Sie dürfen da nicht rein.«

Franck hatte das Gefühl, als knirsche der Holzboden unter Mendens Schritten. Alle hielten den Atem an, um hören zu können, was mit dem Kommissar geschah. Nach nicht einmal einer Minute kehrte er zurück, hatte ein kleines Paket in der Hand, gewickelt in ein Stück Vorhang.

»Ich habe mit dem Notarzt telefoniert. Wenn wir sehr, sehr schnell sind, dann kann man die Hand Ihres Bruders vielleicht retten. Also, los!«, sagte Menden, packte Miriam und stürmte los, Franck und Christina liefen hinterdrein.

»Wenn ich Blaulicht einschalte, holen wir den Notarztwagen ein. Er ist auf dem Weg in die Uni-Klinik«, sagte Menden. Und dann direkt zu Miriam: »Kommen Sie mit?«

Sie schaute zu Menden, sie schaute zu ihrem Bruder. »Ja, ich komme mit. Franck, hier, von meinem Mini.« Sie warf ihm die Autoschlüssel zu und dann war sie auch schon mit Menden und dessen Auto verschwunden.

Jean, Britta und Dr. Bitterle hatten die Szene mitbekommen und bestürmten Franck und Christina, zu berichten. Franck erzählte, wie sie Gunther gefunden hatten.

»Diese Schweine!«, zischte Jean.

Ein Polizist kam auf sie zu, es war der, der in der Gefangenensuite die Mikrofone und Kameras untersucht hatte.

»Herr von Franckenhorst, wir haben den Überwachungsraum gefunden. Wenn Sie vielleicht einen Moment Zeit hätten?«

»Eigentlich nicht, ich wollte ins Krankenhaus, zu meinem Bruder.«

»Es wird nicht lange dauern. Sie müssen die Toten identifizieren.«

»Welche Toten?«

»In dem Überwachungsraum haben wir zwei männliche Leichen gefunden. Erschossen. Es könnte sich um die Männer handeln, die Sie überfallen haben.«

»Diese Schweine!«, zischte Jean wieder.

Franck folgte dem Polizisten. Die Überwachungszentrale lag im Erdgeschoss sehr zentral, nicht weit vom Haupteingang. Hinter einer schweren Stahltür öffnete sich ein fensterloser Raum mit vielleicht zwanzig Monitoren. Unter den Monitoren war eine Schaltzentrale, die aussah wie ein sehr großes Mischpult, hier konnte wohl der Ton gesteuert werden. In der Mitte des Raumes stand ein schwerer Ledersessel, in dessen Armlehne eine Art Fernbedienung eingebaut war. Vor diesem Ledersessel hing an einem Galgen ein Mikrofon. Hier hatte er also gesessen, dieser Mann mit der verstellten Stimme.

Der Polizist zog Franck in einen kleinen Nebenraum, den Kontrollraum des Kontrollraumes. Nur zwei Monitore und zwei Bürostühle davor. Und in den Bürostühlen saßen, ja sie saßen tatsächlich, zwei Männer. Einer der Kleiderschränke und der Schläger-Azubi vom Stardust. Beide hatten ein Einschussloch mitten in der Stirn.

»Das sind die beiden, die mich am Dienstag überfallen haben. Und die am Donnerstag die Leiche von Frau Gerlach zum Melatenfriedhof gebracht haben«, sagte Franck.

»Die sind direkt von vorn erschossen worden. Selten so was Brutales gesehen«, sagte der Polizist.

Franck wunderte sich über seine Gefühle. Er hatte Mitleid mit den beiden. Sie hatten ihn verprügelt. Sie hatten wahrscheinlich sogar Fanny ermordet oder hatten dabei zugesehen. Sie hatten Fannys Leiche am Melatenfriedhof auf die Straße gerollt. Wie viele Tote sollte es noch geben? Würde sein Bruder Gunther durchkommen? Und, fragte sich Franck, war er selbst an all diesem Blutvergießen schuld?

Er erinnerte sich an den letzten Samstag. Wie glücklich und hoffnungsfroh er gewesen war. Wie er davon träumte, am Sonntag Herr über hundert Millionen Euro zu werden. Wie er mit Fanny einkaufen war. Wie er Christina kennenlernte. Wie Jean, der Halunke, ihm ein Bein gestellt und ihn um dreihundert Euro erleichtert hatte. Und das war gerade einmal eine Woche her.

Draußen vor dem Schloss wurde er erwartet. Franck erzählte von den beiden Toten. Jean fand, die beiden Schläger hätten ihre gerechte Strafe bekommen. Britta und Dr. Bitterle enthielten sich jeden Kommentars. Christina nahm Franck in den Arm, am liebsten hätte er losgeheult.

»Ich will, dass das aufhört. Ich will, dass das aufhört!«, rief er. Und dann wusste er, was zu tun war. »Los, kommt. Erst fahren wir in die Uni-Klinik und kümmern uns um Gunther und Miriam. Und dann, dann räumen wir auf.«

Als sie zur Uni-Klinik kamen, war Gunther seinen schweren Verletzungen erlegen. Miriam saß stumm im Krankenzimmer am Bett ihres toten Bruders, unfähig, Franck Bericht zu erstatten. Menden war bei ihr, aber sie schien auch ihn nicht wahrzunehmen.

»Er ist auf dem Weg vom Schloss ins Krankenhaus gestorben. Es war nichts zu machen, er ist nicht wieder zu Bewusstsein gekommen«, sagte Menden.

»Und die Hand?«, sagte Franck, und er wunderte sich, warum er danach fragte.

»Die Hand ist hier. Das hätte vielleicht sogar noch für eine Operation gereicht.«

Miriam stand auf, machte Franck den Platz am Sterbebett frei. Gunthers Gesicht war gewaschen worden. Er sah friedlich aus.

Gunther, warum hast du mich verlassen? In Francks Kopf lief ein Film ab mit ihm selbst und seinem Bruder als Hauptdarstellern. Wie Franck ihm das Fahrradfahren beigebracht hatte. Gunther war immer hingefallen und immer wieder aufgestanden. Und dann konnte er es. Und er strahlte. Wie Gunther Franck später bei den Matheaufgaben geholfen hatte. Er konnte schon immer gut mit Zahlen umgehen. Wie Franck ihm das Schwimmen beigebracht hatte. Im Rhein, wo sie eigentlich nicht schwimmen durften, die Eltern hatten es verboten. Aber Franck liebte den feinen weißen Sand am Strand von Rodenkirchen.

»Auf Wiedersehen, kleiner Bruder«, sagte Franck und strich Gunther vorsichtig über die Wange. »Du hattest mir versprochen, nicht unterzugehen.«

Die Tür des Krankenzimmers öffnete sich, Christina trat ein, hinter ihr ging ihr Vater, Dr. August.

Der Anwalt trat auf Franck zu. »Mein herzliches Beileid. Ihr Vater hat mich gebeten, für die Beerdigung zu sorgen. Ich habe alles Nötige eingeleitet.«

»Sie haben was? Mein Vater hat Sie gebeten? Und er? Wo ist er? Geschäftlich verhindert? Sie wollen mir doch nicht sagen, dass mein Vater keine Zeit hat, hierherzukommen?«

»Ihr Herr Vater hat mich gebeten, für die Beerdigung zu sorgen. Das habe ich getan. Alles andere regeln Sie bitte *en famille*.«

Dr. August fühlte sich nicht wohl in seiner Rolle. Und die Tatsache, dass seine Tochter mit im Raum war, schien ihn zusätzlich zu belasten.

Franck erinnerte sich daran, dass diese Heuschrecke, dieser unangenehme Dr. Gründler, August vom Schloss aus angerufen hatte, und er stand auf, ging direkt auf den Anwalt zu und fragte ihn: »Was haben Sie mit diesem fiesen Finanzhai zu tun, der Sie heute Morgen angerufen hat? Diesem Dr. Gründler?«

»Ich weiß nicht, wovon Sie reden.«

»Er hat Sie angerufen, als er festgenommen wurde. Herr Menden hatte ihm erlaubt, einen Anwalt anzurufen.«

Menden nickte, aber August verunsicherte das nicht. »Mag ja sein, dass er einen Anwalt angerufen hat. Aber was habe ich damit zu tun?«

»Er hat Sie angerufen. Ich weiß es«, sagte Franck.

»Woher wollen Sie das wissen? Haben Sie das Gespräch etwa abgehört? Wollen Sie sich selbst bezichtigen?«, sagte August. »Sie sollten sich besser um den Rat Ihrer Anwältin kümmern.«

Christina trat zu ihnen. »Ihr werdet euch bitte jetzt und hier nicht auseinandersetzen. Wir sollten alle das Zimmer verlassen und es draußen regeln, wenn es etwas zu regeln gibt.«

Miriam saß inzwischen wieder am Bett ihres toten Bruders. Sie legte ihren Kopf auf seine Brust, die nicht mehr atmete. Franck strich ihr über die Haare. »Mach's gut, Schwesterlein.«

Menden gab Franck zu verstehen, dass er bei Miriam bleiben werde. »Ich kann den Toten nicht so einfach zur Beerdigung freigeben, wie Herr Dr. August das verlangt hat. Ihr Bruder wird obduziert werden, wir müssen die genaue Todesursache feststellen.«

»Passen Sie auf meine Schwester auf.«

»Ja. Darauf können Sie sich verlassen«, sagte der Polizist, und er sagte es mit mehr Nachdruck, als man bei rein dienstlichem Interesse erwarten würde.

Vor dem Krankenzimmer kam es zu einem Wortgefecht zwischen Christina und ihrem Vater. Franck hörte gar nicht zu, irgendwann packte er Christina am Arm und zog sie fort. »Komm, ich möchte nach Hause.«

Jean, Britta und Dr. Bitterle warteten vor dem riesigen Klinikbau. Franck sagte ihnen, dass er mit Christina in seine Wohnung am Brüsseler Platz fahren wolle. Sie verstanden das als Einladung und fuhren hinterher.

Wann war Franck zum letzten Mal zu Hause gewesen? Vorgestern Abend noch, gemeinsam mit dem Kommissar. Was war seitdem alles passiert! Und dann erinnerte er sich an den Samstagabend mit Fanny, die Geburtstagsparty am Sonntagabend, an Benno, den Maler, und Georg, den alten Schulfreund. Und alles das war noch keine Woche her. Franck glaubte, sein Kopf und sein Herz müssten zerplatzen.

Es war kurz vor fünfzehn Uhr, als sie am Brüsseler Platz ankamen. Sabine stand vor ihrem Kiosk. »Herr von Franckenhorst, schön, dass Sie wieder da sind. Es wird viel geredet.«

»Ja, kann ich mir vorstellen. Das meiste wird wahr sein.«

Franck steuerte den Mini in seine Tiefgarage, Dr. Bitterle zuckelte im alten Taunus hinterher. Mit dem Fahrstuhl fuhren sie hoch ins Penthouse. Britta pfiff durch die Zähne, als sie Francks riesige Wohnung sah. Jean humpelte an die Tür zur Dachterrasse. »Sogar Domblick von hier oben.«

»Macht es euch bequem«, sagte Franck, »ich muss noch mal runter zu Sabine, um was zu essen zu holen.«

Vor Sabines Kiosk stand Zack, der EXPRESS-Fotograf, der sein Objektiv auch gleich auf Franck anlegte. Neben Zack stand Georg, ausgerechnet Georg. »Tag, Franck, tut mir leid. Aber ich muss über dich schreiben. Ich habe Wochenenddienst. Keine Chance, mich zu drücken.«

»Ist schon okay.«

Sabine schien ein schlechtes Gewissen zu haben, als Franck nach Frikadellen fragte. Sie reichte ihm ein gut gefülltes Tablett. »Hier. Müssen Sie nicht bezahlen. Ist eine Spende.«

»Die hat wohl der EXPRESS gespendet, oder?«

»Nein, die sind von mir. Der EXPRESS zahlt doch nicht mit Geld. Ich hatte Zack versprochen, Bescheid zu sagen, wenn Sie wieder da sind. Dem kann man doch nichts abschlagen. Und außerdem kann es nicht schaden, jemanden bei der Presse zu kennen.«

»Nein, das schadet wahrscheinlich wirklich nicht«, sagte Franck. »Dann komme ich auch mal selbst zu Wort, und vor allem bekommt der EXPRESS ein vernünftiges Foto von mir.«

»Na, ich weiß nicht«, sagte Sabine und musterte Franck von oben bis unten.

Franck hatte sich seit seiner abenteuerlichen Flucht weder gewaschen noch umgezogen. Als er mit seiner Verpflegung nach draußen kam, nahm er sich Zack und Georg vor. »Keine Fotos, die ich nicht genehmigt habe. Keine Veröffentlichung vor der Montagsausgabe. Ich brauche den Sonntag noch, um was zu regeln. Dafür bekommt ihr das exklusiv.«

Georg nickte, Zack fotografierte weiter drauflos. »Was ist?«, fragte er. »Exklusiv ist gut. Bin ich dabei. Wie ist das mit Illustrierten? Und Fernsehen?«

»Wie meinen Sie das denn?«, fragte Franck.

»Na, ist doch klar. Wenn der stern oder RTL mitbekommen, dass ich exklusive Fotos habe, dann könnte ich noch ein schönes Zusatzgeschäft machen.«

»Meinetwegen, aber auch da gilt: Keine Fotos ohne meine Genehmigung. Notfalls zahle ich Ihnen den Verdienstausfall.«

»Nein, nicht nötig. Ein ehrlicher Deal ist mir lieber«, sagte Zack und fotografierte weiter.

Georg schaltete sich ein. »Lass gut sein, Zack. Das Angebot ist fair, was Besseres können wir gar nicht bekommen. Und Bilder von Franck ohne seine Genehmigung dürfen wir sowieso nicht veröffentlichen.«

»Was ist mit den Bildern, die schon erschienen sind?«, fragte Zack.

»Welche Bilder?«, wollte Franck wissen.

»Na, die Bilder aus dem Dom-Hotel. Da haben wir uns doch getroffen.«

»Ich erinnere mich. Aber ich habe die Bilder nicht gesehen.«

»Die sind in der heutigen Ausgabe«, sagte Zack und ging in Sabines Kiosk, um eine Zeitung zu holen.

Diesmal war Franck der Aufmacher. Gleich mit zwei Bildern. Das erste zeigte ihn, wie er in der Hotelbar stand und Direktor Jürgens und Dr. August zuprostete. Das zweite Foto zeigte ihn, wie er aus dem Dom-Hotel abgeführt wurde. Und die Überschrift aus den ganz großen Buchstaben schrie ihn an. »Gefasst: Der Mord-Milliardär! Im Dom-Hotel feierte er den Tod seines Opfers.«

»Das kann teuer werden«, sagte Franck zu Georg. »Kommt mit hoch, da können wir das besprechen.« Georg und Zack waren froh, dass er friedlich blieb.

Franck sah schon vor sich, wie der EXPRESS aus seiner Geschichte eine reißerische Serie machen würde. Jeden Tag eine neue Folge. Und am nächsten Tag Promi-Kommentare und Straßenbefragungen. Am besten würde er auswandern.

SONNTAG

Irgendwann in der Nacht hatte Christina alle Besucher freundlich, aber energisch hinauskomplimentiert. Sie selbst wollte als Letzte gehen. In der Tür sagte sie: »Du willst bestimmt alleine sein.«

»Nein, bitte bleib!«, wollte er sagen. Aber er sagte es nicht. Er nickte nur. Und sie ging. Zum Abschied hauchte sie ihm einen Kuss auf die Stirn, einen Kuss, der alles und nichts bedeuten konnte.

Und dann, dann sagte er es doch. »Bitte, bleib! Ich brauche dich.«

Und sie blieb. Und er redete. Über sich. Über Fanny. Über seinen Bruder. Über seinen Vater. Sie hörte zu und verstand. Und dann erzählte sie von sich.

»Ich habe meinen Vater immer verachtet. Er hat sich nie um mich gekümmert. Viele Jahre wusste ich gar nicht, dass der Mann meiner Mutter nicht mein Vater war. Aber der Mann meiner Mutter wusste, dass ich nicht sein Kind war. Und er hat es mich spüren lassen. Vielleicht unbewusst. Aber ich habe es gespürt. Und meine Mutter hat es mich auch spüren lassen. Als ob ich ihr Glück zerstört hätte. Sie haben sich nicht scheiden lassen. Irgendwann kam dieser Dr. August in meine Welt und sollte mein Vater sein. Ich habe ihn gehasst. Und doch habe ich versucht, in mir etwas von ihm zu finden. Ich glaube, ich bin nur Anwältin geworden, um es ihm heimzuzahlen. Ich wollte beweisen ... ja, was eigentlich? Dass ich so bin wie er? Dass ich besser bin als er? Wie kam ich nur los von ihm? Ich habe den Job in der Anwaltskanzlei geschmissen. Wollte was völlig anderes machen. Landete im Parfümladen. Und hatte keine Ahnung, dass er da auch wieder seine Finger im Spiel hatte.«

Franck hörte zu und verstand. Und dann lagen sie nebeneinander. Still. Er legte seinen Arm unter ihren Kopf. Sie kuschelte sich an ihn. Franck spürte, wie sein Atem den Rhythmus ihres Atems annahm. Und er spürte, dass sie es auch spürte. Diese Nacht war anders. Andere Nächte würden kommen.

Franck schaute auf seine Uhr, die platinschimmernde Lange-Tourbillon: acht Uhr und elf Minuten. Punkt neun Uhr wollte er in der Villa in Marienburg sein. Neun Uhr war die traditionelle Frühstückszeit der von Franckenhorsts an Sonntagen. Um elf Uhr dreißig stand der gemeinsame Kirchgang in St. Maria Königin an. Das war seit Jahrzehnten so, und das würde auch heute so sein.

Franck warf seine Espressomaschine an. Er genehmigte sich einen doppelten, extrastark.

Er machte einen zweiten Espresso, den er Christina ins Schlafzimmer brachte. Sie schlief. Als er sie vorsichtig auf die Nasenspitze küsste, schlug sie die Augen auf und lächelte ihn an. »Guten Morgen, Herr von Franckenhorst.«

»Guten Morgen, Frau Brandt. Der Kaffee ist fertig. Ich bin zum Mittagessen wieder zurück.«

Die Uhr von St. Michael schlug halb neun. Zeit zum Aufbruch.

In der Tiefgarage stand Miriams Mini. Wo würde seine Schwester jetzt sein? Noch im Krankenhaus bei Gunther? Zu Hause in Marienburg?

Franck nahm sich Zeit. In Gedanken spielte er durch, wie er seinen Vater zur Rede stellen würde. Franck wusste, dass er heute größer sein musste als Ferdinand.

Fast mechanisch steuerte er den Mini durch die sonntagsruhigen Straßen. Irgendwann fiel ihm auf, dass er nicht Richtung Marienburg unterwegs war, sondern Richtung Agnesviertel. Vor Fannys Haus in der Balthasarstraße hielt er kurz an. Ob sie ihm verzeihen würde?

Er lenkte weiter auf die Innere Kanalstraße Richtung Ehrenfeld und weiter zum Eingang Melatenfriedhof in der Piusstraße. Neben dem Gittertor stand ein ALDI-Wagen. Erinnerungen zuckten wie Blitze durch Francks Gehirn. Er spürte, wie er unruhig wurde. Er gab Gas, fuhr schnell, viel zu schnell, quer durch Lindenthal Richtung Uni-Klinik, wo Gunther gestern gestorben war. Franck raste weiter. An der Zülpicher Straße rammte er fast einen Notarztwagen, der mit Sirene und Blaulicht von rechts kam. Franck hatte ihn nicht gehört und nicht gesehen. Ihm wurde schwarz vor Augen. Er hielt an, klammerte sich ans Lenkrad, als wäre es ein Rettungsring. Er musste sich beruhigen. Er musste sich Zeit nehmen.

Es war eine Minute vor halb zehn, als er den Mini vor der Villa in Marienburg ausrollen ließ. Er klingelte. Seine Mutter schien nicht überrascht, ihn zu sehen. »Schön, dass du gekommen bist. Gunther kommt auch gleich.«

»Gunther ist tot, Mutter«, sagte Franck und wollte Magda umarmen, aber sie wehrte ihn ab.

Der Frühstückstisch war für fünf Personen gedeckt. So wie früher. Ferdinand saß an seinem Platz am Kopfende. Franck kam es vor, als sei sein Vater in einer Woche um zwanzig Jahre gealtert. Fast hätte er Mitleid mit ihm gehabt, aber das machte ihn nur noch zorniger.

Magda setzte sich an ihren Platz links von Ferdinand. Francks Platz wäre rechts von seinem Vater gewesen, gegenüber von Magda.

»Setz dich, Junge«, sagte Magda.

Franck setzte sich ans andere Kopfende, wo noch nie jemand gesessen hatte. Magda stand auf, nahm Teller und Tasse von Francks angestammten Platz und stellte sie vor Franck hin. Ferdinand, der ihn noch nicht beachtet hatte, hob den Kopf und schaute ihm in die Augen. Franck hielt dem Blick länger stand als sein Vater.

»Was willst du?«, fragte Ferdinand.

»Alles.«

»Gunther kommt gleich. Und Miriam«, sagte seine Mutter.

»Alles?«, fragte sein Vater: »Das verstehe ich nicht.«

»Ich will alles. Die ganze Wahrheit.«

»Nicht jetzt. Nicht beim Frühstück.«

»Doch. Jetzt und sofort. Ich pfeife auf dein Frühstück«,

schrie Franck. Er nahm seine Tasse, warf sie in Richtung seines Vaters und traf dessen Tasse, die mit Kaffee gefüllt war und durch die Karambolage zersplitterte und ihren heißen Inhalt über den Tisch und über Ferdinands Hose ergoss.

»Was bist du für ein Ungeheuer! Dein Sohn ist tot. Und Fanny ist tot. Und du sagst: ›Nicht beim Frühstück.‹«

»Gunther kommt gleich«, sagte Magda.

»Nein, Mutter, Gunther kommt nicht. Gunther ist tot. Und dein Mann hat ihn in den Tod getrieben. Dein Mann ist ein Mörder. Ein Massenmörder.«

Magda brach in Tränen aus. Dann sammelte sie die Scherben ein, tupfte mit einer Stoffserviette Ferdinands Hose und den Tisch trocken und ging in die Küche.

»Da siehst du, was du ihr angetan hast«, sagte Ferdinand.

»Ich habe ihr etwas angetan?«, schrie Franck zurück.

»Wer schreit, hat unrecht.«

»Nein, Vater. Wer mordet, hat unrecht.«

»Ich habe niemanden ermordet.«

»Aber Fanny ist tot.«

»Sie war ein Flittchen. Sag mir, dass sie es nicht auf dein Geld abgesehen hatte.«

»Warum Fanny? Wer hat sie umgebracht?«

»Du wolltest es ja nicht anders.«

»Ich wollte es nicht anders?«

»Du wolltest die Familie zugrunde richten. Das mit Fanny sollte eine Warnung für dich sein. Es war ein Unfall.«

»Ein Unfall? Sie ist tot. Ein Unfall? Du hast sie umgebracht.«

»Nein. Dieser Krüger, dieser Dummkopf, war es.«

»Den du bezahlt hast.«

»Er sollte Fanny nicht töten. Er sollte ihr nur einen Finger abschneiden. Aber sie hat sich gewehrt, da hat er …«

»Er sollte ihr nur einen Finger abschneiden?«

»Ja. Du warst ja nicht zufrieden mit deiner Abreibung.«

»Den Überfall auf mich hast du angeordnet …«

»Überrascht dich das wirklich? Du hast dich nicht an unsere Absprache gehalten. Du hast in der Firma sofort angefangen zu schnüffeln. Meinst du, du kannst dir alle Akten und Rechnungen kommen lassen, ohne dass ich davon Wind bekäme?«

»Ich hätte nie gedacht, dass du …«

»Was hättest du nicht gedacht? Dass ich alles, alles tun würde, um das Vermögen und das Ansehen der Familie zu retten? Ich bin ein von Franckenhorst. Du hast bis heute nicht begriffen, was das bedeutet.«

»Du und das Vermögen und Ansehen der Familie gerettet? Du hast Millionen verschoben. Du hast Menschen ermorden lassen.«

»Ich habe keine Millionen verschoben.«

»Und die Überweisungen nach Luxemburg zu dieser ominösen TRNSFR-AG? Hat es die nicht gegeben?«

»Doch. Sicher.«

»Na also.«

»Du hast nichts begriffen.«

»Dann erklär es mir endlich.«

»Die TRNSFR-AG gehört mir. Uns. Den von Franckenhorsts.«

»Und was sollte das dann alles?«

»Das war unternehmerisch günstiger. Und steuerlich auch. Die Parfümfabrik läuft nicht mehr so gut. Unter deiner Regie wäre sie sicher in die Pleite gesteuert. Ich war dabei, sie zu verkaufen. Vorher musste ich noch dafür sorgen, dass der Familie nicht nur der Verkaufspreis für die Firma blieb, sondern möglichst das ganze Familienvermögen. Gunther hatte dann die Idee mit den besonderen Geschäftsbeziehungen nach Luxemburg. So konnten wir als Geschäftskosten verbuchen, was eigentlich nur ein Finanztransfer an der Steuer vorbei war. Genial, dein Bruder.«

»Gunther ist tot.«

»Ich weiß. Ich hatte ihn gewarnt.«

»Du hast ihn gewarnt? Vor was?«

»Davor, aussteigen zu wollen. So einfach geht das nicht,

auszusteigen, wenn man erst einmal eingestiegen ist. Gunther hat mich enttäuscht. Er war nicht so hart, wie ich gedacht habe. Er wäre nicht stark genug gewesen, das Familienunternehmen zu führen.«

»Gunther hat mir das Leben gerettet.«

»Sag ich ja. Er war nicht stark genug.«

Magda kam aus der Küche zurück. Sie stellte Ferdinand einen sauberen Teller und eine neue Tasse hin.

»Gunther kommt gleich«, sagte sie.

Franck stand auf, ging um den Tisch und nahm seine Mutter in den Arm. Sein Vater ging dazwischen, riss Francks linke Hand an sich und starrte auf die Lange-Tourbillon.

»Du, du hast diese Uhr? Wieso du?«

»Du hast mich immer unterschätzt, Ferdinand. Immer. Ich bin dein Sohn.«

Franck erinnerte sich an den vergangenen Sonntag, wie Fanny ihm die Micky-Maus-Uhr gab und ihm riet, er solle die teure Uhr seinem Vater schenken. »Stell dir das mal vor. Der kleine, unbedeutende Sohn hat die Größe, dem Vater etwas zu schenken, was der nicht bekommen konnte.«

Franck zog die Uhr ab und legte sie in Reichweite Ferdinands auf den Tisch. Ferdinand nahm die Uhr vorsichtig, fast zärtlich in die Hände, streichelte sie, beäugte sie, schien darüber alles um sich herum zu vergessen.

Franck nahm sein Handy. »Menden, kommen Sie nach Marienburg. Miriam zeigt Ihnen den Weg. Mein Vater wird Ihnen alles erklären. Ach, und eins noch: Lassen Sie ihm seine Uhr.«

Als Franck ging, warf er einen letzten Blick auf die Lange-Tourbillon, sie zeigte zehn Uhr und dreizehn Minuten.